Ronso Kaigai
MYSTERY
220

名探偵ルパン

Maurice Leblanc
Arsène Lupin, Célèbre Détective

モーリス・ルブラン

保篠龍緒［訳］　矢野歩［編］

論創社

Arsène Lupin, Célèbre Détective
Edited by Ayumi Yano

目次

凡　例

一、「仮名づかい」は、「現代仮名遣い」（昭和六一年七月一日内閣告示第一号）にあらためた。
一、漢字の表記については、原則として「常用漢字表」に従って底本の表記をあらため、表外漢字は、底本の表記を尊重した。ただし人名漢字については適宜慣例に従った。
一、難読漢字については、現代仮名遣いでルビを付した。
一、極端な当て字と思われるもの及び指示語、副詞、接続詞等は適宜仮名に改めた。ただし意図的な当て字、作者特有の当て字は底本表記のままとした。
一、あきらかな誤植は訂正した。
一、今日の人権意識に照らして不当・不適切と思われる語句や表現がみられる箇所もあるが、時代的背景と作品の価値に鑑み、修正・削除はおこなわなかった。
一、作品標題は、底本の仮名づかいを尊重した。漢字については、常用漢字表にある漢字は同表に従って字体をあらためたが、それ以外の漢字は底本の字体のままとした。

赤い蜘蛛

本篇の主要人物

ジャン・ドルサク……伯爵、巴里の実業家。広壮な別邸がある。事件はこの別邸で起る
リュシアン・ドルサク……伯爵の妻。病身
ボアズネ……六十才位、ドルサクの友人
バノル……ボアズネの親友、口喧嘩の友達
ブレッソン夫妻……陽気な芸能人、妻のレオニーはコーヒー占いをやる
ベルナール・デブリウ……ドルサクの学校友達
クリスチアンヌ・デブリウ……ベルナールの恋妻。ドルサクが彼女に惚れて野望を達しようと思っている
ドュージー……巴里から来た刑事
アメリー……ドルサク夫人の室付女中、多情な女
ラブノ……アメリーの亭主。やきもち焼き、家令兼給仕頭のような仕事をしている
グスタブ……庭番の甥の青年
ルースラン……予審判事
アルセーヌ・ルパン……俠盗

『赤い蜘蛛』について

保篠竜緒

ルブランのルパン物は、殆ど全てが、日本に紹介されているが、『赤い蜘蛛』がふしぎにも、残されて『ルパン全集』にも入っていない。

しかも、ルブランの作として、極めて異色のあるもので、同じ探偵小説の中でも、彼が師事したフローベル、それから、モーパッサンなどの影響を、その中から、多分にうかがい知ることも出来る人情怪奇小説だ。

×　×　×

この作の中では、ルパンは、怪盗としてよりも、任侠の士として活躍する場合が多い。いずれにせよ、この一篇は、読者諸氏に失望を与えることは絶対なかろうし、号を追うて熱狂の度を高める傑作だと、私は信じている。

深夜の怪盗

遅い朝食をすませたジャン・ドルサク伯爵は、美しい妻リュシアンの差し出した手に軽く接吻《くちづけ》て、翌日曜でなければ、邸へ戻れないかもしれないと告げた。彼は一時半過ぎに巴里の事務所に着いた。着くと直ぐに、秘書のアーノルドが整理しておいた手紙や書類に目を通した。

間もなく秘書が来て大きな包を渡した。

「どうだ、いいかい」とドルサクがいった。

「あれは巧くいったか」

「ハイ」

「全部片付いたか？」

「ハイ」

「証券全部この中にあるね？」

「揃ってます。よく数えました。昨日の相場では六十万法《フラン》ばかり高値になりました」

「よろしい」とドルサクは満足らしい。

「今度のことについちゃあ、君は実によくやってくれた。だがこりゃあ他言無用だよ、いいかい？」

「絶対に他言しません」

「ああそれからね、十五日前に来た時にだ、何故か解らんがこの抽斗《ひきだし》をあけて、書類をかきまわしたらしい気がしたんだが、その後の調べはどうだい？」

「何もありません。この室《へや》は、社長が別邸にいらしている間は閉め切ってありますし、私とタイピストの外には社員は二人しかいないんですし、無論鍵も持っていませんから……」

「そうかなあ……そうだねえ……俺の考え違いかもしれない、とにかく何も失くなってはいないんだから……」

独りになると、抽斗をあけて、中を調べて見たが、別に盗られたものもない。彼は一つの抽斗の奥の方に手を突込んで、白い厚紙にくるんだ二包を引き出した。二つ重ねてゴム紐でくくってある。ゴム紐を解いた。中から美しい女の写真が二十枚ほど出てきた。かつて盛んに発展した時に惚れられたり惚れられたりした女達で、今日まで大切に蔵《しま》っておいたものである。

彼はストーブの前に行って蓋を取り、火をつけると、想出の写真を皆投《ほう》り込んだ。が、その中でたった一枚だけ抜き出し、情熱的な表情でじっと眺めた。

「クリスチアンヌ！　クリスチアンヌ！」と呟く。「今更他の女に未練がない。俺の過去は火にくべてしまった。残ったのは君だよ、クリスチアンヌ」

伯爵は大股に室内を歩いていたが、卓上《テーブル》の上に置いてある証券の包を平手でドンと叩いて、勝利と歓喜の声を張り上げ、

「これで俺は物にしたぞ……物にした……こうなりゃのがしっこない……」

ジャン・ドルサクはそれから各方面を廻り友人に会ったが、仕事が思いの外はかどったので、別邸に戻ることにきめた。戻ると九時に、夫人と夕食を共にした。

ドルサク夫人リュシアンは三十五才位、いつも悩んでいるらしい病身ながら、天性の美貌と麗質、蕩児男爵に自《おのずか》らな尊敬の念を起させるほどの貞淑な妻、結婚十五年で、平和な家庭生活を送ってきた。

「ボアズネさんやバノルさんから御返事が参りましたわ」と食後リュシアンがいった。

「招待をお受けになって、狩猟の初まる一週間前にいらっしゃるそうよ」

「すると十五日後だね」

「ええ、今あたし、ブレッソンさん御夫妻の御返事を待ってますの。呑気で愉快な方々ですから、賑かですわ、いらっしゃれば……それからデブリウさんと奥さんとをお招きしたいんですの」

ドルサクはハッとした。

「ベルナールとクリスチアンヌかい？　だってデブリウは断ったてじゃないか。乱暴な奴だからなあ……」

「ええ、でも猟がお好きですし、あたし、クリスチアンヌにお電話しますわ」

ジャン・ドルサクは妻の顔を眺めた。極めて簡単に話をしていて、別段深い考えはないらしい。

「だが、ベルナールにしたって、クリスチアンヌにしたってあまり面白かないぜ」

「ええ。でも、外の方をお呼びする間がないんですもの。それに八人分の用意をしました、そうすれば、あなたの御計画通り邸も満員ですから……」

「まあ、お前のいいようにしておくれ」

リュシアンは自室に引きあげたが、ドルサクは事務室兼用の書斎に残っていた。巴里の銀行が閉店後なので、証券の包をそのまま邸まで持ち帰っていた彼は、静かに包を開けて、新聞紙にくるくると包みかえて紐でしばった。

彼の近くに、厚い壁面に切り込んで作りつけた大金庫がある。ポケットから小さい鍵を出すと三列になった文字盤を合せて金庫を開き、新聞紙に巻き込んだ証券束を入れて再び金庫を閉めた。

邸内の時計が十一時を打った。

彼は悠々葉巻をくゆらせながら、長椅子の中に身を沈めた。彼は今生涯での最良の時であった。幸福はまず物質から初まる。彼は今の財産がある。貞淑に夫に奉仕する妻を傍《そば》に、この巨大な富を享楽することが出来た。幸福は次に希望を生む。彼は今あの美しいクリスチアンヌ・デブリウに恋している。生涯で一度の恋であり、今日まで手に触れる事も出来なかった彼女も、今は彼の執拗な熱烈な恋の対象として触れもし、摑むことも出来ることになったのだ。

一時間が流れる。この沈黙と、不動の黙想裡に、ウツラウツラしている時、突然、カタリという微かながら怪しい物音が起った。二度三度……彼は聞き耳を立てた。それは大広間と図書室につづく二つの扉《ドア》の方から来るらしい。誰れかがソッと開けようとしている気配である。……何んとも知れぬ怪しい奴……

ジャン・ドルサクは剛胆な男である。細心の用心をしながら、ソッと燈火《あかり》を消すと、闇の中にじっと待機した。

ソロソロと扉を押しあけるらしい。やがて扉が半開《なかば》くと、真黒な人影がスルスルと入って来た。

ドルサクとしてはこれまで待たずに、怪しい人影が室に入らない前に処置すべきだったが、妻のリュシアンが物音で目を醒ますことを怖れた。

サッと一躍すると、いきなり相手の喉を摑んで、グイと一押し、広間《サロン》の中へ押し倒した。

激しい格闘が初まった。双方無言のまま、床の上を上になり下になり猛烈な取組み合いだ。ドルサクとしては自負心と自分の腕力を頼んで、敢て召使を呼ぼうとしなかった。が相手は意外に強敵である。

「誰れだッ、貴様」と唸った、「何にしに来やがった？　云えッ、いえばゆるしてやる、でなけりゃあ、気の毒だが、ただじゃあおかないぞッ！」

彼としては何とかして相手の隙を狙って、燈火をつけ、敵の顔を見たいと思った。が相手は攻めるとか防ぐとかするのではなく、無茶苦茶に暴れて、もがいて身をくねらせて、懸命に押えられた手をふり切って逃れようとしている。ドルサクは相手を捻りつぶして取り押えようとあせった。

突如、敵は満身の力を籠《こ》めて、絞めた手をふり切ると、地を這って、闇の中へ逃げ出した。ドルサクもすかさず後を追う。見ると黒影は勝手廊下の闇を縫って食堂の方へ走った。

彼も走った。廊下の突き当りには地下倉庫へ降りる階段がある。地下倉庫には裏庭に面した処に低い窓が切ってあるのだが、その窓はいつも厳重に閉めきってあるはずだ。占めた、袋の鼠だと思った。ところが窓が開いていていた。

外では、曇った空の薄光りを通して、邸の横手へ廻って走る人影が見えた。つづいて後を追った彼は、右手、月桂樹の並木と川岸に行く二つの芝生の間を縫う小径《こみち》で、再び相手の姿を見た。

ドルサクは近道を通って川の流れを見下す小さい丘に昇った。見ると二十米許り下を曲者が逃げて行く。彼は早くも腰のピストルを抜くと曲者を狙って一発打放《うちはな》した。アッという叫び！　しかし手答はあったが、傷は大した事ではないらしく、敵は遂に闇の中へ姿を消してしまった。

ジャン・ドルサクの眼には何も見えず、耳には何も聞えず、四辺《あたり》は森閑とした闇許りである。

こうなると断念も決心も早い彼である、追跡をやめて邸へ戻った。邸内は静かで、室々は暗く妻もまた眠っている。

彼は自室に引取って、そのまま眠ってしまった。

翌日、調べて見たが誰れ一人夜の椿事を知る者もなく、ピストルの音を聞いたものもない。

彼はそのまま沈黙を守った。

それでも川岸に沿って、心当りを調べて見たが、何の跡もなかった。それでも念のため高い壁にそって裏手へ廻ると、平素ちっとも使っていない鉄棒をはめ込んだ小さい出入口がある。敵はそこから出入りしたのではあるまいか？　しかしこの小門を開けるには鍵がいる。

が附近の草には人の足跡が残っていた。

十一時頃、邸へこんな噂が流れこんで来た。村から五百メートルほど離れた国道に、自動車に轢かれたらしい男の死体があった。ところがこの死体の左の腕に血に染ったハンケチが捲いてあり、そこにピストルの弾丸がめり込んでいた。

この男はピストルの傷のため出血多量から貧血を起して国道に倒れていたのを、通りかかりの自動車が轢殺《ひきころ》してしまったのだという事である。では誰れがピストルでこの男を射ったのか？

午後、ドルサクは村の巡査の口から、この被害者の姓名を聞いた。アゲノル・バートン。巴里、グルネル街に住んでいる男である。

ドルサクは想い出した。三年前巴里の事務所で雇った男にアゲノル・バートンというのが居てその後別邸の労働者として使っていたが、ある時書類を引掻きまわしている現場を見付けて首にした事がある。

するとこのアゲノル・バートンが昨夜邸に忍び込んで、追っかけられて射たれたのだろうか？　恐らくそれに相違あるまい。

すると、此奴がまたしても巴里の事務所の抽斗を引掻き廻したに相違あるまい。

すると、ここに問題がある。巴里の事務所と別邸の鍵はどうして手に入れたろうか？　また小さい裏小門の鍵と地下倉庫の窓の鍵は？　この四つの鍵をどうして手に入れたのか？

いや、その他に、彼奴は何を捜し求めたのだろうか？　ドルサクが重要証券の束を金庫に蔵った晩に忍び込んだ目的は何か？

こうした疑問がジャン・ドルサクの頭の中に数日間もやもやしていた。警察その他の調査では、被害の者の身元も家族も住所も解らなかった、手帳に書いてあるバートンという名前も偽名らしく、一切有耶無耶《うやむや》になってしまった。

たまたま、ドルサクの使っている人間が殆ど当時と入れ替ってしまっていたのでアゲノル・バートンが巴里の事務所で使われていた事を知っているものもなかった。

ドルサクはこんな謎にはあまりこだわらない男である。のみならず今は彼れが一身を賭しての恋愛の大冒険に直面してるのだ。

この小事件が、思わぬ大怪奇事件に深いつながりがある事は神ならぬ身の知る由もなかったのである。

恐ろしい予言

恒例の狩猟開きの当日、日曜日の午後、ドルサクの別邸は賑かであった。

王侯封建時代の名残りを今なお止めている広壮な城跡で、巨然たる古塔を左翼にして十八世紀来の長い建物が連なり、ことに中庭は王朝そのままの敷石で固めて各種の彫刻や立像が飾られて誠に堂々としたもの、各建物からは広い芝生をへだてて邸内を貫く少《ささや》かな流れがある。

早朝、ドルサク伯を初め来客一同は吉例の狩猟に出かけた。

三時からは邸の大門を開いて附近町村の人々に公開、村人達は無論の事、近所の別荘人種も車を連ねて来るし、巴里からもわざわざ招かれた客もあり、公園内や岸向うの森の中にさんかいした。

村人のための軽い運動会やいろいろな催し、さては水泳競技から川淵の深い所で水もぐり競争なども催され、庭番の甥のグスタブなど大いに活躍するし、ことにはドルサク夫人付の室女中アメリーは水泳で優勝、素晴しい肉体美にやんやの喝采を博した。四時四十五分、中庭で御馳走がでる。

五時半、若い娘や小女のための、裸足で、素腕の村の踊りが美しく展開された。

六時半、小山の向うに陽の沈む頃、これらの人々は皆それぞれ帰って行き、ドルサク夫人はかなり疲れたといって自室に引き取った。

ドルサクと一週間前からの滞在客六人は暫く芝生で話していたが、空の雲足が早く一雨来そうになったので、夕食の着換のため自室へ戻った。

白黒碁盤縞の大玄関から二階への大階段、長い廊下に添って室々がつづく。ドルサクは客につづいて二階には上らず、下の間、即ち食堂と二つのサロンを通り、古塔のサロンを直した図書室に行った。そこから中二階のギャルリーがあり、木の階段でドルサク夫人の寝室へ行くことが出来る。

ふと見ると、図書室に庭番の甥のグスタブが花を抱えて立っていたのでちょっと驚いた。

「何しているんだ、お前」

グスタブは二十才位の青年、いつもおずおずして、頭が大きく、いささか日曜の晴衣をもてあました様子だが、若々しい好青年である。

「奥様が花をここへ持ってこいといわれました」

「そんなら室女中に渡しゃいいじゃないか」

「アメリーは奥様の御用が忙しいし、上に上っちゃいけないというので……それで……」

「花をそのテーブルの上におけよ」

グスタブが花束をおいた。

「あ、お前かい？　この戸棚を開けたのは？」

ドルサクは右手壁に取りつけた戸棚を指した。その中に大金庫がある。

「いいえ、ちがいます」とグスタブが頸を振った。

伯爵がじっと様子を見ていたが、

「よし、あっちへ行け」

青年が去る。ドルサクは開き戸を押したが、鍵の具合が悪いので、大きい椅子を引き寄せて、閉めた戸の押えにした。

それからサロンと玄関に引返し大階段を昇って、夫人の室につづく自室に入った。八時に化粧室から出て妻の室に行った。

「用意は出来たかい？」

「でもまだ最初の鐘がなったばかりですもの」

と化粧を終りながら夫人がいった。

彼は鏡越しに妻を見て、

「とても美しいじゃないか。今夜は」

と、これは嘘である。大きな近眼鏡が蒼白な病的な顔に物々しくかけられている。決して美しいとは思えなかった。

「連日のお客様で大分疲れたろう」

「いつも疲れていますわ」

「催眠剤を飲み過ぎるんだよ」

「でも不眠症ですから飲まなければ眠られませんわ」

彼は妻に対して心からの親しさというものを持っていなかった。親しみは表面的なものばかりであった。彼は話題を求めて室内を見廻したが、これというものがなかったので、

「ねえ、死んだおやじは、何んだって、あんな戸棚の壁の中に金庫を据えたんだろう？」

「あなたはどこにお据えになります」

「どこだって構わないがね」

「別に大切なものを蔵っておかれるんではなし、これを開けるには符号もあるし……」

「まあ、どこだっていいんだね……おや第二の鐘がなった、……あ、それから、グスタブに切花を持って来るようにいったのかい？」

「ええ、でも休んでいる時に室へ来てはいけないって云っておきましたわ。アメリーに世話をさせます……花の……」

　彼女は夫と共に皆の待っている食堂へ出かけた。一同が食堂へ入る時、ドルサクは室頭をわきへ呼んで、

「おい、ラブノ、あの戸棚はいつも半開きにしてあるのか？」

「鍵の具合が悪いので御座います。明日鍵屋が来るはずです」

「よく気をつけてくれ。ね？　それまでの間、椅子をしっかり押付けておけ」

　夕食は賑かに開かれた。ボアズネとバノルは親友でいながら、いつも口喧嘩ばかりしている。ボアズネは快活な質《たち》だが、バノルは怒りっぽい。デブリウ夫妻は無口で、ベルナールの方は遠慮深く、何かしら不安で、心配そうな様子をかくしているし、妻のクリスチアンヌは素晴しく美しい金髪の麗人、しとやかで、愛想がよく、何か謎めいた感じを与える。それからこれに反してブレッソン夫妻とくると、大変なお喋りで陽気な夫婦である。

　リュシアン・ドルサクは相変らず、疲労の色が濃く、食事も殆ど手をつけないが、ドルサク伯の方は元気旺盛、盛んに喰いかつ喋る。彼は商売の事、経営の事、大いに儲た相場の話など盛んにまくし立てたが、ことに婦人連に話題をもちかけて女達を楽しませた。ことに彼はクリスチアンヌに重点をおいていた。

「人生の要点はですな」と彼がいった。「まず道楽をするにある。私は道楽の限りを尽しましたが、それは正々堂々とやることです。ねえそうじゃないか、ベルナール」

「僕は違う」

「あんたは？　奥さん」とクリスチアンヌに話しかける。

「さあ、私は良人《おっと》と同じですわ。つまり、私は、一つの限界があり、安全弁があり、墻《かき》があり、綱を張った場所があり、規則正しさがあり、自由があることが望ましいと思いますの。つまり一週間は七日で、一時間が六十分なのですわ」

「ファンタシイを発散させるのに、不思議な限界がいるんですなあ」

「私は発散させませんわ。むしろ監督しているんですの。でなければどこまで行ってしまうかわからないんですものね」

「どこまでって、幸福に行くにきまってる」

「幸福は一つの規則の中にあります。わたしの周囲も、また私自身もきちんとした規則的な生活が一番楽しいんですの」

「いや、幸福は意外から生れる」とドルサクがいった。各自が幸福の問題を論じた。

バノルは幸福は健康からだといい、ボアズネは金だといい、ブレッソン夫妻は活動だといった。

「幸福は眠ることですわ」とリュシアン夫人が立ち上りながらいった。レオニー・ブレッソンが川岸に電燈をつけることとを申出た。

「どうぞ、では失礼ですが、少し休ませて頂きます」

ボアズネが図書室まで夫人に腕を借した。夫人は睡眠中は邪魔しないでくれといって寝室へ上って行った。

ボアズネは独りで図書室にじっと立っていた。彼は六十の老人ながら矍鑠《かくしゃく》たる元気で、禿げた頭の残りの毛を丁寧に撫でつけて、色気たっぷりの爺さんである。ジロリ四辺《あたり》を見廻すと、金庫戸棚の椅子を動かして半開きの扉の間に首をさし込み、金庫をじっと調べた後、また元通りに扉を閉めた。

それから彼は卓上の煙草箱から金口の巻煙草を三分の二ほど摑み出してポケットにねじ込み、次で、窓際の昔風の円卓の抽斗をあけて中から上等の巻煙草を半分ほど盗み出した。

「アラ、旦那様はシガーで御座いますか？」リキュールの盆を持ったアメリーが現れた。

「やあ、アメリーか、シガーは持ってるからお世話にならんでよろしい。わしは煙草は吸わんが、友達にやることが好きじゃで喃《のう》」

女中がリキュールを置いた。

「まず、コーヒーをくれよ、アメリー」

「室頭が直ぐ持って参りますわ」

「じゃあ、そのシャンパンをついでくれ」

彼は酒をつぐアメリーの姿を好まし気に眺めていた。若々しい棄てがたい味のある女である。

「アメリー、俺はお前が水から上る姿を見たよ、素敵だ！」

「何と仰います？」

……」

「素敵じゃといったのさ。実に素晴らしい肢体《からだ》だな。わしは、最初から、お前が好きになったよ
「まあ、御冗談ばかり……」

「冗談ではない。アメリー、何故お前、今朝のチョコレートを室へ持って来ないんだ」

「あれは室頭の受持で御座います」

「あいつはいやな奴じゃよ。長くいるのかいこの邸に?」

「私と同様、十五日ほど前に参りました。旦那様方が御出でになる一週間ほど前で御座います」

「あいつは厭な野郎だが、お前は可愛いいよ。それにいい匂いだ……何んとかいう詩にあったな、月の光のくまなくて、雨にぬれし花に輝くとか何んとか……」

「奥様の香水で御座います」

「そうだろうと思った。だが、まさか奥さんを抱くわけには行かんで……」

彼は素早くアメリーの首を抱えて、接吻をしようとした、とたんに折悪く室頭がコーヒーを持って入って来た。

「ひでえや!」と叫んだ。

ボアズネが笑い出した。

「アッハ……、怒るな怒るな。チョイとシガーを吸っただけだよ。そこへ下男現わるか、ハッハ……」

「じょ、じょうだんじゃありませんよ」とプンプンした室頭はお盆をそこへ置くと、ボアズネの傍へヌッと立って、

「だれに断ってアメリーに接吻なんぞするんです?」

「お前の親しい友達かい?」

「私の妻です」

「プフッ！　こりゃ驚いた！　そんならそれと早くいえよ。ハッハッハ」

と爺さん敢て驚かない。

「それじゃ、かみさんにいって、明日の朝から、わしの寝室へ、かみさんがチョコレートを持って来るようにしてくれ」

室頭のラブノはカンカンに怒ってアメリーを連れて室を出て行った。

サロンでは蓄音機をかけてブレッソン夫妻が盛んに踊って騒ぎ、ドルサクも一所《いっしょ》になってバタンバタンとやっていた。ボアズネとバノルがもう口喧嘩を初めていたが、それが来客の噂に移り、ベルナール・デブリウが最近事業の手違いから破産一歩前にある事を話していた。

「オヤ、今まで踊ってたレオニー・ブレッソンがコーヒーを覗いてるぜ」

「いけない。コーヒー占いをやるんだ。三年前だったよ、コーヒー占いで、俺の内儀《かみ》さんがおん出るっていったっけ。その通りだったがね。ちょいと当る事があるんだ。不思議だよ」

彼女はドルサク伯のコーヒーを占いたいといい出した。

伯爵は黙ってコーヒー茶椀を渡した。

「どうぞ御自由に……だが一つ条件がある……」

「どんな？」

「ほんとうの事をいって下さい」

「心配なさいません？」

「ちっとも」

彼女は暫くじっと茶椀を覗き込んで黙っていた。亭主が心配そうにやって来て、

「おい、レオニー、お願いだからよしてくれよ。つまんない事は……」

「いやいや、やらせろよ」とドルサクがいった。

「いけないいけない…あんたは知らないんです。あの顔色、あの据った眼付を御覧なさい。あんなになる時にはとんでもない事をいい出しますから」

「当るのかね？」

ブレッソンは仕方がないといった風に腰をドスンとおろして、

「ウン。……未来を当てる……はっきり見えるらしい……その予言の中には実際に当ることがあるんですよ。だから困る事がある……」

ボアズネは手を叩いて喜んだ。

「素敵！　何んでも構わない、やったりやったり！　大椿事大いに結構、え？　バノルが脚でもおっぺしょるか……」

若い妻君レオニーは黙ってじっと見詰めているが、顔色は蒼く、頬が引きつって来た。

「どうです、奥さん、何かありますか？」と伯爵が身を乗り出した。

「えらく真剣な様子だが……」「でも……」と彼女は茶椀の底をじっと睨んだまま答える。「何んと申しましょうか……」

「そう！　そう！……大金を失うというんでしょう、そんな事かね？」

「いいえ……いいえ……」と彼女が呟く。「そんな、あなたについての事ではありません……ここで起る事なんです……いえ、今起ろうとしている……、私達の身に……悲劇」

「いや……そんな事が……」とバノルが顔色を変えて唸った。

「そりゃあ面白い」とジャン・ドルサクが冗談にまぎらせた。「悲劇がないと……生活が単調になるよ…して、それはここで起《おこ》るんかね？」

「ええ」

「来年？」

「今晩」

「公園の中で？」

「邸の中で」

「物置で？」

「この階下の室で」

「この室で？　どんな悲劇だね？　泥棒？」

「ええ……います……泥棒が……それから……」

「それから、何が？」

「ああ、まあ恐ろしい……でも確かに……確かに……殺人が……」

「素晴らしい！」と伯爵が叫んで哄笑した。

「殺人！　実に凄い……でどうして？　毒物で？……猟銃で？」

彼女はいよいよ声を低めていう、

「短剣……御覧なさい、ここを、右の方に……この小さい十字……それから……それから……ええ、そうよ、この真赤な色……ええ……血が流れる……」

バノルは長椅子にぐったりし、クリスチアンヌとベルナール、デブリウ夫妻は微笑を交し、ボアズネは尻をもじもじさせていた。と、この時、皆いい合せたようにサッと起ち上った。悲鳴、鋭い、かん高い、恐ろしい叫びが聞えた……サロンの向うの方、食堂のあたりからの叫び！

一同は耳をそば立てた。何もない、何も聞えない。

「どうしたんだろう？」とドルサク伯が呟いた。

丁度ラブノが空の盆を持って大サロンに現れた。静かである。

「何かあったのか、ラブノ？」

「御用で御座いますか？」

「何ッ！　お前、きこえなかったのか？　あの叫び声を！」

ラブノは暫く呆気に取られてポカンとしていたが、

「叫び声！　いえ、聞きません。もし誰れかが大声を立てたなら、聞えるはずで御座います。……私はアメリーとあちらにいました……」

ドルサクとボアズネは調べてみたが、何の怪しい事もなかった。一同がほんとうに叫び声を聞いたのだろうか？

　この疑問、一同が再び図書室に集った時にボアズネがこの疑問について軽い調子でいった。

「僕の意見をいえばだね、我々がいささか幻覚に捕れたんじゃないかと思う。ね、そうじゃないかい！　ブレッソン夫人のコーヒー茶椀占いで相当神経を攪乱され、異常な状態におかれていたので、現実とは全くかけ離れてある種の感動を受けていた事は否めない。とするとだね、あれがあるいは鳥の叫び、猫か犬の鳴き声であったのを人間の悲鳴と感じたのではあるまいか。一種の集団的な錯覚さ、これで説明がつく」

　不思議なことには、誰れもこれに異議を称えるものがなかった。一座はいささかシンとして想いにふけっていた。レオニーはまだじっと一箇所を見詰めている。亭主がその耳に口をつけて、

「馬鹿、お前が悪いんだ。余計なお喋りをするからいけないんだ。黙ってりゃいいのに！」

　相手がまだ催眠状態なので、彼が思いきりその腕を抓ると、彼女は痛さに飛び上って、漸く覚めた。覚めると、相変らず陽気な女房に還って笑い出しながら、ダンスの足取りで、

「まあ、ほんとう。皆ンな青い顔してるわ。バノル、そんな顔しないでよ、確《しっ》かりなさい。さあさあ早くしないとベニスの水祭りも水の泡となるわよ」

　彼女はカスタネットを手にして踊り出した、と廊下の扉が少し開いてドルサク夫人リュシアンが顔

を出し、

「お願いだからも少し静かにしてよ、レオニー。あんた、もう少し静かな遊びは出来ないの？　ね、お願いよ」

「もっともだよリュシアン」とドルサクがいった。

「でも、どうして今頃睡ってるんだい……外へでも行こうよ」

と夫人の後を追って階段を上ったが、夫人は寝室の扉を閉めてしまった。

一同は川岸を中心に園内に飾った豆ランプや花電燈に灯《ひ》を入れてベニスの水祭りを初める事にした。

ブレッソン夫妻は準備に出かけ、バノルとボアズネはサロンの出口に立っていた時、ジャン・ドルサクはソッとクリスチアンヌ・デブリウに近づいて小さい声で、

「ちょっと話したい事がある」「どうぞ」

「だが、あんただけにだよ、他の人に聞かせたくない内密話しだ。何故僕から逃げるの？」「逃げやしませんわ」

「くりかえしていう。話したい事がある」

「お話になりたい事でしたら、大声で仰ゃって下さい」

「いけないいけない、是非二人だけで話したいんだ」

と伯爵は苛々していった。彼女はツンと突立ったままじっと相手の顔を見ていたが、

「お待ち下さい。良人《たく》に聞いてみます」「あいつには用はないんだ」

「あなたはなくとも、私があります」

「ね、クリスチアンヌ！」彼女はキッと睨んで、

「何の権利があって、私の名を呼び棄てになさいますか、失礼よ」

ベルナールはこんな会話には関係せず、離れた処で雑草に眼を落しているが、何か他の事を考えているらしい様子である。

彼女は夫の傍に腰をかけて、

「一所《いっしょ》に来て下さる、ね、お願い」「いいよ」

「そんなところにじっとしていらっしゃる事ないわ」

「あの騒ぎ、あの賑かさ、いささか僕には苦手だね」

「でしょうけど、ね、ベルナール、あたし達、ここへ来たのは、先週、あなたが、ドルサクの招待をお受けになったからよ。私はいやだと申しましたわ……あなたも、やめると仰しゃっていたのに、急に気を変えてしまったんですもの」

「お前が喜ぶだろうと思ったからさ」

「でも、変ねえ、仰ゃり方が……あなた時々変よ。変ったわ。数ケ月前から随分お変りになってよ。あんなに堅く結ばれていた私達ですのに、私、何んだか、この頃少しずつお互が離れるような気がしてよ、そんな事いや」「そんな心配するなよ」と彼は微笑した。

「あたし、あなたの憂鬱なお顔きらいよ。何か心配でもあって？　仕事がうまく行かない？　それならばドルサク伯と仲よくした方がよくってよ、何かの役に立つわ。わたしね、あの招待をお受けになったのは、あなたが何かお話しなさる事があると思いましたから」

彼は返事をしなかった。額に苦悩の皺があり、黒い瞳には憂悶の色が浮んでいた。彼女は暫くじっと黙っている夫を見ていたが、

「いらっしゃい、あなた」「その方がいいのかい？」

「も、ち、ろ、ん」

「じゃあ……」

彼は立ち上ると三人の後を追った。バノルとデブリウが先に立ち、クリスチアンヌとドルサクとボアズネがつづく。玄関でクリスチアンヌは外套《マント》を取った。寒くはないが空が曇っていた。

花の香りが暗光浮動する木立の中を静かに川岸に進む、点々とつけた色電燈の光弱く木の下闇に光っていた。ブレッソンは竿の先につけたカンテラで先頭をつとめ、レオニーがギターを抱えて静かなメロディを流しながら唄って行く。

暫くして橋の傍まで行くとボアズネが涼い風に当ったといって上衣を取りに行き、ドルサクの半外套を持って戻って来た。ポツリポツリと雨が落ち初める。

クリスチアンヌはなるべく伯爵から離れようと気をくばり、夫の腕をとったが、バノルが火を借してくれというので、ベルナールは妻の腕を離してライターを出した。その隙に美しい若い彼女を橋の上に連れ出すことに成功した。

「御願いだから、もうつれなくするなよ！　あっちの岸へ行こうよ」

「厭です」と女が強くいう。

「クリスチアンヌ……」「そんなに呼ばないで下さいッ」

彼女は夫とバノルが話しながら右手の方に遠ざかって流れを下って行くのを見てあわてた。ジャン・ドルサクは橋の真ン中に立って彼女の戻ろうとするのを阻み、人の見るのも構わず、無理にも、暗い向岸へ引き込もうとした。

「いけません……いけません……」とおろおろ声。彼はあざ笑った。

「何が？　何を怖れるんです？　ここにいて不安心なんですか」

彼女は声を上げて助けを呼びたかった。誰れを？　救いを求める？　何というスキャンダル！　それに、事実、この時、この場所、何を恐れ、何が不安心なのだろうか？

でも……でも……闇に光る狼の眼……

窓の人影

人気のない夜の川辺《かわべり》に、邪恋の人妻を引きとめようとするドルサク伯の野望に追い込まれたクリスチアンヌが、思案に余った折も折、運よく小さい筏が川の流れを下って来た。

「レオニー」と彼女が叫んだ。「一所に乗せてよ、……面白そうね」

彼女はいうより早く虎口を逃れた思いで筏に飛び乗ると、伯爵も共に飛び込んだ。筏がグラリと危く揺れて、橋の方へ流れて行った。

橋の下は低く水面に接していて、人々は身を筏の上に伏せて漸く通れるほどである。

「アラッ！　大変よ、流れるわ、流れるわ……水につかってしまうわ……」とレオニーが悲鳴をあげた。とたんに夫がグイと筏を城岸につけた。

そこへボアズネがヌッと叢から顔を出した。

「手をかしてよ、ボアズネ……足がぬれてしまうわ」とクリスチアンヌがいった。

ボアズネが手を貸そうとして足を踏みはずしザブリと片足を水の中へ突込んでしまった。周章《あわ》ててビッコ引き引き片足飛びに岸へ上った姿に、クリスチアンヌは思わず声をあげて笑った。

この時、空が急に曇って、一雨来そうになり、庭の方にいた人々が大急ぎで邸の方に戻り初めた。

「戻りましょう」とクリスチアンヌがいった。

「いや、あそこの鳩小屋に雨宿りしよう」と伯爵がしつこく彼女に迫った。

「わしは帰るよ」とボアズネがブックサいった。

「足が氷りそうだ」

彼女は帰りかけるボアズネの腕を強く摑んだ。今彼に行かれてしまえば、ドルサクの邪恋の牙がつかみかかりそうである。雨がザッと降り出した。

「あ、いけない。こんな処にいるのは馬鹿だよ。早いとこ帰って服を着換えるんだ」

「それがいいよ」と伯爵が合槌を打った。「君の年じゃあ、雨に濡れるのは身体に毒だよ、さ、僕のマントを貸してあげる」

「アッ！　いっちゃあいけません……まって……一所に……」とクリスチアンヌが叫んだ。

「こんな大雨の中を？」とドルサクが皮肉る。

三人は行く行かせないで争った。彼女は帰させまいとするし、伯爵は早く追払おうとする。そして遂にボアズネにマントをかぶせて雨の中に追い立ててしまった。

とたんにそこへブレッソン夫婦が走って来た。

「びしょ濡れよ……背中に雨水が流れているわ……ブルブルおお寒い……滝のような雨ね」

レオニーのお喋舌《しゃべり》である。

「見たかい、君？」とブレッソンが突然伯爵にいった。

「何を？」

「ああ！　ここからじゃあ窓は見えないな」

「窓ってどこの？」

「あの塔の……ホラ、図書室の大きな窓……あれが不意にサッと開けられると……誰れかがバルコンに飛び出して、ヒラリと闇に消えたよ」

「ハッハ……駄目々々」と伯爵は笑った。「その手には乗らないよ君、妻君がコーヒー占いで、いい加減おどかされているんだ。その手にゃ乗らん」

「真実《ほんとう》だぜ、ドルサク。丁度サッと月の光がさしたので、僕は、はっきり見たんだ、ねえ、レオニー」

「馬鹿ねえ、見なかったわ、私」

「俺が知らせた時には、もうすんでたんだ」

「思いちがいよ。……幻影だわ」

「そうだ、幻だよ」ドルサクは上の空で笑っていたが、彼はクリスチアンヌを引止めるのに夢中だった。

「真実なんだよ……」

しかしボアズネはこの機会を利用して逃げてしまった。ブレッソン夫妻もその後につづく。クリスチアンヌは大急ぎで走り出し、ドルサクがこれを追う。

邸の時計が十時十五分を打った。

途中で彼等は室頭以下召使達が傘をもって迎えに来たのに会った。室付女中のアメリーがドルサクに、

「旦那様、奥様に御会いになりません？」

「なにッ？　奥さんが出かけたのか？」

「ええ、旦那様、雨の降って来ます前に、邸をお出かけになりまして、川の方へお出ましになったのをお見かけ致しました」

「じゃあ、帰ったろう」

「いいえ、旦那様お帰りになったのをお見かけ致しません。それに……奥様は薄鼠色の大きなケープをつけていらっしゃいました」

「おかしいですねえ」とドルサクはクリスチアンヌにいった。

「リュシアンはあんなに疲れて……寝《やす》んでいたんだから……とにかく邸のまわりを捜せ。アメリー、それからラブノにも云って、十五分たったら様子を知らせてくれ」

やがて玄関についたボアズネとブレッソン夫妻は大階段から自分の室へ急いだ。クリスチアンヌもそうしたかったが、ドルサクが手荒く彼女の腕を摑んで、

「どこへいらっしゃる？　ちっとも濡れてないじゃあないか、え？……」

あまりグイッと摑んだので彼女は思わず悲鳴をあげた。

「痛いじゃありませんか……」

ドルサクは、フフンと鼻の先で嘲笑して彼女を無理にサロンに引き込み、それから図書室へ連れ込んだ。そしてまるで投げ倒すように長椅子の上に突き飛ばして、

「さて、話そう。召使は外に行っているし、君の主人とバノルは公園で雨宿りをしているし、他の連中も十五分も経たなきゃあ室から降りて来ない。まず十分、いや十二分、恐らく十四分位は時間がある。話をしよう」

かくして、行楽と歓楽に明けくれの一週間平和だったこの邸の生活は、はじめて乱され、クリスチアンヌに対する伯爵の愛慾は、俄然その焰を燃し、牙をむき初めた。人間の情慾煩悩のほとばしる所、そこに邪恋、悲恋、本能の赴くままに運命の渦をまき起すものである。

クリスチアンヌは直ぐと突立ち上って、

「何をするんです。失礼な。執拗《しつこ》くつけまわして……」

「つけまわす？」

「ええ、そうです。力ずくで私をここへ引張り込んで、まるで捕虜のように……私が世間態もあるので、心ならずもおとなしくしているのをいい事にして……」

「フフフ……心ならずでもなかろうよ、クリスチアンヌ……」

彼女はこの親しい呼び方にいよいよ怒った。彼はこうした苛立った若い女に対しては、思い切った高圧的な力で攻撃する必要を感じ暴力を振ってもと考えたが、僅かに自制をして、慾情にゆがんだ顔

に、微笑を浮べながら、静かな声で、ゆっくりといった。

「いや、失礼、あなたの顔を見ると、つい言葉も行動も無茶苦茶になるのです。それで少し驚かれたと思う……があんたには、僕がこれほど夢中になり、見境いがなくなる気持ちが解らないんだ。その気持ち、聞いてくれますか？」

「ええ」と彼女は相変らず、直立のまま、多少の親しさを隠そうとはせず、はっきりといった。

「では、極めて簡単です。ホンの僅かの時間です。ねえ、君、聞いてくれ……敢て君と親しく呼ぶ、いいかね……今から六ケ月以前、高等学校時代の同級生であったベルナール・デブリウの家で、あんたに紹介された。その瞬間から、僕は君に……」

「前にも聞いています」と彼女は敵意を以て答えた。

「幾度でもいう。その後冬に春に幾度かあんたと会う度に、僕の胸はいよいよ燃えてくる。昔の級友である関係を考えてみても、幾度か邸へ来たり、訪ねたりするについても、僕のこの恋心は押えても押えても押え切れずに、幾度もあんたに話をし、ほのめかした事がある、が、しかしあんたは他山の花でしかなかった」

「知ってます……知ってます……」と相変らず敵意ある調子でいってのけた。

「あんたは知っている……僕の気持ちを知ってくれた。だが、あんたは、僕のこの恋、望み、悩み、この心にうずくすべてのものについては何も解ってくれてない。あんたは、僕が、あんたの写真を盗み出して、自分の胸に抱き、日に二十度も、あんたの写真を眺めていることも知っている。ね、君、僕ははっきりとあるいはそれとなく、君に話をし、また眼で、態度で、話したでしょう？　ね？　そうでしょう？」

彼女は頭をふった。「ええ」

「だのに」と彼は彼女の前に両腕を組んで、

「あんた……あんたの奥さんから強《た》ってのおすすめがあり、宅の主人も……」

「いやいや、そんな隠し立てをしなくともいい、妻でも、僕でも、あんたの旦那さんでもない、僕の秘めたる恋を知っているあんたが、わざわざ僕の傍へ飛んで来たんだ。僕の傍へ来たくて来たんですよ。あんたは百千万の口実を作って、自分自身に云い訳をしているのは僕によく解っている。あんたは僕の傍へ来た。嬉しく楽しく、心を躍らせて……でいて僕の前ではただ人揃みな体裁を作っているに過ぎないんだ」

「違う、違う、絶対に違います。私は貞淑な女です。私はこの二年間何の顔を赤らめずにあなたを正面《まとも》に見る事が出来ます。私は独り身の女ではありません。私の一生はただ単に、私の身勝手や出来心や嫌悪で左右出来ません。私には夫があります」

「あいつの事はいうまい」と嫉妬に燃える眼をぎらぎらさせて彼は叫んだ。

「僕は彼が嫌いだ、彼をにくむ……彼はあんたの夫だからだ」

「すると、私が独身でしたら、あなたの恋愛を受け入れられると思っていらっしゃるんですか」

「そうだ。……あんたは僕を愛している……」

彼は突然グイと一歩進み出ると、彼女を抱いて、グーッと上向きに彼女の身体をそらさせた。彼女の繊細な身体が、情熱的な力強い男の抱擁の中でもだえた。彼は囁くようにいう、

「何を怖れる？　僕の唇はあんたの唇の傍にある。もし僕があなたの唇を奪えば、あんたは、お仕舞

いなんだ。お仕舞いなんだ。……黙って……君は厭とはいわないね……君は俺のものだ……心も身体も僕のものなんだ……」

彼女はグイグイと長椅子の方に押されて、そこに倒れてしまった。十秒……二十秒が過ぎた。若い女は遂に彼の力に屈したかに見えた。男は一層強く女を抱きしめて、有無なくその唇に慾情の接吻をしようとした。とその瞬間、女は精一杯の力で、男の抱擁の手を引き離すと、身体を二つに折り、両手で顔を覆った。やさしい肩がこまかに慄える。泣いているのかもしれない。

彼はそれ以上彼女に襲いかかることをやめてじっと女の様子を見ていた。

暫くすると彼女はキッと立ち上り、

「私の決心は極りました。私は今夜にもあなたの許を去ります。皆さんにはあす左様ならをいいましょう。もう二度とお目にかかりません。私には夫があります。あなたも立派な奥さんがおありです。この現実を動かす事は出来ません」

彼は拳をグッと握りしめてキッと女を睨んでいた。

「唯一の現実は将来にある。行きたければ、勝手にお帰りなさい。だが、僕の恋と君の恋と、これは永久に変らないんだ」

彼女はキッと相手を見据えた。そして軽く微笑を浮べて手を差し出した。

「君と握手？　僕は君の唇しか望んでいないんだ」

彼は断乎とした決意、恐ろしい意志をこめていい放った。

と、この時サロンから足音が聞えて、バノルとボアズネが入って来た。

「おや、バノル、帰って来たのか」とドルサクがいった。

「ベルナールは？」

「室にいるよ。直き来る」

クリスチアンヌが室を出ようとすると、ドルサクが押し止めて、

「待っていらっしゃい、ここで……直ぐ来るんだから……濡れなかったのか？」

「ちっとも。僕ア大雨の時は築山の穴にいて、やんでから出て来たんだ」

「そっちで、君はリュシアンを見かけなかったか？」

「いや。出かけたのか？」

「散歩に出たらしい」

「なに？　だって室に寝ていたはずだぜ」

といっている処へベルナールが来たので、彼はベルナールにも同じ事を訊ねた。

「捜しに参りましょう」とクリスチアンヌが夫をさそった。ジャン・ドルサクは、もう帰っているはずだが、といいながら内階段を昇りかけたが、

「いや、閂がちゃんとかけてある」

そこへラブノとアメリーが来た。

「奥様は庭の方にもおいでになりません」

「変だなあ。呼んでみたか？」

「お呼びした声が聞えないはずはないですし、月が出て参りまして、雲が切れたので、目のとどく限りでは、見つかる訳ですけど……」

「まあ、もう一度よく捜しておいで。こんな雨上りに出かけることはないんだがなあ……」

といいながら、ドルサクは苛々した様子で室を行ったり、来たりしていたが、ふと金庫戸棚の前に立ちどまって、

「オヤッ、また誰れかこの戸棚にさわったかい、ラブノ？　長椅子を扉にくっつけておけといったじゃないか」

ラブノは吃驚して、

「二度目だよ……二度も誰れかが触ったんだ、不思議だなあ……」

「二度？」

「ハイ旦那様、最初はお食後で、長椅子が動かしてございましたが、これはボアズネ様がなすったらしく、室からお出になる所を見ました。アメリーも見ていました」

「ウン、それから……」

「それから旦那様の御申付けで、ちゃんと長椅子を直しておいたのに……不思議ですなあ」

妻の不在を心配しているらしい、ドルサクが、

「おい、ラブノ。花瓶が倒れている。床の水を拭いておけ」

それはバラの花一輪を生けてあった花瓶で、丸卓子《テーブル》の上に倒れて、水が流れていた。

「我々の留守中、誰れかこの室へ入ったのか?」

「ラブノと私が参りました」とアメリーが答えた。「お皿は動かしましたが、花瓶はそのままで御座いました」

一同は黙ってしまった。重ね重ねの出来事に何かしら不安になったのである。そこへブレッソン夫妻がやって来て、不安気に黙りこくっている一同の気を引き立てようとしたが、誰れもが無気味な沈黙におちてしまった。ブレッソンは金庫の話を聞くと、

「そうだ、あいつだ。僕ア怪しい男がそこから飛び出すのを見たよ」

「この窓からか?」

「その窓からだ」

変である。ブレッソンが大きな窓を押した時、窓がバタンと急に開いた。

「おかしい。この窓は落し錠で閉めておいたはずだし、窓を押し開けるような大風も無かったんだからなあ」

「窓が独りで開きあしないし、そんな嵐でもなかったんだから……とすれば誰れかが窓を押し開けて、またソッと押しつけて閉めておいたんだ」

「誰れが?」

「バルコニーから飛び出して叢《しげみ》の中へ逃げていった奴さ」

「そりゃあ大変なことになった」とバノルが慄えた。

「いよいよレオニーの予言が当るかな」

ドルサクは呼鈴を幾度も押した。ラブノとアメリーがまた馳けつけて来た。

「ラブノ、この窓はちゃんと閉めたか」

「ちゃんと閉めまして御座います。旦那様とお客様方がお出かけの後《のち》、アメリーと私とは前にも申上げましたように、ここへ参りまして、お皿などを取り片付け二人して川岸のイルミネーションを眺めていましたが、アメリーが上の露台《ベランダ》へ行ってみようと申しましたので、私は窓を閉めて落し錠を差して、室を出ました」

「すると、その後、誰れか来て窓を開けて、また閉めておいたんだ」

とドルサクがいった。彼は考えた。以前にも、ここから忍び込んだ奴がいる。すると再び忍び込まんとは限らない。前の夜、失敗して死んだが、それとこれと何等の関係がありはしないか。とするとその目的は？

「フーム。結局不思議が三つ重っている。この窓と……金庫戸棚の前の長椅子を動かしたのと……花瓶をひっくり返したのと……怪しい。偶然とは思えない筋がある」

彼はラブノやアメリーに厳しく問いただしたが、彼等二人以外、この室に入ったものはない。バノルとボアズネは不安におののき、ブレッソン夫妻とデブリウ夫妻はじっとドルサク伯の態度を見詰めていた。すると暫くしてアメリーが、

「旦那様、不思議といえば、変なことが御座いました。私達二人が上の露台で川岸を見物していました時、ふと、私がふり返って見ますと……玄関の方に燈がつきました……いえ、食堂では御座いません……すると、人影が闇の中に動いたようで御座いました。私は別段気にも止めませんので、ラブノにも話しませんでした」

「おかしいねえ……すると泥棒でも入ったかな……それとも、そんな気がしたのかな」

「いや、ドルサク、こりゃあほんとうだぜ」とブレッソンがいった。

「この窓から人が飛び出したのを、僕は確かに、この眼で見たんだから」

「何かもしれんよ、君の妻君のいう通りに」

「じゃあ、窓から飛び出した男が、再び閉めてあるように窓を押しつけておけるかどうか試してみたらいいだろう」

「やって見ろ、ラブノ」と伯爵がいった。

「それから、下へ飛び下りて、足跡があるかどうか調べてみろ」

「ハイ、旦那様、丁度懐中電燈を持っていますから……ですが、足跡は、あの雨では……ちょっとわかりますかどうですか……」

「わからんかもしれんが、草が倒れているとか何んとか何か形跡があるだろう」

ラブノは窓を開けて、バルコニーへ出てから、窓を押すと、窓はキチンと閉った。

「そら御覧。だから泥棒が入ったに違いない。入ったとすれば問題は金庫だ」とラブノがいった。

ボアズネが、

「だって、金庫の中には大したものは入っていないんだそうだ。ね、そうだろう、ドルサク。そんな話だったな」

「ウン。殆ど使っていなかったよ」とドルサクが気の無さそうな返事をした。

「大したものは入れてないんだが……しかし……」

「しかしって……」

「ところが一昨日《おととい》……」

「一昨日どうしたんだ？」

ジャン・ドルサクと戸棚へ走って、長椅子をどけて、扉をあけて覗き込んだ。

「変った事はない」といった。

「開けた形跡がないよ。開けるには、符号も知らなきゃあならんし、鍵はここに僕が持っている。……ホラ、これだよ。だから安心さ」

「しかし、念のためだ、調べて見たらどうだ」

「そんな事したって無駄だよ」

この時、窓硝子を叩くものがある。ラブノである。窓を開けてやるとランプ片手にラブノが入って来た。

「草が乱れていたり、木の枝が折れていたり致しまして……それから……こんな鍵が御座いました」

ドルサクは早速受取って調べていたが、

「これは古い鍵で、金庫の鍵じゃあないよ。……それから、なおよく調べて来い。調べたら玄関の方を廻っておいで」

彼は召使を出してやると、窓を閉め、門をさして、さて客に向って、

「召使の前で話したくはなかったので、黙っていたが、この鍵は僕の持っている金庫の鍵と全く同一だ。決して間違いはない。して見ると誰れかが忍び込んで来た事は確かだが、符合を知るはずがない」

「やっぱり、調べて見給え。無駄だっていったところで、鍵が二つある以上、まあ調べた方がいいよ、

ドルサク」

彼は再び戸棚の前に行き、片膝をついて鍵を差し込んだが、金庫の扉は何の苦もなくスーッと開いた。

「怪しいぞ」

「何が？」

「三週間前に、新聞紙にくるんで棚に入れておいた包みが無い」

「その包みは？」

「証券……債券だ……約百万法ほどの……」

夫人の行方は

ジャン・ドルサクはこの怪奇な盗難を前にして驚くほどの冷静さを示した。そして驚き騒ぐ人々を制して、事件が、次の段階に展開するまで、一切の秘密を守ってくれるようにといった。そして、これは恐らく、邸内の出来事なんだから今直ぐに刑事問題にしたくない、それよりも皆してこの問題の解決を考えてくれともいった。

クリスチアンヌはそっと夫にいった。

「何か御考えある？」

「無い。ジャンが解決するだろう」

「何んて落付いていいるんでしょう……」

「百万法……」とベルナールが呟いた。

「彼奴には何んでもないんだ」

バノルとかボアズネはブレッソン夫妻とひそひそ話をしていた。レオニーは予言が実現したので非常に心配になってきたし、バノルは蒼くなっている。

ジャン・ドルサクは室の中を歩き廻りながら、じっと眼を一点に据え、顔をゆがめて沈思していた。

彼の心中には多少の思い当る筋がないでもなかったが、しかし考えると、不可解な闇と、壁に突き当る。

「事件は不可能な事と不可解なことで満ちている」とドルサクがいった。

「不可能というのは、この金庫の符号は誰れ一人にも話した事がないのだから、僕以外には知っているものがないはずだ。不可解なというのは、これも僕以外証券の包みを金庫の中に入れた事を知っているものが無い。それから、この鍵、この合鍵はどこから出てきたのか？」

彼は再度室内を歩き初めた。と、ボアズネが、

「ねえ、君、ドルサク。怪奇な事件の中で、誰れもが気がつかなかったちょっとしたことから、その謎がほぐれる事がある」

「という意味は？」とドルサクが歩みを止めた。

「僕はふと思いついたんだが、奥さんが君の知らない事を知っているかも知れないという事だ」

「リュシアンかい。夕食の前も金庫の事を話したには話したが、誰れも符号も知らなければ、証書のある事を知らなかった」

「証書の事は話さなかったのかい？」

「話さなかった」

「だけど……」とボアズネがいい張る。

「だけど何んだい？」

「聞いてみた方がいいね」

「なるほど」といったが、

「しかし、どこかへ散歩に出ているっていうじゃないか。あんなに健康《からだ》を心配していたのにね……」

今度はバノルが口を出して、

「ねえ、ドルサク。奥さんの不在と泥棒との間に何か関係はないかしら？　邸の中が空ッポだと知って、玄関から忍び込むという手もある」

「そんな事は絶対にない」とドルサクが叫んだ。

「この泥棒は特異なものなんだ。もう沢山、喋っている内に時が経つ。それよりもリュシアンの行衛を捜す方が先きだ」

「捜しましょうよ……手おくれにならない内に……」とクリスチアンヌがいった。

「捜そう……妙な風は出るし、雨上りだし……」

バノルとボアズネは図書室を動かなかった。他は皆室を出て行った。

一同が玄関口の処まで来ると、植木屋のアントワンヌがラブノに連れられて馳けつけて来た。ラブノは声をはずませて、

「旦那様、アントワンヌが、今しがた奥様を見かけたそうで御座います」

「早く話せ、アントワンヌ、お前どこにいた」

「煙草を買いに村へ参りました。まだ旦那様が外にいらっしゃる時です。すると、奥様をお見かけしました……奥様の鼠色の襟巻に見覚えがあります」

「どっちの方だ」

「あの滝の方で」

「何ッ！　滝の方！」とハッとしたドルサクが叫んだ。

「奥様は橋の方へお出かけでした」

「そりゃ大変だ。あの橋は七分通り朽《くさ》っているし……雨で橋板は辷《すべ》るし……」

「でも、雨は殆どまだ降っていませんでした」と植木屋がいった。

「構わん。鐘を鳴らせ！　早く、ラブノ鐘を鳴らせ」

ドルサクはもう飛び出して、走りながら命令した。がアントワンヌがそれを止めて、

「ま、ま、お待ち下さい。まだ、はっきりした訳ではありませんし、それに橋もそんなに朽ってはいません」

「いや、いつだったかお前がそういったんじゃないか」

植木屋がランプを持って先きに立つ。やや静まった嵐の中で、急を告げる鐘が鳴り響いた。突然の知らせに十二三名の人々が手にランプを持って馳けつけて来た。

「まあ……まあ……そんな事のありませんように……」とクリスチアンヌが呟いた。

「そんな事無いよ」と夫が答える。

「ドルサクの奥さんはいつも……」

「でも、何故散歩なんかに……」

「さあ、それが解らないんだ」とベルナールがいった。

「僕にはそんな事有り得ないような気がする」

植木屋の家の向うに小さい橋があって、その下が一米余の高さの滝になっている。懐中電燈の光では底までうまく届かないので、ランプを落して見た。別段変った所もないし、橋の上に辷った形跡もない。

伯爵は、

「リュシアン……リュシアン……」と叫んだ。

植木屋は森の中を馳け廻るし、ブレッソンとデブリウは川岸を調べて廻る。大橋のあたりまで調べたが異状が無い。

ジャン・ドルサクは興奮して、無暗やたらに怒鳴り散らした。その腕をグイと摑んだレオニー・ブレッソンが、

「あたしの考えではね、どうも考え違いがあるようだよ」

「なんだって?」とドルサクが苛々して叫んだ。

「考え違い?　だって見たっていうじゃないか……」

「そうです……でも奥さんの平常《ふだん》から考えても……」

「わたしも、そう思うわ」とクリスチアンヌもいった。

「奥さんがそんなことなさるはずが無いんですもの……」

激しく鳴っていた鐘の音が止んだ。そして邸の玄関の方でしきりに呼び立てる声がする。

「どうしたんだ」とドルサク。

「何か合図をしています……ホラ、アメリーが走って来る……何かよい報せがあるらしい様子だ」

アメリーが息せき切って、皆の所へ走って来て、

「まあまあ、旦那様、御免なさいませ……ほんとうによう御座いました!……ええ、私が間違いました……それから宅も……そして、アントワンヌも……」

彼女は、もういい年の白髪《しらが》まじりの婆さんを連れていた。ベルタ婆さんといって、以前には邸の召使であったが、今では解雇されて、時々つくろい物などをしている婆さんである。ワーワー泣きなが

ら、喋り出したが、云う事がはっきりわからない。

「旦那様、私がわるかったので御座います。御ゆるし下さいまし……お邸のイルミネーションを見たくなりましたので、川岸の方へ出かけようと致しました。……雨が降りそうなお天気で御座いましたが……少し寒う御座いましたので、通りがかりに、お洗濯場にありました鼠色の襟巻をちょいと拝借致しました……これはいつぞや、奥様が、もう古くなったから婆やにやると仰言ったもので御座います、……ハイ！　旦那様……そんなことが、間違いのもととなりまして、何んともはや……申訳が御座いません」

「すると、奥さんはどこにいる？」とアメリーに訊ねた。

「お室にいらっしゃいます。きっとお出ましにはならなかったので御座いましょう」

話しが解ってみれば、婆やがつけた襟巻と雨の中を夫人が使っていた合羽《かっぱ》をかぶってうろついた事から起った錯覚であった。

ドルサク夫人リュシアンは、催眠薬を多量に飲んで昏々と眠っていたのであった。一同はホッとして邸へ引き上げた。

彼等は大階段を上った。ドルサク夫妻の部屋の扉をソッと開ようとした。が中から閂が降りているらしく、動かなかった。廊下の向うの化粧室へ通じる扉もやはり開かない。

「きっと、よく眠っているんだ」

「もう安心したんですから、そっとして上げたがいいでしょう」とレオニーがいった。

ドルサク初め一同は再び大階段を降りて、サロンを通った。

図書室には、既に間違いと知ったバノルとボアズネがいた。

「ああ、よかったねえ……」とボアズネがいった。

「今になってみると、大騒ぎをしたのが可笑しいようなものじゃったよ！　お祝に一杯やって寝るとしようか」

ドルサクはこれに答えようとせず、黙々として室に入り、金庫の前に立って、長い間熱心に調べていた。

「おかしい……怪しい……」とつぶやいた。

「何を考えているんじゃ」とボアズネがきいた。

「何んでもない。……まあ、俺も安心したんで、今度は泥棒の方のことを考えてみたんだ。今、金庫を開けるので、鍵を入れてみると、苦もなく金庫が開く。しかも符号板はそのままになっているんだ。泥棒がコンビネーションをこわしてしまったらしい」

彼はこの秘密をいかにして解くべきかをしきりに考えていた。

彼の顔には、焦燥、憤怒、不安、疑惑といった複雑な感情が浮んでいる。二分ほど、彼の眼はクリスチアンヌの眼とぶっつかった。何とかいいたかったが、彼女がとり合わないのを見てやめた。

「おい、何をしているんだ、バノル」といった。バノルは電話に手をかけた。

「今時分、局は閉っているよ」

「じゃあ、自動車を貸してくれ」

「どこへ行く？」

「町へ、警察へ」

「警察へ？　何しに」

「何にしにとは知れた事、僕等はこんな状態のまま放っておく訳には行かないんだ」とバノルはいった。

「この盗難事件は単なる盗難事件で終りそうにない」

「心配するなよ。泥棒は泥棒さ、盗まれた者だけの事だよ」

「盗まれた者だけの事じゃあない。何かしら怪奇なものが山積している気がする。このまま闇の中へ放っておく事は出来ない」

「山積って、何が？」

「解ンないのかねえ！」とバノルは次第に興奮して悪魔につかれたように足をバタつかせながら、

「長椅子は動かされているし、金庫は開けられたし、百万法も盗まれたし、この窓は閉めてなしブレッソンは怪しい男が窓から飛び出すのを見たし、それやこれやを考えればだね、確かに怪漢がこの邸内の留守中に忍び込んでいる。しかもここには誰れもいなかった……奥さんの外は……」

「それから？」

「それから？　解ってるじゃないか。いいかい、ここに悪漢がいる。上には、寝室にたった一人婦人がいる……この悪漢は百万の金を盗んだ。上の婦人の手元には宝石がある。真珠がある。ダイヤモンドがある等、等等……！」

ドルサクは蒼くなった。「怖ろしい。君は何をいうんだ。バノル！　そ、そんな馬鹿なことが……」

「馬鹿なこと？」とバノルが叫んだ。

「だが、考えても見給え。ドルサク！　花瓶のひっくり返った小さな卓子はどこにあると思う？　どこに？　え？　寝室へ昇る階段の下じゃないか。その階段から直線の処に金庫がある。電気をつけずに、闇の中で行動した男は、ここで卓子に突き当ったと想像すべきじゃないか」

ドルサクは階段の方へ二三歩進んだが、足がすくんだか、よろめいた。知る事が恐ろしくなったのだ。

レオニーもクリスチアンヌも慄え出した。

「どうしたって、真偽を確めにゃならん。早くッ！」とベルナール・デブリウがいった。

「この寝室の扉は、他の扉と同じように閂がかかってるはずだ」とドルサクが呟くのが聞えた。

「エエ？　だって怪漢は窓さえ開けたんだ」

「しかし、ちゃんと閉っていたら？」

「叩いて御覧」とバノルが叫んだ。

「……壊したっていい。だが僕ア開いてると思う。さ、来たまえ」

彼は一歩を踏み出した。他の人もこれにつづこうとするのを、ドルサクが止めた。

「ま、待てッ！……皆はここにいてくれ……僕が行く……」

決心したらしい彼は階段を大股に昇る。傍にボアズネがついて来た。

果然、扉は開いていた！　暫くしてパッと光が洩れた。ドルサクが電燈をつけたのだ。数秒の後、ブレッソンとベルナールが馳けつけた。彼等が階段を昇り切ると、ドルサクの声、つづいてボアズネの声で救いを求める叫び。

「誰れか来てくれッ！」

ベルナールとブレッソンとが寝室へ飛び込んで見ると、ドルサクが、絶望的にその妻を抱えて、

「リュシアン！　リュシアン！　確かりしろ！　おいッ、おいッ！　え？　どうした？　リュシアン！」

アッ！　という悲鳴。抱き起されていた彼女の上半身が、その手から辷ると、くずれるように床の上へバッタリと倒れた。

「死んだ！　死んでしまったッ！　そ、そんなことが！　死んだ、リュシアン……」

よろめく彼をブレッソンとバノルが抱き止めた。レオニーとクリスチアンヌが室に入ろうとしたが止められた。

動かぬ死体をのぞき込んでいたボアズネが、手早く調べ終ると、ツと起ち上った。手には一振りの短刀を握って、低い声で、

「ウン。……駄目じゃ……喉を突かれた……これがその兇器だ。……誰れもふれてはいけない！」

彼女の胸にかけた数珠《じゅず》はベットリと血に染んでいた。そしてそこには鬼蜘蛛が一疋、やはり血に染って、赤い糸を引きながらノソノソと這い出してきた。ボアズネは殺された彼女の顔に白い布をかけた。

泣きぬれるドルサク。

判事ルースラン

　午前九時、素晴らしい好天気、急に聞いた検事が車を飛ばして馳けつけた時には、既に鉄門には二名の巡査が配置されて、一台の自動車が横付になっていた。

「オヤオヤ、ルースランさん、もう来てるのか？」

「ハイ、予審判事さんは一時間前に御出でになりました」

　玄関にも巡査が配置され、第一のサロンには家中のものが集合させられていたし、大サロンには人気が無く、図書室には警視が張っていて、そこを捜査本部に当てたらしい。

　室に入ると予審判事ルースラン氏は、軽い朝食《あさめし》をやっていた。丸ボチャな身体、赤ら顔で眼の鋭い年輩の男で、アルパカの上衣、やや黄色いズボン、傍には鐘型の麦藁帽が、無雑作に投げ出してあった。まるで、釣にでも来たような服装《なり》である。

　二人は握手をしたが、検事は最近着任したばかりなので、この老巧な予審判事と組んだのは今度が初めてであった。

　一応のあいさつが済んだ時に、アメリーが食後のブドウ酒の杯を持って入って来た。

「皆片付けてくれ」とルースランがいった。

「皆、食堂に集ったかね」

「ハイ、集りまして御座います」

アメリーが出て行くと、ルースランは、

「中々、可愛らしい別嬪じゃね」と笑った。それから語調を変えて「検事さん、事件は御存知ですね？」

「大体、警部から報告を聞きました」

「私も二三気付いた点もあり、検屍の医者からの報告も聞きましたが、私は大体、自分の判断で事件を処理する方針でしてね。この事件でもいささか手落ちがあったらしいです。まず第一に被害者を現場から寝室へ運んでしまっているし、次に殺人に使用した刃物を人々の手から手に廻していじくり廻したので、指紋を滅茶々々にしてしまっている。その上、家族の人々が周章たと見えて、警察への連絡がおくれ、医者の駆けつけたのが午前一時、事件発生後二時間もたっている始末ですよ」

「――して兇器は？」

「短剣型、あまり鋭くはないもので、夫人が本の頁《ページ》を切るのに使っていたという。殺された長椅子の前に本が一冊落ちていた。それから血に染った数珠が一つ……とこれも血にまみれた赤い蜘蛛が糸を引いて這っていたという。致命傷は医者が指示したんですが……首の一方を切ったためと思われる……いかが煙草は」

二人は煙草を吸った。ルースランは何かしら悠然として、事件にあまり興味を持っていないのには、検事もいささか呆れた。彼は事件よりも、この邸の川の釣の方に興味を持っているらしかった。

「犯罪の動機は？」と検事が話を事件の方へ持って行った。

「さあ、窃盗でしょうな。どうもこの種の犯罪は面白くないですな」

「面白いというのは？」

「これは恋愛とか情痴がからんでくると、事件の複雑性が加わり興味も出てくるというもので、捜査にもそれだけ熱が入りますよ。それにこういう事件だと、二つ三つ訊問してみれば、大体の見当はつく。人間性の弱さですね。嫉妬、憎悪、復讐……そうしたものの中から事件の糸はほぐれて来るものです。が、何しろ百万法の盗難事件にからんだのではねえ……だが、とにかく殺人があったという事は忘れてはならん。この一点に重点をおいて捜査を進めようと思ってます」

そこへ捜査に当っていた警部が報告に来て、「何等の手懸りが無い。邸は川をはさんで、高い塀でかこまれているので、これを乗り越す事は不可能である。邸内のものをいろいろ訊問してみたが容疑者がいない」といった。

「みんな正直な連中で、私も数年来知ってます。昨日も邸の祭を見に来て、連中と世間話をしました。ただ新米といえばラブノという男が数週間前に雇われて、その妻君が、室付女中になっているのと……」

「ああ、アメリーというんだね。中々可愛らしい別嬪だよ。調べたかね」

「ええ、調べましたが、ラロッシュ伯の署名した立派な証明書を持っていますし、ことに女中は大変に親切で、真面目で……」

「フフン。さては伯爵は独身《ひとり》ものだね」

とルースランがいった。

「ハア、そうですか……」と警部はこの判事の洒落れがわからなかった。

ルースランはラブノとアメリーを呼んで二度調べたが、ラブノが先日ボアズネ老人がアメリーに接

吻をしようとした旨を嫉妬交りに申立てた外大した事はなかった。ついで、予審判事は伯爵以下来客全部を集め、

「昨夜、川岸にいた方々の全部にお集りを願ったのは、当夜のことにつき詳細を承って、まず窃盗が外部の何者かに依って行われたか、または内部《なか》の誰れかの手で行われたかを知り、この窃盗の証拠によって、殺人の証拠も掴えたいと考えたからであります。どうかそのつもりで当夜の事を洩れなくお話しを願いたい。……で、ブレッソンさん、木々の間に電燈をつけたのはあなたでしたね」

「私です。玄関の片隅にあるスイッチを押せば事足りたのです」

「経験さえあれば黒暗《くらやみ》ででも出来ましょうな。で、さて次にお答え願いたいのは、庭園内では、そこにいた人々が解る程度の照明でしたか？」

「十分です。邸に向った川岸はすっかり照らされていました」

「筏には奥さんと二人限《き》りですね？」

「そうです。……それから、最初に友人のバノルとボアズネが乗り、次でドルサク氏とデブリウ夫妻が乗りました」

「このお祭は何時間位つづいたのですか？」

「四十分間許りでした。ねそうだろう、ボアズネ」

「左様《そう》そんなものだった」

ボアズネが答えた。

「して、その間、このお祭に出た人々は？」

「そんな事は知りません。筏の方をやってましたからね」

「奥さんは？」

「私はベニス祭の提灯の後《うしろ》でした」

「しかし、その間御気付になった事は？」

「そうですね、暫くしてバノルが洞穴《あな》の方へ行きました。バノル、そうだったろう？」

「ウン。少し寒くなったんでね。それからベルナール・デブリウが煙草の火を貸してくれといったので、二人で一緒に第一の方へ川を下った」

「ボアズネさんは？」

ボアズネ老は宣誓をするように手を差し上げて、

「わしは誓っていうが、上衣をとりに戻って、君それからズッといたね」

「そうだった」と伯爵がいった。「君は、寒い寒いといって、出かけて行き……往復の時間きっかりに戻って来た」

ルースランはジャン・ドルサクに向い、

「あんたはデブリウ氏夫妻と御一緒でしたねえ？」

「ええ、それからデブリウ夫人と一緒でした。ベルナールがバノルと一緒に出て行きましたから……暫くして夫人が筏に乗りたいと申しましたが、急に怖くなりましてね。それに雨が降ってきたので、左手にある旧鳩小屋に雨宿りをしてました」

「何か変った事を御認めになりましたか？」

「何もありません」

「奥さんはいかが？」と判事がクリスチアンヌに訊ねた。

「何も認めませんでした。私は大雨に気をとられていましたし、早く戻りたいので一杯で御座いました」

「何時頃でした」

「邸に戻りました時に十時十五分の鐘を聞きました」

「十時十五分でした」とジャン・ドルサクも言葉を添える。

「するとあなた方、ボアズネさんも、ブレッソン夫人も、どなたもこの窓から誰れかが出たというのを御覧にならなかったのですね？」

「私以外は誰れも見てません」とブレッソンが自信を以て断言した、

「他の人は疑っていますが、私はこの眼ではっきり見たのです」

「凡《およそ》の時間は？」

「私等が戻る十五分か二十分前ですから、十時十五分前位です」

「あんたに心当りは？」とドルサクに訊ねた。「……え？　無い。……あの壁は越えられますか？」

「越えられないです。もし越えたとすれば、他の道からでもないと出来ない。先ほど来話《らい》の出た洞《ほこら》というのは、ここから見える丘の中腹で右手二百メートルほどの所ですが、この場所近くの壁なら越えられない事もないかもしれません」

「だが、あそこの壁には小さい鉄門があるでしょう」

「しかし、鍵があれば開きますからな」

「壁を越したとすると、犯人は玄関から侵入するには邸を一廻りしなくてはならないが」

「いや、近くにこの食堂の地下へ入る入口があります」

「閉っていたでしょうな？」

「ところが、平素とちがって閉っていなかった。というのは、いろいろ変な事が起ったので念のためと思って地下道を調べてみましたが、あの扉《と》に閂がさしななかった。ですから鍵で引戸をあければ、そこから階段を昇り、食堂を通って、ここへ入られます」

「その場合は」と判事がいう。

「女中のアメリーが誰れか通るのを見るはずでしょう？」

「左様、間違いさえなければ……で、まあ、そこさえ通れば、仕事をして窓から逃げられる訳です」

「その時刻は十時ですか？」

「もう一度証言致しますが……」とブレッソンが答えた。「あそこから逃げ出した男を見た直後十時が鳴りました」

ルースラン判事は警部を呼び入れた。警部は刑事を連れて入って来て、

「捜査の結果、最後の洞の上、踏み荒したらしい小松林で、私と刑事とが壁にたてかけてある鉄椅子を発見しました。ここはやや壁が低目になった処でして、植木屋のアントワンヌを取調べると、それは隣の円卓から持ってきたもので、昨日の午後までは、そんな処になかったという事です」

「するとですね」とジャン・ドルサクがいった。「昨日の夕刻にでも運んだものでしょうが、その椅子は壁を越して出るために使ったもので、入るためのものではないんでしょう？」

「そこです」と刑事がいった。「我々は壁を越して見ますと、直ぐ近くに村道があり、道傍に夫婦者の農家がありましたので、早速訊ねますと、百姓のいうには昨日の夕、日暮頃《どき》、この附近を行ったり、戻ったり、ブラブラしていた者があって、暫く壁に近づいていたが、間もなく行ってしまったという

……」

「男か女か?」とルースラン。

「女です。詳しい人相はわからないんですが、若くて、中々派手な身なりであったそうです。我々はなお附近の聞込みをしましたが、手懸りが得られないので、刑事の一人が三キロ離れた駅に行ってみました処終列車が十一時三十五分に出て、十二時四十五分巴里着だそうです」

一同は沈黙して各々《おのおの》瞑想にふけっていた。暫くすると、ジャン・ドルサクが口を開いて、

「要するに、事件はこういう事になりますな。犯人は裏小門から侵入して、窓から逃げ、中央芝生を抜けて川岸《かし》に出る、即ちあの塔の正面から洞への道をとおって、丘の上の壁を越して、そこで共犯者に会った。これだけは確実ですな」

「左様」と判事。

「すると、私にはよく解らないが」と伯爵はデブリウとバノルに向って「君達二人、ベルナールとバノルは中央芝生の右側、洞への道にいた訳なんだが、散歩している間に、誰れも行き来したものはなかったかい?」

「だって」とバノルが抗議した。「僕ア第一洞の入口までしか行かなかった。ベルナール・デブリウはズンズン歩いて行ったが」

「ああそうか、じゃあ、君は散歩をつづけたんだね?」

「ウン、川岸まで」

「誰れも見なかった?」

「絶対に見ない」

「だれ一人？」

「人ッ子一人にも会わん」

「おかしいな」

「なるほど」とベルナールがいった。「しかし犯人が洞の道を通ったと誰れが証明する？　あるいはボサや叢を通って丘へ出たかもしれない」

「無理だよ。実は今朝、実地検分をしたんだが、通った形跡《あと》がない」

「犯人は遠くからでも僕の姿を見て隠れる事も出来る」

「無論そうだ」とドルサクが呟いた。

「で、何時頃バノルと一緒になったんだい？」バノルが、

「十時が鳴ってから十分後だったよ。ひどい雨だったので暫く待っていて、邸へ戻ったんだ」

ドルサクは、

「するとだね。男が窓から飛び出した時と、君、ベルナールが洞の道から戻ってバノルの処まで来た時間との間に十分間経っているんじゃない？」

「何故そんな事を聞くんだい？」とベルナールがいった。

ルースランは卓子越しに相手の検事に目くばせをして、低い声でささやいた。

「君はどう思う？　何かしら二人の間に事情《わけ》がある。今少し二人で嚙み合せると事件の像《すがた》がはっきりして来そうだね」

他の人々もじっとドルサク伯の何かしら奥歯に物の挟まったような表現に耳を傾けていた。が、判事から、他の人々は室に引取るなり、また他の部屋へ出て欲しい、但し邸から他に出てはいけないといわれていささか驚いた。

一同が出て行くと、ルースランは警部に対して隣室に誰れも入れぬよう警戒を命じた。

クリスチアンヌはやや離れ、窓の近くにいたが一歩進んだ。彼女はじっと注意をこめ、驚きの目を張って、夫の眼を求めた。ベルナールの顔には、他の印象的なものが無かった。

ジャン・ドルサクは身をかがめてじっと考え込んでいた。

ルースラン予審判事は、伯爵の内心の動きを察知するようにじっと無言のまま観察していたが、暫くしてから、伯爵に考えている事を遠慮なく言ってみたらどうか、それが捜査の参考になり、事件の真相を摑むヒントになるのだからとしきりにすすめた。

伯爵は遂に決心したのか、あるいは最初《はな》から筋を考えていたのか、

「では、私の悩やんでいた事なんですが、この際、はっきり致しましょう。ところで、ベルナール。君は、昨日の晩、僕等と一所に出かけた時に帽子をかぶっていたかい？」

「いや。無帽だった」

「判事さん、この返事を確《しか》と御記憶願います。デブリウ氏は、無帽でした。ところがです、今朝暁《あ》け方に庭を丹念に調べた処、ことに右手昨夜光がとどかなくて蔭になっていたあたりを調べた処、私は見覚えのある丸帽子を発見しました」

「あんたのかね？」と判事。

「いいえ。狩猟用の帽子類は事務所の壁、正確にいえば地下室から上った勝手用階段の傍にかけてありました。通りがかりに犯人がこの丸帽子をとったのです」

「どういう訳で？」

「知りません。変装のためでしょう。で、目的を遂げて、つまり十時十二分頃、これを庭に棄てたのでしょう」

「それを拾ったのは？」

「丘の最初の坂の叢、バノルが雨宿りをした第一の洞とここから川岸に行く岐《わか》れ途の先にある第二の洞の間です。バノルは叢の傍を通った男に気がつかなかったかも知れないが、しかし……この点私も甚だ惑っているんですが――ベルナールは出会わなければならない、というのは彼は第二、第三、第四の洞の間で散歩していたからです」

ベルナールは驚いた。

「君のいうことは了解出来ないなあ」

クリスチアンヌは夫を眺め、ジャン・ドルサクを眺めた。彼女もまた彼の意図を計り兼ねた。ベルナールは漠然とした笑いを浮べて、

「犯人が僕の傍でそれを棄てたという君の言葉では、その帽子を冠っていたのは僕であるという事に

なるんだ」

「そうはいわない。そこが僕の惑っている処なんで、帽子は君のもので、昨日それを冠って狩に行った」

「エライ災難だ」とベルナールは再び笑いながらいった。「僕の帽子があった事を知っていれば頭から雨にぬれないで僕はそれを冠ったね」

ドルサクは誰れにいうとなく、

「ブレッソンは確信している……と私はいう……ブレッソンは犯人が窓から飛び出す時、確かに、外套と丸帽子を冠っていたと確信している」

沈黙。クリスチアンヌの顔がゆがんだが、ベルナールはなお平然としている。

判事と検事とは低い声で話し合った。

「結局、伯爵は左顧右眄《さこうべん》しながら目的の一途を進んでいる。中々確かりした男だ。……いよいよ最後の攻撃に移るのも時間の問題だ」

「この二人の男は恐ろしく嫌悪《にくみあ》合っているらしいが、何故だろう?」

と検事がいった。

「女だ! 女がいるんだ」と、ルースランは指先で卓子を叩きながら、

「……見ろ! 彼女は美しい! 女の眼の炎を見給え……そしてあの悲劇的な表情を……」

私語を終えると、判事は急に言葉を改めてドルサクに向い、

「すると、あんたは犯人は外部から来たのではないと考えるのですか?」

伯爵はこれに答えて、第一に単に椅子位を踏み台にして壁を乗り越えて行く事が出来たとしても、

外側は坂道になっていて壁が高く、これを乗り越して侵入する事は難かしい事、第二に事件は刻々と内部《なか》の事情を知悉している者の計画的な犯行で、今度のお祭りが夜になってから川辺で行われた関係から、これこれの時間には、この室が空になることを知っている者の仕業としか考えられない。といって召使の者だったら勝手に階段を利用して地下の扉を開けておくなぞという考えは起し得ないといった。

判事はしからばこの庭園《にわ》に集ったものの一人でなければならない。庭園の中といえば即ち川岸、即ち招待客、即ち現在《いま》まで、ここでいろいろ訊問した人々の中でなければならないという事になるといって訊問の網を巧みに絞って行った。

「いや、私は誰れともいってはいません」

と伯爵が言葉に力を入れていった。

「あんたの口からいう事が困るならば、既に私の注意を引いている一人について、私があんたに代っていいましょうか？」

人々はドルサクの返事を待っていたが、黙然として答えがない。

この時扉を叩くものがあって、警部が顔を出した。ルースラン氏の合図で、彼は刑事と今一人の仲間らしいものを連れて入って来た。彼は顔色の悪い眼ばかり鋭く光る中肉中背の男で、巴里から来た刑事らしかった。彼の報告によると、夫婦者の百姓が見たという挙動不審の女について調査した結果、この婦人は一時間許り歩いて駅につき、薄暗い片隅のベンチに腰をかけていたが、十一時三十五分発の列車が来ると、巴里行二等切符を買った。女の人相等については駅員も別に注意をしなかったので、明確な事を摑み得なかったけれども、改札の話によると、新聞紙で包んだ、紐をかけた巻物様《よう》のものを腕に抱えていたが、包からはみ出した中味は黄色の縁がとってある紙だったとの事である。

「それです」とドルサク伯がいった。

「その証券は黄色の縁取りで新聞紙に包んで紐をかけておきました」

「というと？」

「盗まれた証券の束です。即ち客の一人が洞への道を走って壁の前に行き、用意しておいた椅子に乗って、証券を壁越しにほうり投げ、外部《そと》にいた共犯者が、これを拾って悠々去って行く。犯人は巧みに洞の道を通って戻って来る。判事さん、この手を用いれば、窓から飛び出して壁に添って再び戻って来るのに十分間あれば充分です」

「つまりバノル君の所へ戻ったというんだね」とベルナール・デブリウがいった。

彼はスックと立ち上ったが、なおじっと自制していた。慄える拳、蒼ざめた顔、次第に高まってくる内心の動揺を隠すに由もなかった。

クリスチアンヌは身を慄わしてじっと、ドルサク伯の言葉を待っていた。恐るべき告発、それは邪恋の呪であり、邪悪の嫌悪であり、奸悪な術策でしかないのだ。彼女はドルサク伯がこの邪念を消してくれる事を願った。

ドルサクはじっと言葉がない。

明かな告発である。

かなりの沈黙の後、ルースラン予審判事は静かに口を切った。

「伯爵、あんたは目的へ進むのに、あまり道草が長すぎるようですね」

「左様。あまり考え過ぎていたかも知れません」と間をおいてドルサク伯が答えた。「実は証券が盗まれたと知った昨夜から私は内心考えました。一体この証券を、平素使用しないこの金庫の中に、入れたことを知っている者は誰か？　また金庫の鍵の秘密を知っているものは誰れか？　数日来ここへ客となって、ひそかに私の行動を窺い、いわば私の思考を察知して、時に半ば開けおくことのあるこの窓から、私が金庫の前に膝まずいて金庫の鍵を左に廻し右に廻すのを密かに覗き見て、私の秘密の一切を知り、金庫の中に蔵った財宝までを探知したものは誰れか？」

ジャン・ドルサクは言葉を切って、また続ける。

「私はこの疑問を解決し、飽くまで犯人を追究する決心をしました」

今度こそドルサクが目的に直進したのだった。今まで真綿で首をくくるような態度を示していた彼が今その犯人の氏名を明確に発表する瞬間に迫って来たのだった。

「で、その解決は？」とルースラン判事、

「こうです。判事さん、長年月に亘って、私は巴里在住のスルドナル氏と取引関係を続けて参りました。不良証券の建て直し、不良会社の再建、相場上の取引、証券類の売買といった事業を彼を通してやって参りました。ところが数ケ月前、無記名の証書を持参して、依頼先も依頼者の名も一切不問のまま、融資方を頼まれました。私は相手はどうあろうとも、事件が不利か有利かが問題です。で、私自身でも調べ、また調べさせました結果、融資もし、金も貸してやりました。ところが、この証書なるものが不備不正のものであることが解り、この証書による取引先に非常な損害を及ぼす事になったのです。で、斡旋したスルドナルは取引先の損害を弁償するため、相手に損害賠償を要求しました。で、私もまた債権者であった関係上、債務者たるスルドナルが証券類を持参して巴里の事務所で私の秘書に渡しました。それが二十日の土曜日、銀行も閉っていたし、週末私は自動車で邸へ戻りますので、証券類を持ち帰り、一包にしてこの金庫へ蔵いました。即ちこの事情を知るもの、これを知る事によって受益するもの、秘書を狙い、私が巴里の事務所をこの証券を持って出る事を知っているもの、そして二週間後この邸へ来たものが、その機会を利用出来る……」

ルースランが訊ねた。「その相手の姓名《なまえ》は？」

「姓名？　スルドナルから聞きました。私は日曜の朝まで知らなかったのです」

ベルナール・デブリウが一歩近づいた。彼もまた、ドルサクと同じく戦う決意を堅めたらしく、相互キッと睨み合って一歩も退《ひ》かぬ気配である。

「君は、相手の名を日曜の朝まで知らなかったというか？」

「確かに知らなかった」

「嘘つきッ――」

ベルナールは激しい勢いで大喝した。敵同志はツと立ち上った。ベルナールは極めて落ちついた態度で再びきっぱりと喝破した。

「嘘つきっ！　君は最初《はな》からこの男の名を知っていた」

「じゃあ、君もまた知っていたのか？」

「フフン！　それは俺なんだ」

クリスチアンヌはよろけながら呟いた。

「そ、そんな事が……ベルナール……そんな事はありません……あんたであるはずが……」

「僕だ！」とベルナールはジャン・ドルサクと面と向い合って大声に叫んだ。

「白状したね、遂々《とうとう》」ジャン・ドルサクが嘲笑した。

「何が白状なんだ？　僕は事業に失敗した。運がなかったんだ、だから全財産を投げ出して破産の羽目になった」

「それだけかい？」

「それだけとはなんだ。僕を破産にまで追い込んだのは君じゃないか、君がある不純な目的のために僕を叩きつぶしたんだ」

「それから？　だが、そんな事はどうでもいい、僕は真相を知りたいんだ。今度の事件の真相を追窮しているんだ。だから、君の口からいえなけりゃあ、僕は僕で勝手な行動をとるぜ」

「勝手にしろ！」

悠然たるドルサクは、立ち上って電話機をとると、それを予審判事の前の卓子の上へおき、おもむろに受話機をとった。そして今一度ベルナールを振り返って、いいかと許り念を押す様子をしたが、相手が平然としているのを見ると、

「モシモシ、巴里を願います……ヲートイユ三七五七」

ベルナールが躍りかかった。

「な、何をするんだっ！　いけない！　馬鹿な事をするなっ！」

「予審判事さん、あんたの権限を発動願いたい、事件の真相を明かにするのですから。この電話一本で一切が明瞭になります」

「君ア、僕の母や妹まで捲きぞえにする積りなのか」とベルナールがいった。

ルースラン判事は起ち上って二人の間に割って入った。

伯爵は今一つの受話機を判事に差し出した。

「モシモシ、巴里？　ヲートイユ三七五七番？　ああ、デブリウ夫人ですか？　こちらはドルサク伯爵です」

ルースランはじっと耳をすまして聞き入る。二三のあいさつが済むと、

「ええ、私です」と不安な声が聞え、「どうかしましたか？　ベルナールでも何か？……クリスチアンヌの身の上に？……」

「いやいや、御安心なさい」とドルサクがいった。

「皆御元気です……ところでね、奥さん。ジェルメーヌさんは昨夜《ゆうべ》のお使いをうまくやりましたか？」

「ジェルメーヌは今朝出かけました。私はどんなお使いなのか存じませんが……ええ、昨夜兄からの手紙が参りますと、直ぐ、出かけました」

「ああ、そうですか、六時に巴里を御たちですね」

「ハイ、そして夜中に戻りました」

「包をお持でしょう？　ベルナールが大変心配してましたが……」

「ハイ、そのようで御座います。今朝、出かけます前に、新聞紙にくるんで、紐をかけました包を私に預けて行きましたので、戸棚に蔵って御座います」

「そうですか、安心しました。ではまた、よろしく」

彼は受話器をかけて、電話機を元へ戻すとベルナールに向って、

「君が昨夜、僕の金庫から盗み出して妹のジェルメーヌに投げ渡した証券類の紙包はちゃんと君の家にある……これは君のお母さんがいった通りで、予審判事も聞いたように、お母さんが戸棚に蔵って

ある、どうだ、全くその通りだろう?」

　ベルナールはじッと相手を見詰めたままゆっくりと、

「全くその通りだ」

　クリスチアンヌは、声をはずませて、泣くように、

「違います……そんな事信じられません……」

「その通りなんだよ」とベルナールがドルサクを睨みながらいった。

「僕は自白する」

「君ア、僕の所有する証券を盗んだんだな」

「証券をとった」

「待っていた妹に渡したんだな」

「そうだ」

「母の住居《すまい》にあるのだから、判事から巴里へ電話して刑事に取り戻してもらえばいい。そうだな」

「そうだ」

予審判事と検事とはここで一応今後の捜査方針について低声《こごえ》で打合せを初めた。

「親しい友人を、しかもその妻君のいる前で辛辣に告発する伯爵の気持に問題があるような気がする」と検事がいった。これには判事も同意して「事ここに至るには何等かの隠されたものがあるはずである。告発した動機、盗んだ動機、そこにまだ裏がありはしないか」

彼等はじっとクリスチアンヌの態度を眺めながら、ベルナールの陳弁を待った。

ベルナールは静かな調子で、自分は元来が大きな野心もなく、大きな幸福も求めない、平凡な一学究であったが、妻となった婦人に会ってから、二人の幸福のために、いろいろの計画を立てた。かくしている内に自分の発明に係る特許を得たので、これが事業化を計って、自分の持っている総べてをこれに投じたが、事遂に破れて無一物となってしまった。自分はスルドナルの行動に疑いを抱いて、これを監視し彼の口から種々事情を聞いた末、自分が明かに、裏切られた事を知った。スルドナルは道具に過ぎなくて、これを綾吊《あやつ》ったものはジャン・ドルサクである。

証書によって融資を依頼したスルドナルは最初《はな》から自分の名を相手に告げたし、また相手の名を自分にも話した。ドルサクと自分とは高等学校以来の級友《とも》でもあり、親しい仲でもあったので、これを信じていたのであるが、彼はこの友情を裏切って、自分の事業に対するあらゆる悪宣伝と奸策を弄して、遂に自分を破産に陥れ、自分の持つ一切のものを奪いとってしまったのである。

何故？　それは自分の妻に対し、ドルサクが横恋慕をしたからである。彼はその目的のために手段を選ばなかった。そしてその邪恋を達成するために、私を再起不能の立場に追い込んで、クリスチアンヌを手に入れようと企んだのである。

さすがのドルサクもベルナールの告白を黙っては聞いていなかった。二人の間にはクリスチアンヌへの恋愛について激しい論争が交され、ドルサクははっきりと彼が彼女を愛しているんだと言明した。

「見ろ、卑怯者！　しかも今、僕を泥棒呼ばわりをして最後の泥沼に陥れようとしているんだ。僕は盗んだんじゃあない。僕は奪い取られ、かたり取られた、僕の証券を取り返したまでだ。僕こそ、詐欺横領の被害者なんだ」

「証拠を見せろ」

「貴様の手で書かれた偽証明書、貴様の手で書かれた数々の偽文書を僕は握ってる」

「見せろ証拠を！　貴様こそ、この金庫の鍵を破って百万法の証券を盗み出し妹を使って盗んで行った。泥棒っ！」

ベルナールは相手の胸倉を掴んで、腕を捲り上げたが、クリスチアンヌが仲へ割って入って二人を引き分けた。そして強《し》いて二人を椅子に腰かけさせ、その二人の間に座をしめた。噛みしめた唇、蒼白の顔、苦悩に光る美しい瞳、彼女はじっとルースラン氏と検事を見詰めて、無言であった。

予審判事と検事とは再度打合せを初めた。一同の深い沈黙裡に両裁判官のひそひそ話が続いている。判事は警部を呼んで何事か命じた。十分と経ち二十分と過ぎる……

三人の男女には長い長い時間であった。

暫くすると判事が立ち上った。

「昨夜の盗難事件に対する調査は、各種の資料と供述によって、犯行の方法、その動機等スルドナルに関する各種事項も大要判明したのである。で、デブリウさん、昨夜、地下道から勝手階段を通り、サロンを抜けてここに来たのは、あんたですか」

「僕です」

「また丸帽子をとり、その後、これを不用意にも叢に捨てたのも、あんたですか?」

「僕です」

「金庫を開けて証券を奪ったのもあんたですか」

「それは僕のものです」

「質問はその事ではありません。御返事なさい。証券を盗んだのはあんたですか」

「左様、僕です」

「この窓から飛び出したのはあんたですか?」

「ハイ、僕です」

「金庫を開けた鍵を叢に投げ捨てたのはあんたですか?」

「僕です」

「としますと……」

ルースラン氏は軽い間を置いて、

「としますと、ドルサク夫人を殺したのはあんたですか?」

果然、この一語、焦点は本題に突込んで来た。一二時間に亘っての聴取りや調査も続けながら、ドルサク夫人殺害について一語も喋らず、何等の暗示も敢てせず、単なる窃盗事件の追窮に余念がないと見えた予審判事ルースラン氏の捜査の焦点は、ここにあったのである。

家庭内の人々の行動、感情、対立等あらゆる角度から冷静に調査を進め、観察を行ってきたのも、ここへ結ぶ一つの焦点であったのである。

クリスチアンヌはこの恐るべき推理を聞いて唇を慄わしたが、ドルサクも驚いて叫んだ。

「いや……いや……泥棒は、そうだが……そんなこと……」

「判事さん」とベルナールが落付いた声でいった。

「殺人が行われた状態から見て、あるいは事態は僕に向って来る事は予想していました。しかし幸にして当時の事情は、一に私が殺したのではない事を証明しています」

彼の言葉には何の興奮もなく、冷静に丁重な響を持っていた。

「私は、あなたが殺したといっているのではありません」とルースラン氏がいった。

「事態を考えると、あんたが殺した如き経過にあるのです」

秋霜《しゅうそう》を思わせるような言葉である。一座は再び沈黙した。

この時軽くドアを叩くものがある。

入って来たのは先程《さっき》の警部と中肉中背の眼の鋭い刑事であった。

「判事殿」と警部がいった。

「巴里へ連絡しておきました処、デブリウ氏宅の戸棚に蔵ってあったという盗難品を取り戻して只今至急便で届けて参りました」

彼は新聞紙にくるんで紐をかけた証券の束をルースラン氏に差し出した。

「それです！　それが盗まれた証券です」

とドルサクが叫んだ。

「確かに盗難品ですか？」

「確かにそうです。巴里から持ち帰って金庫の中へ入れておいたものです」

「デブリウさん。これは確かにあんたが金庫の中から盗み出したものですか？」

「確かに盗み出したものです」

「お二人共間違いありませんね」

「絶対に間違いありません」

と二人が答えた。

「ドルサク伯爵。中味を拝見してもよろしいですか」

「ええ、どうぞ」

ルースラン予審判事は紐を解き、新聞紙を開いて、包をあけた。

卓上に展《ひろ》げられた証券。

「アッ！」という声が一同の口から迸り出た。

周囲《まわり》をそれらしく染めた、ただの白紙である。

一枚……一枚……全部白紙である。

そして巻いた白紙の最後に出てきた一枚の名刺があった。

ルースラン判事はそれを手に取った。検事が覗き込んだ。

「ウーム」と二人は顔を見合せた。

「ドルサク伯爵、あなたの盗まれたという証券は全部白紙です。しかもこんな名刺が出てきました」

判事から示された名刺には太文字の浮出しで、

アルセーヌ・ルパン

と印刷してあった。

「アルセーヌ・ルパン」と茫然としたドルサクが呟いた。

全フランス、否全欧洲に鳴り響いた怪盗紳士アルセーヌ・ルパン。

その俠盗ルパンの名刺が、白紙に化けた証券の包から現れたのだ。

ジャン・ドルサク伯爵の邪恋から、十年の親友を盗賊の汚名に葬り去ろうとした証券盗難事件に俄然怪盗が登場して来たのである。

窃盗の事実を告白し、今将《まさ》に殺人の容疑の俎上《そじょう》に置かれたデブリウの狙った目的物は意外にも白紙と化して、ここに俠盗がその姿を現わした。アルセーヌ・ルパンと書かれた名刺を前にして、ルースラン予審判事はじっと沈思している。

二つの鍵

証券の包の中味を美事に摺りかえられ、中から出た怪盗ルパンの名刺が出てきたので、ルースラン予審判事は、さすがにサッと一時は顔色を変えた。暫くして元の冷静な面持に戻ると無言のまま天井を眺めて考えていたが、

「フーム」と唸った。そして検事を顧みて、低い声で囁く、

「事件の中へ大変な奴が飛び込んで来た。こいつがいつ、どこから姿を現して来るかが問題だが、今更、騒いではまずい。ベルナール・デブリウの線で突込んだら、何か秘密の緒《いとぐち》が摑めそうだ。これを押してみよう。どうだね?」

検事の眼色が同意を示すと、肯いたルースラン氏は、やおらベルナールに向って開き直った。

「事態の経過から考えると、あんたに殺人の容疑が濃くなって来ています。というのは、昨晩《ゆうべ》、ドルサク夫人は、一同が出かけようとした時に寝室から出て階段の上に姿を現わしたというが、それから一時間半後に殺されている事を発見された。ところで他の扉は全部厳重に鍵がかけられているので、この方面からの侵入の不可能な事は解るが、ただ一つ、階段の上にある扉だけはこの一時間半の間鍵がかかっていなかった事は、ドルサク氏とボアズネ氏につづいて皆の方々が寝室へ行った事でも証明出来ます。すると、あの証券を盗むためこの室へ入ったもの以外、誰が夫人を刺す事が出来たろう

か？」

「というと、それは私ですか？」「君です」

「私はこの室へ入ったのには理由がありますが、夫人の室へまで行く理由がありません」

「が、それは重大な理由があるはずです。即ち夫人の室へ行かざるを得ない訳がある。即ち夫人が隠していた金庫の鍵をとらなければならないはずです」

「金庫の鍵？」

「無論。金庫を開けるには鍵が必要である。ところが君もその鍵を持っていた。つまり、この窓の下で拾った鍵です。では伺うが、君の持っていた鍵はどうして手に入れました」

ベルナールは躊躇した。判事はたたみかける。

「さ、その鍵はどうして手に入れた？」

ベルナールは頭を上げてきっぱり、

「私は申上げられません」

「フーム、では私からいおう。私の命令で夫人の室を捜査させた所、化粧室の戸棚が、普段と違って開けっ放しになっておった。そこには夫人の使った薬品類を入れてあったのだが調べて見ると、いろいろの使用済みまたは半ば使用した薬品類がひっくり返されていて、棚の奥の方を周章てて捜し廻った跡がはっきりと残っていた。よく調べると、古く汚れた札《ふだ》が落ちていて、それには薄いながらも『金庫の鍵』と書いてあるのが読みとれました。しかもだ、その札につけてあった紐が新しく……最近……鋏で切ったらしいのが認められる。鋏は同じ棚の上にあった。さあ、これが切った紐のついている札であり、そして、これが、君の使った金庫の鍵だ。見る通り鍵の紐も新しく切ったものである。

どうだね？」

ベルナールの顔がゆがんだ。

「で、結論は？」

「いやあ、至極簡単だよ」とルースラン氏がいう。「この鍵はだね。あの戸棚の中が埃だらけな所を見ると、ずっと以前からあの鍵をあそこに投り込んだまま、ドルサク夫妻も忘れてしまっていたのを、何者かが知っていて、昨夜金庫を開けるためにこの鍵を捜しに忍び込んだ所、半ば睡っていた夫人がふと目を醒して、これを阻止しようとし、争っている内に犯人が短刀で突いたという事になるね」

恐ろしい沈黙、それが非常に長いように思われるほどだった。ベルナールは暫くしてから卒然といった。

「判事さん。私は自分のやった事に対しては、卒直にこれを認めますが、私のやらない事に対しては、御返事が出来ません」

「この図書室を通ったのは君以外にはない。また寝室へ入り化粧室へ入ったのは君以外にはない」

「僕は殺しません」

「だが、証拠は歴然だ。ここに紐を切った札がある。ここに紐を切った鍵がある」

「僕は殺しません」

「では、いって見給え、どうしてこの鍵を手に入れたか」

「僕は殺しません」

ルースラン判事は肩を軽くそびやかして、

「するとだね、君の弁解は盗んだのは自分だが、殺したのは他の人だというのだね？」

「僕は別に弁解をしているんではありません」

クリスチアンヌがツツと夫の傍へ近づいて、

「ベルナール……ベルナール……さ、はっきりいって頂戴……御願いです、お願いです」

彼はよろよろとしたが、黙然として答えない。ドルサクはじっと目を据えて夫婦二人の様子を見詰めていた。

クリスチアンヌは凝然と立っている。涙が美しい眼の中に一杯たまってはいるが、流れては来なかった。そして夫の眼をじっとくい入るように見つめた。ベルナールもまたじっと妻の眼を見つめる。涙なき大悲劇の一場だ。判事も検事も、今一瞬にして発せられるであろう若き夫婦の言葉を待った。が依然たる両者の沈黙。

判事は最前証券の包を届けて来たままじっとこの場の様子を眺めていた刑事を呼んだ。

「おい刑事、この方を撞球室へ連れて行け。そこで食事をさせるように。そして誰れか一人ついておれ」「すると逮捕ですか?」とベルナールがいった。

「いや、数時間の間、君の自由は私の権限内におきます」

扉の出口で、ベルナールはクリスチアンヌの方を顧みた。彼女は椅子に肘をつき、顎に手を当てて、眼を伏せたままであった。

撞球室へ入った時、刑事が微笑を浮べながらベルナールの肩を叩いて、

「確かりしろよ。あと一、二時間で、我輩がこの謎を解いてあげる。安心して食事をしながら、美しいあのクリスチアンヌの事でも考えていたまえ。ハッハッハ……あんな薄野呂《うすのろ》判事に事件が料《はか》れるものか。天下の我輩アル……アッハ……」

皮肉に満ちてはいるが、温い笑いを残して刑事は室を出て、他の刑事と交替した。

女たらし

時間は丁度十一時になった。ルースラン予審判事は取調べを一応中止して、検事と共に、食事をすることにした。

食事中はドルサク伯も同席して、世間話をしていた。判事は何故か事件のことには少しもふれなかった。

食後、判事は検事と連れ立って、前夜ベルナール・デブリウが邸内に忍び込んだという裏木戸と裏階段を調査するために庭へ出、庭の右手から川岸《かし》の方へ歩いた。

デブリウが前夜歩いたという灌木に覆われた小径を歩いていたルースランがふと立ち停って、

「あれ、何してるんだろう?」と囁いた。

右手月桂樹越しに、叢の中にうずくまっている人影が見えた。

「給仕頭のラブノだ」と検事が囁いた。

「何か捜しているらしい……いや窺っているようだね」

ラブノは身をかがめたまま、枯枝や落葉が足元でガサガサいわないように細心の注意をしながら、二三歩川岸の方へ前進する。止ってはまた進む、頭を前に突き出して物の匂いを嗅ぐ猟犬のようだ。また立ち止って、耳をすます。

「何の音もしないようだが、どうも何か狙っているらしい。ラブノという奴、どうも様子に怪しい所がある。誰れかを監視してんるんじゃないだろうか？」

と判事がいって、じっと様子を窺う。

ラブノは殆ど這うようにして進んで行ったが、突然高い草の中に身を伏せた。と同時に川岸から軽い音がして、丘の向うから草を蹴たてて一疋の犬が馳け出して来た。

「番犬の黒犬《くろ》じゃあないか」と検事がいった。

犬は早くもラブノの隠れた場所を見付け、鼻を鳴らし、尾を振ってじゃれかかった。が、ラブノは動かない。

この時丘のかげから口笛を吹いて、女の声が聞えた。

「フェドル……フェドル……どこにいるの？」

丘と丘との間に川に降る平らな斜面がある。その斜面のあたりから丘の上に姿を現した室付女中のアメリーは、片手に犬の紐を持っていた。彼女の方からは大木の蔭に身をかくした判検事の姿も見えないし、勿論草深く身を伏せてかくれている夫の姿も見えないらしく、

「これ、何を騒いでるの、フェドル。そんなに吠えるんじゃないの。馬鹿ねえ……さ、散歩も終ったから、穏《おと》なしく帰るんですよ」

女は犬を紐につないで、再び丘を降りて川岸の洞の方へ消えて行った。

ところが五分ばかりしても女の姿が路の方へ現れない。はてどこかで遊んでいるのかな。と思って見ると、ラブノがまたしても、モソモソと進み初めた。が以前《まえ》よりは足が早い。

「どうも様子が怪しい。あの女、また誰れかと乳繰《ちちく》ってるのかな」と判事がいった。

「フーム。亭主が大変な嫉妬焼《やきもちや》きだからそうなると事ですぜ」と検事がいった。

丁度その時、ラブノが進みながら手頃の木の根株を拾いとるや否やパッと馳け出して丘を越えた。

「急ごう。奴、何を仕出かすか解らん」

とルースラン氏がいって木の蔭から出た。

歩き出して間もなく、アーッ！　という女の悲鳴が聞えてきた。今度は左手の洞の方からである。と同時に馳け出して来たアメリーが判検事二人の姿を見て、大声で盛んに手振り足振りで早く来てくれと呼んだ。吠え立てる犬の紐をしっかり摑んでいる。そして直ぐまた引き返して、何かワーワー騒ぎ立てた。

判事と検事とは懸命に走り出した。近づくにつれて猛烈にいい争っているらしい男の声が聞えてきた。

川岸に副って右に廻ると第一の洞の入口で、女が懸命に摑んでいる紐を千切れるのように引っ張って猛烈な勢いで飛びかかろうとしている犬の近くに、二人の男がひっくり返ったベンチの下で、盛んに取組み合っている。

一人はラブノで、一人は最前まで室にいた刑事である。

驚いた検事が引き分けようと馳けよった時、刑事は相手を頭越しにパッと投げ飛ばして立ち上った。

「畜生ッ！　太《ふて》え野郎だッ！　女蕩《おんなたら》しッ！」

ラブノはハアハア息を切らしているが、相手の中肉中背の刑事はニヤニヤ皮肉な笑いを浮べて息切れ一つしていなかった。

「ねえ、判事さん、この野郎図々しいったらありゃあしねえ。俺のかかアを膝の上におきやあがって……接吻してやあがる……刑事顔をしやあがって、女蕩し、間男野郎《まおとこ》ッ！」

「フフフ……何をのぼせているのか。俺は、この女中さんから、いろいろ事情を聞いてたんだよ。フフ……」

刑事は笑って相手にしない。

判事はいきり立っているラブノをなだめ、検事は刑事に向って、

「刑事は刑事らしくしろ。いずれ取調べる。あっちへ行けッ！」と叱りつけた。ラブノとアメリーは口ぎたなく夫婦喧嘩をしながら、戻って行き判事と検事とは苦笑してこれを見送っていた。

丁度その時巡査の一人が来て、

「判事殿、デブリウ夫人から、ドルサク伯と特に会見をしたいと申出でがありましたが、どう致しましょう？」

「そりゃあ結構だ。よろしい。だが今、どこにいるのか？」

「玄関の傍の来客応接にいます」

「では、我々は直ぐ戻る」ルースラン氏は検事を連れ立って戻りながら、

「フーム、もつれた事件の糸の端がちらと見えてきた」

最愛の夫が思いもよらぬ窃盗犯としてまた殺人の容疑さえ受けて、半ば拘禁されてしまった。この恐ろしい衝撃に打ちひしがれたクリスチアンヌは、室にとじ籠《こも》ったものの頭が燃えるように熱く、嵐のように狂ってしまって、何を考える事も思うことも出来なかった。

彼女は失神したように長椅子に倒れていた。

ボアズネとバノルが見舞やら情報やらを持ってきたし、レオニーも扉を叩いた。彼女はそれ等の人々に会いはしたものの、茫として何が何んだか夢中であった。アメリーが食事を運んできた。そして何か小さい紙片を渡して行った。彼女はその紙片を見ると長椅子に横わったまま一時間許りじっとしていた。

暫くして立ち上るとボンヤリ広い庭園《にわ》を眺めた。人々が行ったり来たりしている。バノルとレオニーが馬車に積む荷物の監督をしているし、ドルサクとボアズネとが盛んに何か話し会っていた。

彼女は再び元の長椅子に戻って、眼を閉じて考えていたが、漸く決心がついたらしく、伯爵との会見を申し出た。直ちに許可がおりた。

玄関につづく応接間は豪奢な家具にかざられていて、百姓や事務上の客を引見する場所である。

彼女は立っていられなかったので、椅子に腰をおろしていた。伯爵が入って来た。両者無言。暫く

して伯爵が低い声で、

「許して下さい」

「まあ……許すも何もありません……あなたの家庭はくずれ……あの奥様の恐ろしい死……ただ……」

「ただ？」

「ただ、それに、ベルナールにあんな無駄な復讐をなすって、何になりましょう？　今、私は何も弁解がましい事を御伺いしようとも、申上げようとも思っていませんが……ほんとうの事を仰って下さい。嘘や作り事でなく、真実の事を……ベルナールが盗んだのでしょうか？」

「あなたも御承知の通り、彼は自白しています」

「でも、彼は自分に権利があると主張しています。あなたが彼から奪ったものを取り返したのだといいます。だとすれば彼は罪を犯した事にはならないと思います。彼は犯罪《つみ》をおかしたのでしょうか？」

「絶対に、議論の余地ないことです。左様、恋に目のくらんだ私は、あんたを得るために情用捨《なさけようしゃ》なく、あらゆる術策を用いて彼を破産させたのは、あるいは私の過ちであったかもしれないが、しかし、その行為が汚なかったとはいえ、法律的にも、また道徳的にも正当なものでした」

「そうですか、ではその事は申しますまい……それは彼と私とあなたの三人の間のことです……私はベルナールにお金を返させます……しかしここにもっと怖ろしい事があります。それがどんな恐ろしい事でも私はその苦痛を受けます……またあなたも殺された奥様のために遠慮なく仰って下さい。あれはベルナールの仕業でしょうか？」

彼は力を籠めて卒直にいった。

「いえ……いえ……彼の人殺しなどとは不可能な事だしまた、彼が殺す理由がない。ベルナールが殺したのではありませんし、人を殺せるような男ではない」

「でも証拠が……」

「間違っているんです」

伯爵はクリスチアンヌに問われるままに誰れが殺したか、また怪しいものが無かったかという事についていろいろ考えることにした。

彼は数週間前、何者かが図書室に忍び込み、この怪賊と闘ったが、賊は逃れ去った。その賊と覚しき者が翌日ピストルで怪我をし、自動車に轢かれて死んでいたことがある。がしかし、その一味が復讐のために来たとは思えないといった。

それから今一つ。昨日《きのう》、祭が済んで一同が戻って来た時、図書室へ行ったら植木屋アントワンヌの甥のグスタブが花束を持って、奥様の室へといって来ていたので、アメリーに断らせた。それからまた昨晩《ゆうべ》……我々がここを出ようとした時、ベルナールが玄関にいた、怪しいといえばそれだけである。

しかしこれには一縷の望みがもてた。伯爵は殺人の容疑は何としてでもはらして見せるといった。

彼女の胸に希望が湧いてきた。

暫くしてからドルサクは突然低い声で、

「あんたは、まだ彼を愛していますか？」

「そんなことどうでもいいんです」と彼女は叫んだ。「私は、良人を人殺しにしたくありません」

「しかし、あんたは、泥棒については許してやるんですか？」

「いわないで下さい。忘れなければなりません……」

「忘れられますか?」

彼女は呟くように、

「忘れられる……ええ……でもわかりません……私はあれほど信じていました! あれほど尊敬していましたわ! それなのに! それなのにこんな事を仕出かして! 何故、あんたは、あんな事をあばき立てたのです? あなたさえ無ければ……」

彼女は両手を胸に抱いてもがいた。真珠のような涙が潸々《さめざめ》と青ざめた美しい頬に流れた。

二人の間には重い沈黙の時が続いた。

眼と眼とが合った。彼女はツと身を起すと立ち上った。そして二人は玄関の方に歩んだ。

「彼を救いましょう。御安心なさい。グスタブの態度が確かに怪しい。この方面を調査をさせるんです」

と伯爵がいった。

所へボアズネが急ぎ足でやって来た。伯爵は彼と暫くの間ボソボソ話し合っていた。

「そうだ。思い出した。そういえば今朝からの彼奴は隠れよう隠れようとしている。一分の猶予もならん。直ぐに巡査や刑事に知らせるんだ……」とボアズネが力んで駆け出して行った。

報告を受けた巡査は、判事の命令でグスタブの住居《すまい》に向った。住居は邸と同じ側の川岸《かし》にある。

グスタブは家にいなかったので、川岸の丘へ昇って見ると、彼は遥か向うの果樹園で仕事をしていた。

「おーい、グスタブ!」

青年は頭をあげて、呼んでいる巡査の姿を見ると、鍬を棄て生垣を乗り越えて、壁の方へ走り出した。

「おーい、気をつけろ！　逃げるぞッ！」と巡査が叫んだ。

刑事やドルサクまでが声を聞いて走り出した。

立ち騒ぐ人々を尻目に逃げ廻るグスタブは高い壁を越えようとして辷り落ちたので、今度は近くの森の中へ逃げ込んだ。

「おい、グスタブ、何をあわてているんだ」

突然、森の中からニヤニヤと笑っている刑事の顔が出た。いつの間に先廻りをしたのか、走ったとも覚えぬ平気な、汗一つかいていない刑事である。

夢中のグスタブが刑事を突きのけようとすると、ヒョイとその手を摑まれた。

「あッ痛々《ちち》……」摑まれた手がしびれるほど痛かった。まるで鉄輪をはめられたようである。恐ろしい力だった。

「静かにしろよ、グスタブ。調べられたって恐くはないよ。正直に申立てればいいんだ。逃げると却ってお前のためにならないよ。さ、一所においで」

やさしい顔で微笑しているが、その眼の鋭さ。グスタブは鷹に見込まれた雀のようだった。

そして刑事と一緒に歩き出した。

ようやくの事で、他の巡査や刑事が、ゼイゼイいって馳けつけて来た。

一同に取りまかれると、少年はワーワーと泣き出して、何を聞いても駄目であった。

彼の住居を調べると、寝台の枕元から古い紙入が出てきた。紙入は昔、伯爵が持っていたものである。そしてその紙入の中から百法の札が九枚も出てきた。

「オヤオヤッ、おい、この金はどうしたんだ？　お前の預金かい？」

「やいやいやいやいッ！」と馳けつけて来た植木屋のアントワンヌが甥を怒鳴りつけた。「飛んでもねえ、野郎だ。やいッ！　ちっとばかりのお給金で無駄費いばかりしてやあがる癖にしやあがって、やい、ど、どこからこの大金を持ち出しやがったんだ。この泥棒小僧ッ！」

グスタブはいよいよ激しく泣いて、汚いどろまみれの両手で、眼をこすっていた。

ルースラン判事は午前に引きつづいてベルナールを調べたが、別に得る所もなかった。そこへアントワンヌがグスタブを連れて出頭したので、一通り昨夜《ゆうべ》からの行動を訊ねた。グスタブはまだうら若い青年で、モジモジ身のやり場が無いらしく、両手を組んでみたり、膝においてみたり、眼の置き所にさえ困っているらしかった。若々しい顔、半ば開いた唇の間から若い犬のような美しい白い歯が見えていた。

アントワンヌの調べが終ると、これを退場させ、さて若い甥に向って、

「おい、真直ぐ前の方を見ているんだよ。そう頭ばかり下げていると首が曲ってしまうよ」

笑いながらいわれると、ますます縮み上った彼は、一層頭を下げて、敷物ばかりを見詰めていた。

判事はドルサクに、

「この青年の勤務したのは？」

「五六年前からです。学校を出ると孤児になったので伯父が引き取りました。大体仕事は出来ますが、怠け者で、密猟をやります。昨年ちょっとした事で巡査に調べられました」

「昨日、この邸内で二度会ったそうですね？」

「最初は七時頃、ここで会いました。アメリーが寝室の扉を開けないと断ったそうです」

「奥様がお寝《ふせ》っていらしゃいましたので」とアメリーがいった。

「グスタブに花をおいて行かせまして私が受付けました。ハイ」

「普段グスタブはこの図書室へ来ますか？」

「いえ、参りません……それから九時半頃、我々が出かけようとしました時、玄関の花の影にかくれているのを、デブリウ夫人とボアズネも見ています。で、私の考えるには、邸内の無人を利用して、グスタブが表階段からでも、家内の室へ入ることが出来ましょう」

「室の扉も寝室へ通じる化粧室の扉も閉まっていたと聞いているが」

「恐らく一つは中から閉めることになっていますが、別に心配もないので閉めてなかったと思います。で、彼は寝室から出てあの階段からここへ降りられます」

「すると、あんたの話では、彼が犯人であって、デブリウの直ぐ後からこの窓から逃走したというのですね」

「グスタブの事について、これ以上申上げません」とジャン・ドルサクがいった。「確実な事は、彼が留守中二度邸内に来た事と、今一つ寝台からの脱出の道があるという事です。その他の事は想像であり、推定でもありますので、何んとも申上げられません」

「フーム、どうもはっきりしないね」判事が検事の耳へ囁いた。それからグスタブに向い「お前は、花を持って来てからどうしたね？」

グスタブはもさもさした声で答えた。

「出て行きました」

「邸から出たのを誰れか見ていたかね？」

「いいえ……ハイ……存じません」

「それからどこにいたかね？」

「あの……お庭の中に……森の中に……」

「晩食《ばんめし》をたべなかったそうじゃないか？」

「ポケットにパンがあったんでそれを喰いました」

「で、邸へ戻ったろう？」

「いいえ」

「いいえ？　九時半に玄関にいたという事を、三人の証人があるんだよ」

「僕、玄関にいません……お庭に……森の中に……」

彼は森の中で花火を見ていたと申立てた。それから家へ帰って、寝て、朝になって巡査が来たので、奥さんが殺された事を知った。

「よろしい。じゃあ、何故、巡査が呼んだ時に、お前は逃げ出したんだね？」

グスタブは黙ってしまった。

判事は仕方がないので百法九枚の出所を追窮したが、彼は額から汗を流すだけで頑強に口を閉じてしまった。

今度は判事は形を改めて、殺された室へ忍び込んだのはお前だろうと突込んだが、グスタブは頸を振るだけで頑強に黙り込んでしまった。

この時アメリーが出てきて、グスタブの肩に手をかけて、いろいろなだめてみても、頑強に沈黙し黙り込んで手がつけられなかった。

「判事様」とアメリーがいった。「では、この子に代って、私が、グスタブが七時から十一時の間どこにいたかを申し上げます」

「お前が知っているのかね？」

「ハイ……昨日、彼が持ってきた花を生けましてから、水を取りに参りますとそこで待っていました……と申しますのは数日来、この子は私のあとばかりついて参ります。奥様の寝室の扉を叩きましたのも、私があそこに居たからで御座います」

といって彼女は言葉を切った。ラブノの嫉妬が始まって、ジリジリと身を乗り出してきたのだ。

「まあ、年頃になりますと致し方が御座いません」と彼女は亭主の嫉妬を楽しむように言葉をつづける。「午後に一所に川で水泳を致しました。それから、あまりつきまといますので、うるさくなりましたから、裏階段を連れて二階に上りました」

「昇る代りに降りられもする。あの小さい扉から出したのか？」

「そう致したいと存じましたが、いう事を聞きませんので、下着部屋へ閉じ込めてしまいました」

「すると、九時半頃、そこから脱け出して玄関へかくれたのか？」

「いいえ、違います。鍵は私が持っていますから、どこへも出られません。四五回見に参りまして……一二分話をして参りました……こんな次第《わけ》で御座いますので、この子はそれが云えないので黙ってしまったので御座います……それを玄関で見たなぞと申しますのは、人を救うための作り事でございます」

「私は確かに玄関で見た」とドルサクがいった。

「何かのお間違いで御座いましょう」

「いや、わしも見たぞ」とボアズネがいった。

「おいぼれお爺さんの目なぞ当てになりません」

「何をいうか浮気女が」とボアズネが怒鳴った。

「じゃあ、何故逃げ出したんだ」

「恐かったからですよ」「グスタブは昨年既に前科がある。のみならず、あの九百法はどこから手に入れたんだ」

この金の出所についてアメリーも懸命になったが、若いグスタブの唇は堅く閉じて一語も、もらさなかった。

ルースラン判事は改めてグスダブが九時半玄関に隠れていたかという点についてドルサクとボアズネに証言を求めた。二人共口を揃えて確認した。今度はクリスチアンヌに証言を求めた。

「真実を申し上げますと」クリスチアンヌが静かにいった。「私共三人が邸を出かけます時、グスタブは玄関に居りませんでした」

「グスタブは九時半に玄関にいなかったのですね？」

「少くとも、私は見受けません」

「な、なんだって？」とドルサクとボアズネが同時に叫んだ。

「なんだって、あんたも見たっていったじゃないか」

「いいました……いいましたが、承知で嘘を申し上げたので御座います」

バルネ探偵局

　アッと驚いたのはルースラン判事や検事ばかりではなかった。一番驚いたのは、最後の打合せを最後に引っくり返されたドルサク伯とボアズネとであった。

　一座騒然となった時、扉を開けて来た中肉中背、眼の鋭い刑事が、

「判事殿、この方がドルサク夫人殺害事件の犯人について至急お目にかかりたいと申して来られました」

「何んだ君は！」検事が目をむいた。「アメリーとあられもない真似をしたので、謹慎しておれといったじゃないか。しかも許可なく、みだりに入って来てはいかんじゃないか」

「丁度、誰れも玄関にいませんので、代りました。大至急の用件だそうです」

　ルースラン判事は渡された名刺を一目見て、吃驚したらしい表情で、

「ウーム、来おったか」

　とつぶやいた、そしてそれを検事に見せた。

「アッ！」と検事がいった。名刺には、

　バルネ私立探偵局長　　ジム・バルネ

と記してあった。

「ジム・バルネ！　判事さん、こいつでしょう。巴里のガニマル警部を手玉にとった奴。アルセーヌ・ルパンだと噂されている奴、あいつでしょう」

「フーム、油断のならぬ奴だが、こいつが何のためにこの事件に……」

とルースラン判事が考えた。と午前中巴里から取り寄せた盗まれた証券を白紙に化けさせて入れてあった「アルセーヌ・ルパン」の名刺を思い出した。

「ジム・バルネ！　彼奴だ、あいつのからくりだ。それが、何の目的があって……」

「判事さん、いかが致しましょう」と刑事が催促をした。

「どこにいる？　バルネは？」

「お会いになりますか」

「事件に関係があるなら会ってもいい。玄関にいるのか？」

「どこでお会いになりますか？」

「ここで会う。案内しておいで」

刑事は黙って立ったままでいた。

「早くここへ呼んで来い」と検事がいった。

「来ています」

「何ッ？　どこへ来ている。誰れも来ないじゃないか。何をいってるんだ」

「来ています」

「誰れも入って来たものはない」

「入って来ました」

「入って来たのは君だけだ」

「私だけです。それでよろしい」

「君は警視庁から来たドュージー。只今はジム・バルネです」

「前警視庁刑事ドュージー刑事だ」

「何ッ！　偽刑事かッ！」と検事が腰を浮かせた。

「いや、ドュージー刑事は警視庁にいます。私の友人です。他の事件があって忙しいので、私が代理で参りました。調査無料がバルネ探偵局のモットーですから、依頼されますれば、どこへでも出かけます。ガニマル警部からはいつも御用を承っています。ハッハッハ」

貧弱な刑事がいつの間にか闊達奔放のジム・バルネに代ってしまっていた。

「ハッハッハ……」とルースラン判事が笑い出した。

「君がジム・バルネか。今朝からあっちこっち飛び廻っていたが、何か摑んだかね？」

「はっきり真相を摑みました」

「フーム。では聞こう。だが、確か君ではなかったかね？」

「私です」

「中味が摺り替って、妙な名刺が入っていたが、これも君かね」

「さあ、あれは警部が受け取って、私がお取りつぎしたまでです。中味が代っていましたか、ふとい奴だ、誰です、そいつは？」

「アルセーヌ・ルパン」

「ホホオ。やりましたね、ルパンが……」

彼の口辺には皮肉な微笑が浮んだ。

「ジム・バルネは、アルセーヌ・ルパンだというが」

「世間ではそんな事をいっています。どんな難事件でも解決しますからな」

「フーム、では、この事件も解決出来るかな？」

「出来ればこそ伺った訳です。失礼じゃが、あなた方が十年かかっても、この事件は解決出来ませぬ。が、我輩ならば……」

「何日間かかる？」

「三十分……一時間とかかりませぬ」

傍若無人の言葉に、一同が驚異の眼を見張る中を、バルネは室の中央にドッかと腰を据えた。

「ルースラン判事。アメリーの尻を追い廻しているようなチンピラ小僧グスタブなどに何が出来るものですか。そんな事をついているからいつまで経っても埒《らち》が開かない。まあ、その辺から片付けましょう」

といった。そして苦悶に慄えるクリスチアンヌの方を眺めて安心しろといわんばかりの微笑を送った。

「片付ける？」

「左様、こんな事で時間をつぶすのは無駄ですが、まあ、モヤモヤしたものを拭いておきましょう。ルースラン君、洗濯女のベルタを呼んで下さい」

ドルサク夫人の上衣を着て花火見物に出かけ、夫人と間違えられて大騒ぎになった本人である。

ベルタが呼び出された。

「ベルタ」とバルネが呼びかけた。「別にむずかしい事じゃあないんだから、見たままを答えて御覧。ね、ベルタ。奥さんが呉れるといった外套はあの下着室にあったのだね?」

「ハイ」

「あの室は鍵がかけてあったはずだが、どうして入ったのか?」

「鍵を持っています」

「もう一つの鍵は?」

「扉の蔭の暗い所にかけてあります」

「これだろう」

とバルネがポケットから鍵を出して見せた。

「ハイ」

「それから、室の中に人の居たのを見たかね?」

「ハイ、グスタブが古い屏風《びょうぶ》のうしろにかくれていましたが、私が一目チラと見た許りで御座いますから、見られたとは思わなかったでしょう」

「グスタブがそんな所にいて変だとは思わなかったか?」と今度はルースランが訊ねた。

「別に何とも思いません。他人《ひと》の事ですもの。グスタブがアメリーを追っかけ廻していましたから、アメリーが隠したのだろうと思いました」

「ハッハッハッハ……ルースランさん。こんなことはこれ位にしておきなさい」とバルネが哄笑した。

暫くしてから、彼はキッと判事に開直《ひらきなお》って、

「ルースラン判事」と呼びかけた。「殺人の件は今暫くおくが、窃盗事件から初めましょう。あんたは犯人をベルナール・デブリウと決めてかかっているが、それが第一間違っている」

突然彼は判事に喰ってかかった。

「しかし、本人が自白している」

「いや、彼は自分のものである証券を取った事は認めているが、夫人の室の戸棚の中にあった鍵を盗み出した事も認めていないし、金庫を開けた事も認めていない。これは判事の単なる推定にしか過ぎん」

「すると、共犯者でもあったというのかね？」

「共犯というのは本人が犯罪を冒した場合においてのみ使われる言葉です。ただこの場合、デブリウ氏にこうしろと暗示をし、教え、導いたものがあるだけである」

「では、君は、誰れを告発するのか」

「告発をするのでも、告訴するのでも、裁判するのでもない。ただ、我輩はデブリウ氏に代って、事実を事実として申上げるだけです」

「君の知っている事実とは何だ?」

「この事実は今朝から考えていたが、グスタブの沈黙を見て謎が解けた」

「という意味は?」

彼は黙して語らず、クリスチアンヌの顔とベルナールの表情をじっと眺めていた。クリスチアンヌは良人の顔を眺め、ベルナールはバルネの顔を見詰める。

「ルースラン判事。あんた方はこの邸に居た人々全部を呼び出して調べた。がしかし、たった一人調べていない人がある」

「誰れだ？　そんなのが残っていたかね？」

「います。が、悲しい事にはその人はもう答える事が出来ないのです。それは、この証言の出来るたった一人の人でしたが、惜しい事をしました」

ドルサク伯爵が、顔を真赤にして飛び上った。

「だ、だれの事をいうのだ？　俺《わし》の妻は、この件は何んにも知っちゃあいないんだ」

バルネはこれには答えず、ニヤリと皮肉な微笑を相手に送ったまま、

「この調査には二つの障害に突き当りました。一つはベルナール君の沈黙と、今一つはグスタブの沈黙。これあるがために、却って我輩はこれが同一の動機から出ている事を観破出来たのである」

「動機とは？」とルースラン、

「自重の動機とでもいいますかな。二人共互に黙っている。というのは黙って誰れにも云わない事をドルサク夫人に約束したからです」

「何を云わないのかね？」

「夫人の行ったすべての行動、即ち夫人が正しいと考えたことを行うために……」

「誰に対してか？」

「この事件において、目標とされて攻められているベルナール・デブリウを擁護するために」

淡々として語り来るジム・バルネの舌鋒《ぜっぽう》は漸く鋭くなってきた。

アルセーヌ・ルパンの化身といわれるジム・バルネ。彼はいかなる明快な推理と判断とを以てベル

ナールを弁護し、クリスチアンヌを救い、謎の事件を解明して行こうとするのか。彼は漸くルパン式頭角を現してきた。

貧弱な一刑事から俄然怪俠ジム・バルネと名のり出た奇怪な男は、その仮面すらいつの間にか、かなぐり捨てて、服装こそ古ぼけた野ぼな姿ではあるが、その射るように光る眼、皮肉な微笑、溌溂とした顔貌、今は全く颯爽たる怪俠盗アルセーヌ・ルパンの面目に戻り、得意の片眼鏡《モノクル》までかけて一座をへいげいした。

さすがの名判事ルースラン氏も検事と顔を見合せた。警部達はポカンとして、怪人物の顔を眺めている。

彼は一とまず言葉を切った。一座黙然、ベルナールは、ずっとクリスチアンヌの顔を見ていた。ドルサク伯は何か訳がわからないような顔だ。

「すると何んじゃな」と暫くしてドルサクがいった。

「僕の妻が、僕に反逆するようなことをしたというんだね。おい君、そんな理窟は通らないよ」

「通らないのは、伯爵、あんたの理窟だ。夫人がこうしたことをした動機を求める前に、まず夫人の行動をはっきりしておかなければならん。で、金庫の符号は、あんたが以前に話をしたか、あるいは金庫をあけるのを見ていたかして、その符号を知っているのは夫人だけである。また昨晩、戸棚の中から鍵を取り出し得るものもまた夫人だけだ。それからまた図書室でベルナールに会える機会を持てるものもまた夫人だけである。――第一あの晩のお祭りを計画的にブレッソン夫妻にやらせ、人々を邸の外に出すようにしたのは夫人ではなかったか――それからまた、夫人だけが金庫を開けることが出来、夫人だけがベルナールに、彼の所有すべき証券を渡すことが出来る」

「と、とんでもない、そんな馬鹿々々しい事があるか。現にクリスチアンヌが、僕の書斎で話した言葉はまるっきり違っている」

「デブリウ夫人にそうさせたのは我輩だ。君との会見で、夫人もまただんだんと真相が解ってきたのだ」

「その他に証拠となるべきものはあるかね」とルースランが訊ねた。

「それは、いずれベルナールから提供するでしょう。ね、ベルナール君、そうだろう？　巴里で君が受取った情報は、皆この筋から出ていたんだろう。それによって、君に対する陰謀を知り、また金庫の中に入れてある事も知り、証券を返して貰ったね。そうだろう。さ、話し給え、遠慮は無用だ。秘密の約束を守っているんだろうが、もうその秘密は解消したんだね、その通りだろう？」

「そうです」とデブリウがいった。

「君は計画を書いた手紙を受取ったね？　それから早く来るようにという電報も受取ったはずだ？が最初は断わったが、結局、奥さんを誘って直ぐ出かけることになったんだろう？」

「そうです」

「では、その手紙や電報は、持っていますか？」

と判事が突込んだ。

ベルナールは答える。

「それは私の持っているべきものでもなければ、また、私がこれを利用すべきものでもないので、すべて焼いてしまいました」

「まずいな！　重要な証拠だが……それが無いと？」

「ある！」とルパンが言下に答えた。

「書面はないが、電報の頼信紙の写《うつし》がある。これです……ドルサク夫人は自ら手紙を出すことも出来なかったし、電報など勿論だ。で夫人はある者を使ったのです」

「誰れかね？　それは？」

「グスタブ！」とはっきりいった。それから言葉をついだ。

「グスタブは庭をブラブラしているので、誰れも気づかずに話をすることが出来た。で、グスタブは夫人の命を受け自転車で、遠く離れた所へ行き、誰れの目にもつかぬように電報が打てたのです。私は、その電信局を発見して調べてきた。だから、一切が蔭で行われた。従って、その褒美として莫大な金を貰ったのだが、彼は夫人の恩に感じ、真面目な性質だったので最後まで約束を守って沈黙していたのである。不相応な金を持っていた理由はここにある」

理路誠に整然と説き進むジム・バルネ。

クリスチアンヌはグスタブに近づいて、優しくその肩に手を置いて、

「わかったわね、さ、もう話してもいいんです。皆んな解っているんだから……もう黙っているという約束を守らなくてもいいのよ。皆が知ってしまったのだから、さ、返事をなさい。ね、お前がデブリウさん宛の電報を打ちに行ったのね？」

少年はうなずいた。

「そして、その都度、奥さんがお金を下すったのね」

同じくうなずいた。

「で、それをソッとアメリーへ打ちあけたんだわ」

「ウン、そうだよ」と少年がいった。

すすり泣く声が起った。アメリーが少年の純情に感動したのである。

「ハッハッハ」とルパンが笑った。「仲々いい所のある小僧だ。罪を背負っても、主人への約束を守って口を割らない所はちょいと見上げたものだ。ハッハ。グスタブ、もう帰っていいよ」

判事の命で、ラブノはグスタブを連れ、アメリーも少年の腕をとっていそいそと室を出て行った。

怪人ジム・バルネの明察は、事件をすらすらと事もなげに片付けて行く。その態度に剛腹なドルサクは少からず反感を持った、と同時にそれが邪恋の相手クリスチアンヌの方へむけられた。

「もし、デブリウ夫人が私の妻をよく知っていたなら、同時にリュシアンがそんな細工の出来る女でない事も知っているはずだ。だから、敢てデブリウ夫人に御伺いするが、何故リュシアンが、ひそかに私に対して敵対行動をとったか」

「と申しますのは奥さんが恐れていらしたからですわ」

「何を？」

「あなたから棄てられる事を」

ドルサクはフフンと鼻の先で笑った。

「それは単なる邪推に過ぎない」

彼はこんな事件など相手にしないといった態度で、彼女から離れて行った。

「要するに、この強盗事件においては主犯をドルサク夫人とすれば、共犯は植木屋の助手グスタブとデブリウ氏という事になるが、しかし、問題はここに殺人事件が残っている。この点についてデブリウ夫人の意見が聞きたい。自殺説は到底考えられないとすると、殺人という事になる。殺人になれば、ここに強盗殺人という事が考えられる。誰れがやったか？　犯人は誰れか？」

クリスチアンヌはじっと唇を噛んで黙っていた。判事の訊問には一つの伏線があるのだ。ルースラン判事は相当な曲者である。じわじわと畳み込んで行く戦法、ジム・バルネと名宣《なの》る怪人アルセーヌ・ルパンを相手にしながら、彼は敢て他の方向から攻撃、捜査の線をたどろうとしている。盗まれた証券、しかも取り戻した時には既に白紙とすり替えられていて、怪盗アルセーヌ・ルパンの名刺まで入れてあったとすれば、ルパンの怪腕は伸びに伸びて、この殺人事件の糸を引いているのではないか。デブリウ弁護の立場に立って盗難事件を解明してきた彼ルパン。その一面にデブリウ夫妻がどんな関係と役割を持っているのか、ルースラン判事の働かんとするのはこの一点にある。

彼はデブリウに向って、

「あんたの周囲に一つの円を描いて、その線から出ない事にする。いいですね。十時五分前頃、ドルサク夫人が寝室の入口で待っている。あんたがこの入口から入る。室の照明は薄暗い。双方無言のまま、夫人はあんたの所有すべき証券を渡す。あんたはそれを貰って去る。といった具合ですな？」

「その通りです」

「よろしい。では第一の質問、あんたは、何故前通りの途を通らなかったのですか？」

「ドルサク夫人が窓から出た方がいい、誰れかに見られると具合がわるいからという意志を示されたので」

「第二の質問、何故金庫の鍵まで持ち出したのですか?」

「間違いでした。夫人が殆ど機械的に渡されたので、ついそのまま受取りました。と同時に、私が草むらにそれを落したのも不用意でした。私は大変あわてた。そんな訳で、これもただ何んとなく冠って出た帽子を叢に捨てたのですが、馬鹿なことでした」

「第三の質問、この証券の紛失をどう説明するつもりでした?」

「ドルサク夫人が全責任をとるといっていました。妻と私とはこの週の半ばにここを去る、勿論、それまではドルサク氏も金庫を調べる事もなかろうという積りでした。ドルサク氏が紛失を発見した時には夫人は彼が何といおうともはっきりと一切を告げ、彼が私に与えた損害を弁償させる決心をしていました」

「すると、まず十時、あんたと夫人と別れ、夫人は寝室に戻る。そして一時間後死んでいたという事になる」

「ですから」とベルナールがいった。

「犯行は私とは関係なく行われた訳です」

「確かかね?」

といったルースラン判事の言葉は冷たく、挑戦的な響きがあった。

「確信します」とベルナールがいう。

「フーム。しかし君はドルサク夫人を見た最後の人である。十時から十一時の間、何者かが夫人の寝室に忍び込み短刀でこれを刺すという事は実質的に不可能です。この殺人が、十時数分前、窓から盗品即ち証券を持って逃げ出した男の手によってなされたという事をどうして反証し得ますか?」

「私は夫人の室へ行く事は出来たかも知れない」

とベルナールは大声で叫んだ。

「しかし、私は絶対に夫人の室まで昇らなかったのです。果してこれに対する反証があるのでしょうか？」

「無論ある」とルースランが激しく反駁した。

「絶対的な証拠がある。被害者の室で、今、はっきりした証人を摑んだ。あの戸棚をかき廻して鍵を取ったのは、君であって他の人ではないという確証がある！」

ベルナールは顔色を変えて飛び上った。

「飛んでもない！　何んですそれは？　絶対にあの室へ入らない僕に対して確証を作ったのは、そりゃあ、復讐のためだ……陰謀だ！」

ルースラン氏は厳然としていった。

「その件は、他日、君の弁護人の前で、君の陳弁を聞く事にする。で目下の処、君に対する数々の容疑によって、止むを得ず、君を……」

たまり兼ねたクリスチアンヌが叫んだ。

「夫は無辜《むじつ》です、犯人は彼ではありません」

「では、誰れだ？　奥さん」

「彼ではありません、誓います」

「本官はハッキリいっておきますが、証拠は歴然たるものがある。これに加うるに他の事実から推断して、本官はこれ以上遅疑する事は出来ないのです」

「いえ、いえ、誓います」と彼女は夢中になって泣き叫ぶ。

「夫を監獄へはやりません。いえ、ちがいます、彼ではありません。誓言します」

「すると誰れか？」とルースラン判事は用捨《ようしゃ》なく突込む。

「既に犯罪があった。従ってそこに犯人がいる。それがあんたの夫でないとすると、他のものである。その他の者を司直の手に引渡さなければならない、さもなければ……」

ルースラン氏はスックと立ち上った。

クリスチアンヌの前に突立ったまま、冷然として、厳然といい放った。

「もしデブリウが犯人であるなら、私は、これを逮捕する。もしまた彼が犯人でないならば、逮捕すべき人間を指名しなさい。さ、直ぐいって御覧。一言でよろしい」

深い沈黙、クリスチアンヌはじっと唇を噛んだ。ルースラン判事は警部を呼んだ。

絶対絶命である。

犯人は誰れか？　追いつめられたデブリウ、追いつめられたクリスチアンヌ！　犯人は果して誰れか？

「犯人は誰れだ」と突如室の一隅で大声が起った。

怪人ジム・バルネである。それまでじっとルースラン判事とクリスチアンヌとの対話を聞きながら、一語もいわなかったバルネが一喝する如く悠然と再び室の中央に歩み出してきた。人々の驚きの注視の中に、彼は静かに一歩一歩、判事の前に進んだ。

「犯人は誰れだ！」

再び底力のある声でいった。

「犯人は誰れだ？　こんなことが判らんか、ルースラン判事、犯罪があった。犯人がある。犯人はデブリウだ、デブリウでなければ、誰れだ。さあいえ、さあ犯人を引渡せと、か弱い女性をせめつけるルースラン判事は、天下の名判事か、さもなければ、天下の大馬鹿、大無能判事だ。……おい、そこに棒を飲んだように突立っているデクの棒警部、お前に犯人の臭いでも嗅ぎ出せたか、田舎刑事が百人千人かかったってこの犯人は捜し出せっこないんだ。聡明なデブリウ夫人は、女性の特殊な観察と心理から、犯人は誰れか？　恐らく解っている。ルースランに追いつめられたこの瞬間、絶対絶命の瞬間に、彼女は叫ぶかもしれない。犯人は彼だと。だが、奸悪巧智な犯人の反駁の前に彼女はその直覚を証明すべきものを持っていないだろう。……ただ、この我輩ジム・バルネ、名探偵局長だけが、これを喝破出来るんだ。犯人は誰れだ？」

ジム・バルネは三度この言葉を力強くいって黙った。鋭い眼光が人々の心を射るように人々を見廻した。

「犯人は誰れだ？」

とルースラン氏はこの怪人物の傍若無人の態度に対して、何等興奮の色も見せず、さすがに冷静な調子で、彼の口調そのまま繰り返した。

ジム・バルネはその片眼鏡《モノクル》を静かに直すと悠然とその右手を挙げ初めた。

「この兇悪無惨の犯人は……彼だ！」

彼の指は真直ぐにジャン・ドルサク伯爵の真正面を指した。

「彼奴《あいつ》だ！　妻を殺したのは彼奴だ！」

端的率直に、平然といってのけたこの言葉に、一座はアッ！　と驚いた。検事はさすがにあまりの事に顔色を変えた。ルースラン判事は無言のまま突立っている。

クリスチアンヌは暫くじっとドルサクの顔を見つめていたが、静かに低い声で、

「そうです、彼です……誓《ひ》って申します、彼れです、犯人は！」

ドルサクは一歩も退かず、何の馬鹿なことをいうかといった面魂《つらだましい》をしていたが、直ぐにいった。

「何ッ！　気狂いだ！　俺が！　俺が！　妻を殺した！　何を馬鹿なことをいうのだ！　ハッハッハ……。馬鹿も休み休みにいえ。ルパン！　俺が、殺人犯？」

「そうだよ、君だ、ジャン・ドルサクだ！」

「フーム。もし、俺が犯人であるとすると、デブリウ夫人もまた、俺と同じ犯人という事になる。と

いうのはあの晩、夫人はずっと俺と一所にいたんだ」

「あんたが殺したんです！　あんたが殺したんです！」

と彼女は繰り返す。

それを冷かに見返すドルサクは、

「いう事が支離滅裂じゃあないかね。それに二時間と経っていないじゃないか。君は、僕に夫を救けてくれと哀願したね？」

「そうした作戦は我輩がやらせたんだよ」とバルネが引取って答えた。

「早い話が心理試験をやったまでさ。グスタブが玄関に隠れていたといったら、君は直ぐそれに飛びついてきた。というのはベルナールを破産に追い込むという目的は達したが、それが殺人犯にまで発展しようとは君も予期していなかった。君としては、そこまではやりたくはない理由がある。だから、誰れでもいい、誰れかに容疑を向けたかった。そこへあつらえ向きに現れたのがグスタブだ」

「グスタブはちゃんと俺も見ている。あれはアメリーが嘘をいっているんだ」

「ちがう。嘘をいっているのは君さ。この一件からクリスチアンヌ夫人は君を疑い初めた」

「何を？」

「君の犯行を！」

「そして、俺が妻を殺したというのか？」

「そうとも！　そうとも！」

「何のために」

「身軽になりたかったのさ」

「身軽になる？　何のために？」

「彼女を得るために、邪恋を達するためさ」

ドルサクは笑い出した。神経質な邪悪な笑いである。

「アッハッハ……。クリスチアンヌを得る？　何んの、彼女はもう俺のものだよ！　俺達の間の争いは終ったのさ。昨夜、俺が彼女を長椅子の上に倒した時、そして彼女をこの胸で抱いた時、彼女はもう俺の女になる事を承知しているんだ」

ベルナールが怒り慄えて怒鳴った。

「畜生！　何をいうかッ！　クリスチアンヌが、貴様の女？　畜生ッ！……」

彼は拳をふり上げた。驚いた判事と検事がそれ止めようとするより早く、サッとのびたルパンの手が、ベルナールの拳を握った。

「フフフ……」と不敵に嘲笑するドルサク、

「はっきり承知したさ……俺ははっきりいうよ……俺のような男にはよく女の気持が解るんだ。それが、何んで人殺しをするものか？　八日後、二週間後には、女は俺の所へ来る。おい、ベルナール、君がどうしようとも、何といおうとも、女は俺の腕へ抱かれに飛んで来るんだ」

二人の男は女をはさんで憎悪にののしり合った。

「静かにッ！」とルースラン氏がドンと足で床を蹴った。

「ドルサク伯爵、君の席へ戻るように……あんたに罪が無ければ、相手に一応、述べさせてみたらどうですか。君、バルネ君、証拠があるか？　はっきりした証拠があるか？　あるならば、その証拠を出し給え。余談を抜きにして、事実を申述べられたい」

「よろしい。だが、判事、事実を述べる前に、この女性に対する破廉恥な言動に対する一応の説明をしておく必要がある。この説明が無いと、彼の犯罪の動機がはっきりしない事になるんだ」

「説明し給え」

「これは直接、デブリウ夫人から説明すべき事柄であるかも知れないが、あるいは夫人からは申述べにくい点もある。第三者たる我輩が、このにくむべき邪恋の経過を夫人に代って報告しよう。

夫人は誠に貞淑な婦人である。その夫を尊敬し、熱愛している。がドルサクが彼女に目をつけてつきまとい初めたのは昨冬からであるが、夫人はそれについてはベルナールに何もいわなかった。いう必要がないのである。こうして学校の同窓であるドルサクとベルナールとは交友を重ねたが、その蔭にはドルサクは夫人クリスチアンヌに対して邪恋の牙をといでいたのである。

さて、この別荘における一週間は事も無く過ぎたが、ドルサクの夫人に対する圧力は次第に加わってきた。かくて一昨日に至って夫人も漸く帰宅を決意するに至ったが、それも果さず、遂に昨日に至って夫人は身の危険を感じ初めた。……その夕《ゆうべ》、一同は戸外へ出た。その節ベルナール、君も思い出すはずだが、夫人が一所に行きたいと願った所の川岸で、夫人と彼とだけになった機会を利用して、鳩小屋へ入ったのだが、ボアズネが来たため、意を果さず遂に無理矢理にこの室へ連れ込むことに成功した。夫人は極力、彼の力に反抗したが、彼は暴力を以てしても彼女を抱擁しようとする。彼女はこれと争い、やっと、その腕からのがれ、長椅子の上に泣き伏した……とそれだけです」

バルネは一応言葉を切った。

「それだけです。その間僅かに三十秒か四十秒足らず……これは女性として精根を尽して争った結果としては当然であって、決して恥しい事ではない。これをドルサクは彼女の承諾と呼称したのである。

彼が彼女の唇を求めた時、彼女は再び力を盛り返していたのである」

ドルサクはじっと彼女を見詰めていた。彼女もまたじっとドルサクに眼を返した。それを横目で見ながら検事の論告のような調子でバルネはなおつづける。

「事、ここに至ると、彼女と彼との間に横わる障害は三つある。ドルサク夫人と、ベルナールとクリスチアンヌの意志、この三つなのである。もし彼が彼女の意志がくずれたと信じたなら、その妻を刺すこともなかったろうし、彼女の夫に対して決定打を試みる事もなかったろうと思われる。が、彼は彼女の強烈な意志を知った。この意志を破り、この意志を征服する手段は何か？　いかなる方法があるか？　彼はこの点を沈思し、黙考していた。と、たまたまドルサクはドルサク夫人が雨の中へ出かけて、古い橋を渡り辷って河中へ墜落したという報を聞いた。問題は、この瞬間にある」

怖るべき推理である。恐るべき心理解剖である。さすがのルースラン氏もこれには慄え上った。が冷かに相手のドルサクを眺めると、彼は何の反響も示していない。

「ここに初めて怖るべき悲劇が初めて芽生えたのである」と、バルネは静かにつづける。

「彼の脳裡に閃めいた邪悪な構想、それが次第に一つの形を作って現われ初めた。彼はじっと待っていた。運命の流れを待っていた。がドルサク夫人はその自室にいる事が発見された。と同時に何人かがこの室へ忍び込んで金庫を開けた事がわかった、とすると、犯人は彼女に会い争い、殺害をするだろう。……判事さん。獰奸なドルサクの頭の中には我にもあらず、一様の邪悪な考えがむらむらと起ってくるのをどうすることも出来なかった。彼はそれを望んだわけではなかったが、その空想は現実となって現われるに至った。

ドルサクが階段に一歩を進めた時、一同は寝室の扉が開かれていてドルサク夫人は一時間前に殺されていたらしく思ったのだが、ところが夫人は生きていたのである！

左様！　彼女は生きていた。我々が想像する如き襲撃は未だ行われていなかった。即ちこの惨事が行われたのはこの瞬間なのである。犯行が発見された時、誰れが、一同の眼前で実際に行われたと信じ得たであろうか？」

静かに話を進めるバルネの言葉、一座シーンとしていたが、ボアズネが太い声でこの沈黙を破った。

「皆んな嘘じゃ。作りごとじゃ、わしがいた、わしが見ていた！」

「瞬間の動作をあるいは見落したのかもしれない」とルースラン氏がいった。

「しかし、我々二人が一所に室に入ったのです。そして、その時、既にドルサク夫人は刺されて死んでいました……」

「どうして、それを知っている？」

「その手が冷たかった、誓って……」

「ボアズネ老、そんな事は誓わぬ方がいいぜ」とバルネが皮肉な調子でいった。

「後で後悔する。まあ、黙っていろ。ところで、夫人が刺されて死んでいた時、一同が見たものが一つある。それは赤い蜘蛛である。一疋の蜘蛛が血の中から赤い糸を引いて枕元から這って行くのを一同が見ている。それは赤い血の糸を引いて去り行く一疋の蜘蛛。その一疋の赤い蜘蛛が瞬間的な殺人をはっきりと暗示しているのではないか。ドルサク伯爵、我輩は敢てこれ以上はいわぬ。我輩は殺人の動機と殺人の機会と、殺人の心理的経過とを概念的に述べたに過ぎない。もし、君に、一片の良心があるなら、夫人の霊に邪恋の罪を心からわびるがいい」

静かにいう怪俠バルネの言葉の中には最初の挑戦的な、また皮肉な語調が消えて、一種の憐愍の情さえこもっていた。

剛腹なジャン・ドルサク伯爵は卓子の傍の椅子にくずれるように腰をおろした。そして暫くの間、その両手で顔を覆っていた。

深い沈黙裡に一同の視線はドルサクに向けられていた。

長い沈黙だ。告白をするか？　あるいはまた敢然と無実を反駁して争うか？

「ルースラン予審判事」と彼は落付いた声でいった。

「最初の言葉から最後の言葉まで、ジム・バルネ氏の云う所は真実です。私はどうして闘い、いかにして防ぐかを判らない。可哀想な妻、私のこの手で殺しました……私は私の邪恋！　といえばいえ、この私の恋に一縷の望みをつないでいたが、今はすべてが終った。……」

暫く沈黙の後、

「私は彼女を溺愛した……妻はそれを察していた。だからこそ、このことを恐れて、私にそむいたのです。……いやそむいたのではない……今にして真実を知りましたが、可哀想なリュシアンは彼女の行き方で私を愛していてくれたが、その愛情の中には疑惑があったのです。彼女は闇の中から私を窺い、私の私生活を監視し、巴里の事務所にまでスパイの手を伸した。私はその一人を知っている。数週間前、それがここへ来た、命令を受けて来たか、あるいは証券を取りに来たのかもしれない。彼女は邸の鍵を渡したし、金庫の鍵も渡したでしょう、いや鍵という鍵を模造させていた事でしょう。グスタブもそのスパイの一人だった。彼女はデブリウ夫人が破産することを好まなかった、というのはこの破産を機会に、私の手が夫人の上に伸びる事を恐れたからです」

彼の声は次第に低くなる。

「彼女の恐れるのは無理もなかった……私はクリスチアンヌを気狂《きちが》いのように恋した。……勿論、そんな権利はない、邪恋である……昨日も私は完全に彼女を征服出来たと信じて、理性を失ってしまった。そうです、私は信じた……彼女は一時、力弱った。が再び力をとりもどした、が、私は理性を失って、あくまで彼女を獲《え》ようと一切をあげてそれのみ考えた」

彼の恋の告白は縷々とつづいた。

「……かくて私には殺人の意志は毛頭なく、またそんな事を考えたことすら無かったのです。私は決して、身の自由を求めようとも思わなかった。そして階段を昇って私の妻が生きていたのを見た時、私は喜んだ。私は嬉しかった。しかし……しかし……恐ろしい死の門が忽然と私の情慾の間に交錯してきました。で……私は生きている彼女を見た時、怖れに満ちた彼女の瞳を見た瞬間、その時……その時……夢中で……私の幸福の前に突立つ障害にぶつかってしまったのです。……どうしてそんなことが出来たか？……私は知りません……それは憤怒と狂気の一瞬でした。私は全く深淵の中に沈んでいたのです。私はハッとして我れに帰った時、事、既に終っていました。そんな事が？　私は殺すなんて事が、果して出来たのでしょうか？　意志に反して行われたこの行為……」

彼は黙した。筋肉一つ動いてはいない。冷然たる自制の意志の力だ。

ルースラン判事は検事に耳打をして、警部等を手招きした。

近づいて来る警部等に我に返ったドルサクは、

「ちょっとお待ち下さい」と静かにいった。

「二重金庫の中には不当に奪い取ったデブリウ氏の金があります。これを正当な所有者ベルナール・デブリウ氏に受取ってもらいたいと思う、勿論、証券類も共に……」

「そんな金は一銭も受取らない」とデブリウ氏がいった。

「すると、君は、飽くまで、僕を憎んでいるのか」

「いや」とベルナールがいって、手を差し出した。

「最後に一言。私は、私の手で刺し殺した妻の枕頭で逮捕されたいと思います。それは私の妻に対するせめてもの詫びと告別なのです……」

ルースラン氏はやや躊躇の色があったが、警部にドルサクを連れて行くように合図をした。そして彼れもまた二人の後について立ち上った。

「ルースラン、気をつけろ」と不意にバルネが叫んだ。

「何を?」と判事。

「いや、何んでもない。そんな気がする」

ジャン・ドルサクは静かに、昨夜のように静かな足取りで階段を昇った。

しかし、階段の半ばに達した時、パッと一躍すると見るや、脱兎のように階段を飛び上って夫人の寝室に飛び込んで姿が消えた。驚いた判事達があわてて後を追う。

遅かった。轟然一発。彼等が部屋に飛び込んだ時には、ジャン・ドルサクは夫人の傍の床の上にピストルを摑んで倒れていた。

一同は十字を切った。ベルナールとクリスチアンヌとは膝まずいた。

「わたし、今夜、お通夜してしてあげますわ」とクリスチアンヌがいった。そして片手に持っていた赤い数珠を、

「これを棺の中へ入れてあげましょう」

ルパンはルパンだ

三十分後、バノルとブレッソン夫妻は匆々《そうそう》に荷物をまとめて逃げ出して行った。判事と検屍の済むのを待っていたし、ボアズネは伯爵夫妻の親戚や友人に電報を打つのに忙しかった。

邸の広間には二つの棺がかざられてクリスチアンヌが祈りをささげていた。図書室にはベルナールとボアズネがいた、そこへブラリとジム・バルネが現れた。

「ボアズネ君、君アいくら貰った？」

「エッ？　な、なにを？」と老人目を丸くしている。

「ルースランも薄々知っているらしいがね。君ア、殺人の共犯だ」

「なんだって？　共犯？　わしが？　犯罪さえ知らなかったわしが、な、なんで共犯なんだ」

「ボアズネ君、隠したって駄目だよ。君ア、犯行を知っていた。君ア短刀でグッと刺した処を見なかったかもしらんが、ドルサクの態度でそれと知ったが、話し合《あい》が直ぐ出来たのさ。それから、君は被害者に白布をかけて、皆のものがそれにさわる事を禁じた。触られたら最後、被害者にはまだぬくみがあるから、犯行が行われたばかりだという事が直ぐばれるからな。だから立派な共犯さ、それから、グスタブに対して虚偽の陳述までするなんざあ、なお悪い」

「だって、そんな、そんな……」

「まあ、犯人が自殺しちまったんだから、判事も、事を荒立てやしないだろうが、まあまあ言動は慎しんだがいいぜ。……ところで、じゃあ、沈黙料はいくら貰った？」とバルネが低い声でいった。

「一万法か？　五万法か？　小切手なぞを貰ったとすると、足がつくぜ、我輩にあずけておきな」

「そ、そりゃあ……」

老ボアズネは非常にあわて出した。

「判事の来ない内に、さ、あずけておきなよ。それとも、小切手を引き出して、ルースランのお目に留ってもう一度調べられたいかね？　それとも、俺からちょっと申上げてみようかね。君の左のポケットに入っているものは何んだい？」

ポンと左のポケットを叩かれたボアズネ老はあわててポケットから小切手を引き出して、バルネに渡した。

「ホオ、十万法とは大きく貰ったものだ」

それからベルナールに向って、

「それから、君についてだが、証券の窃盗一件はいくらドルサク夫人から渡されたとはいえ、こいつア死人に口なし、結果はまずいよ」

「勿論、僕は弁護士を立てて争います」

「誰れ？　ドルサクは死んだぜ。だが、調書にははっきり、君が盗んだと自白してるじゃあないか」

「……」

「だが、ベルナール、安心しろよ、君の家から持ってきた君の盗んだ証券の包の中味は白紙だったよ。いいかい、白紙だったんだよ。証券と思って渡されたのは白紙さ。白紙じゃあ問題にならない」

「白紙……あの証券が？　そして証券は？」

「証券はその以前に窓から飛び出した奴が盗んだという事になるんだね」「誰れです。その盗んだものは？　窓から……」

「アルセーヌ・ルパン」「アルセーヌ・ルパン？」

「アルセーヌ・ルパンじゃあ、いかなルースランでも手が出ない。いや全フランスの警察をあげても太刀打《たちうち》は出来ないから、あきらめろよ。だから、君は無罪さ。美しいクリスチアンヌ夫人と仲よく楽しく暮せよ」「でも会社が……」

「会社は俺からルパンに話をして立派に立つようにしておいてやるよ、心配するな」

「あなたは、誰です？」

「ジム・バルネ、バルネ探偵局長、調査無料だ。また用があったら、いつでもいらっしゃい。アッハッハ……さ、もう用事はすんだ、これで手続する。ルースランによろしくいっておいてくれ給え」

ジム・バルネは煙のように消えていってしまった。

刺青人生

登場人物

シャール・ロンドー……………老商人
バルタザール……………いれずみ青年。処世哲学教授
ヨランド・ロンドー…………シャール・ロンドーの娘
コロカント……………………バルタザールの秘書兼タイピスト
グルヌーブ……………………マストロピエ団長
クーシー・バンドーム………伯爵
バイヤン・ド・フール………酔いどれ爺さん
ルバド・パシャ………………アフリカの酋長
ジム・バルネ…………………バルネ探偵局長

はしがき

この一篇はモーリス・ルブランが「８１３」「虎の牙」の前後、短篇では「バルネ探偵局」を書いた一番油の乗り切った頃の作品で、彼は是非これを日本の読者に伝えてくれといった。彼自身で随所に訂正加筆したタイプライターに打った原稿をそのまま送って来たものである。

作風からいえば、在来のルパン物あるいはバルネ物としては全然趣を変えた怪奇冒険物としての彼の一つの野心作である。

肉筆原稿を篋底に秘蔵すること十有余年、私は初めてこれを世に贈る。

一、無名の手紙

「じゃあ、君、何んですかい、この私《あっし》、シャール・ロンドーがよ、痩せても枯れても、このバチニョルじゃあ、人に知られた歴《れっき》とした商人がですよ、その独り娘を名もない父無児《てなしご》にやれますかってんだ」

ロンドー親父は傲然と胸をそらし、両腕を組み、顔を角ばらせ、眉間に八の字をよせ、髯を無性に引張りながら敵意の相好物々しく呶鳴った。胴体の割合に、竹のように細い両足を踏張って僅かに平衡を保ちながら、哀れな求婚青年をグッと睨んで、凄い見幕である。

青年バルタザールは戦々兢々、僅かに椅子の一端に尻をのせ、この親父の威嚇に首を縮ぢめ身を竦めて、いとも情なさそうな顔をしていた。黄味がかった彼の手袋は時代物の山高帽の背後にかくれ、この山高もまた時代離れのしたフロックの隅っこにちぢこまっているという始末。

見た所貧弱、手足も繊細な青年バルタザールは、痩せて青白い顔をしてはいるが、その容貌のどこかに微かながら貴族的な匂いが浮いて、房々とした髪の毛、頰のあたりには可憐《かわ》いい生毛さえ光って、大きな鼻には鼻筋が通り、温順な、そして情熱的な眼の持主である。彼はおどおどした声で、

「どんな児《こ》だって父親はありますよ……」

「だが、名もなければ、父親もない児がここにいるじゃないか！　ねえ、君、親もなければ、戸籍も

ない、社会的地位もなければ、一定の住所もない、ないない尽しの男が、よくもまあ、歴とした実業家の娘を呉れなんていえたものだねえ、ねえ、そうじゃないか」

ロンドー老人真ッ赤になっている。

「家ァありますよ」とバルタ青年が叫んだ。「僕ァ、ダナイドに家があるじゃありませんか！　地位がないって仰しゃいますが、僕アこれでも教師《プロフェッサー》です！」

カン助になっていた老人の憤懣はこの抗議で一時に爆発して、それが腹からこみ上げてくる爆笑になった。

「ウワッハハッ……ダナイドの家だって？……バルタザール君教授《プロフェッサー》だって……ウワッハハッハッ……冗談いっちゃあいけないよ……」

こうした真面目な会見に、笑うのは相手が真剣でない証拠である。だからロンドー老人もこの点に気がつくと、再び俄然深刻な顔に帰って、グッと黙っている青年を睨みつけながら四辺《あたり》を一応見廻した。ここは店の奥の事務室でもある。

暫く頭の中で話の筋を組み立てていた老人がスックとバルタザールの前に立ち上ると、咳一咳森厳な表情で、

「君、今から二ケ月前、君が娘のヨランドに会ったのは、君の『処世哲学』とやらの講義を聴きに来る娘達と一緒だった。娘の話によると、君の新しい教育法や講義がよく解らないので、特に君に個人教授を頼んだそうだ。そんな事から娘さん達と共に儂《わし》の家へ出入するようになった。ところが君は娘の温順《おとな》しい気質と、美しい容貌に目をつけて、言葉巧みに誘惑したため、娘は……そうじゃ一週間も前だったかな……結婚問題をもち込んできた……」

バルタザールはこのロンドー老人の言葉に抗議しようと思った。彼は決してロンドーの娘に目をつけた訳ではなく、むしろ娘の方から熱烈な恋愛の炎を吹きつけられたのであって、彼は彼自身女を誘惑するほどの資格も体力も魅力も持っているとは思っていなかったのである。が頑固な老人は演説をつづけた。

「娘と君との結婚！　恐らくヨランドは、若い、年頃の女の子が、誰れかれの見境もなく、知り会った男性に情熱を捧げるといったような娘心の危機に直面していたんだろう。何しろ娘はコメディ・フランセイズ座のマチネーに夢中になって、自分でも詩を『作ろう』なんていう変りもんだから、儂は内心案じてはいたんだ。が、それはともかくもだ、儂は娘の話を聞くと直ぐ様、例のバルネ探偵局へ君の調査を頼んだんだよ。君は何者であるか。どんな素性か、どんな生活をしているかと。ところでバルネ探偵局では早速、その詳細な調査報告を送ってくれたんだ。これだよ、君」

指先きで部厚な調査書を叩きながら、ロンドーは法廷の検事が証拠書類を前にして被告を見るような冷厳な眼で相手を睨んだ。

そして彼はその書類を読み初めた。

（註、「バルネ探偵局」は局長バルネが警視庁名探偵ガニマルを相手に奇智縦横の活躍を書いたもの。局長バルネは勿論アルセーヌ・ルパンの変装である）

「エヘン」と老検事が咳一咳……「バルタザール氏は……（と彼は重々しく句切ってジロリと白い眼を剝いた。冷血な態度である）バルタザール氏の住居は、強《し》いてこの言葉を使えば――モンマルトル丘の背後、市境《しざかい》近く、屑屋乃至バタ屋の長屋及小屋の密集せる地区『バラック村』と称せらるる地域である。ダナイド荘と称するは塵埃と汚水に満ちたる濁溝《どぶ》を控え、小柵と枯木二本にかこまれたる巨大なる樽である。その樽を寝室、兼サロン、兼台所に使用している。入口の柵には、『バルタザール教授』の標札あり。何の教授か？　一言にしていえば雑多にして皆無の教授である。詳説すれば、娘達に対しては『処世哲学』を、中年婦人にはタンゴを、外人にはフランス語の発音を、モンマルトルの呑ン平共には『利き酒』の法を教え、またクリニャンクールにおいては球突き及パイプ喫烟法を教える等等等これらによる収入はさしたる事なきようである。而してその使用人にコロカントなる少女あり、全くの孤児であって、附近屑屋の走り使いをする外、ダナイド荘の拭き掃除、食事その他万般の世話をしている。バルタザールは、彼のタイピストであると称するこのコロカントの外、隣家に住むバイヤン・ド・フールと自称する呑ン平おやじを初め、附近誰れかれの差別なく懇親を結んでいるが、本人がこれら隣人に語る所によると――

『自分は棄て児である、それだけである。ある朝、十二月の朝、ふと大道で眼をさましたのである。爾来、喰い得ば喰い、寝り得ば寝るといった調子でとにかく、今日まで生きてきたのである。書類？　出生証明？　家族？　母親？　父親？　身分証明？　何んにもない。そんなものはシャツや猿又《パンツ》見たようなものである。人間裸一貫、生れる時に着物を来ている奴アありませんからね。こんなカラーもワイシャツも香水も煙草も、何もいりゃあしません……』

時には文字通り丸裸になっても隣人の困窮者に十銭《スー》の融通をするという底《てい》の男である。誠に不可解無軌道なる男というべく、我々はこれらの諸点より進んでその一身上の精査をとげたる処、警察においてすら想像し得ざる奇々怪々なる事実を把握したるも今は御依頼の事項以外の故を以て敢て申述べないことにする。

以上の調査により、よろしく御判断相成度《あいなりたく》……」

シャール・ロンドーは読み上げた調書の効果いかんと相手を眺めた。バルタザールは相当驚いたらしく、じっと眼を据え、額には汗が滲み出ている。彼は自分の私生活の秘密をずばずばと捲《まく》し立てられて、いささか呆然たる形である。

「君、なおこの後を聞きたいかね？」と老人いよいよ辛辣な調子で云う。

バルタザールは無言。老商人は青年に向けて身を屈めながら、手にした報告書を捲《めく》って、鈍重な声でつづける。

「……八月末、今より八ケ月以前、バルタザール氏は、三日間に亘り、肥満せる大男の訪問を受け、その都度数時間の密談の後、これを市境まで見送れり。しかるに翌週新聞紙は右肥大漢の男を掲載、警視庁に逮捕せられた旨を報じた。

当方においては、敢て右肥大漢の氏名、並に彼れの組織せる兇悪強盗団の名称を明記せず、かつまた右強盗団長と処世哲学教授との関係に対しても何等の推断をなさざるも、右会見後において、事件もみ消しのためと思わるる目的を以て金銭を放散《ばらま》いた事実を指摘しておきたい。バルネ探偵局は単なる仮説推定をなさず、事実を如実に報告する事を原則とせるを以て、以上の報告により充分御諒察の事と信ずる次第である。以上
バルネ探偵局長ジム・バルネ」

報告書は終った。ロンドーは、静かに書類を畳みながらじっと相手に眼をそそいでいた。彼はどう弁護するか？　兇悪犯人との関係をいかに弁明するか？　共犯か騙されたのか？　どうなんだ？

「結局どうしたらいいか解りました」とバルタザールが呟いた。

ロンドーはサッと身を退《ひ》いた、刃手一閃を用心したのだ。だが青年はスーッと簡単に立ち上って、

帽子をとり、黄色の手袋を拾って、

「では失礼！」

出口の方へ二三歩行きかけたが、クルリと向き直って、

「で、もし、僕が飽くまで要求しましたら？……」

「要求というと？」老人いささか面喰った。

「ええ、僕がどこまでもお嬢さんとの結婚を求めたら……どんな条件ならいいんですか？」

彼は悠々ポケットから手帳と鉛筆を出して、ホテルの給仕が客の注文を聞くような態度である。

頑固一徹のロンドー老もさすがに呆れて言葉が詰り、一瞬相手の鶴のような細首が、俄然野猪の如くに見えた。

「そ、……それやあな……」といささか周章《あわて》気味で「まず、第一にあの肥大漢、兇悪人と君との関係の釈明だ」

バルタザールは復唱しながらノートする。

「肥大漢……兇悪犯人……との関係……それから？」

「そ、それから……」とシャール・ロンドーいささかあおられ気味で、

「それからと、その……君の名前だ……姓名と父親だ」

「姓名と父親……」書きつけながら「それから？」

「それから……地位だ……立派な就職だ……収入だ！」

「地位、……就職……収入……」

バルタザールはノートを閉じて「解りました。では、あんたの要求を満足出来るようになりました

なら、必ず重ねて御伺い致します。じゃ、失礼します」

彼は丁寧に一礼すると出入口の扉《ドア》を押しあけて廊下へ一歩出た時、出会頭に、そこにヌッと突立っていた男に突当《つきあた》った。

「失礼」バルタザールがその傍を抜けようとした瞬間、グイと腕を取られた。がその力の強さ、取られた腕がビリビリッとしびれた。

「アッ痛《チ》……」

「いや、失礼、バルタザールさん」

柔かだが、何かしら皮肉な声が頭の上から降ってきた。彼は仰いで相手を見た。しなびた片眼鏡《モノクル》の老漢《おやじ》である。古ぼけた七ツ下りのフロックをつけているが、眼ばかりはキラリと光り、口元には人懐っこいがしかし峻厳な微笑、しかもその微笑の影には云いしれない皮肉なものが潜んでいた。

「誰れです、あんたは?」

「フフフ、今報告書をお聴きになったと思うが、そのバルネ探偵局の局長ジム・バルネですよ」と低いが何かしら威圧的な声である。

「ジム・バルネ?」

「左様。警視庁切っての名探偵ガニマルという警部は、我輩をアルセーヌ・ルパンだといっている」

「アルセーヌ・ルパン?」

街の青年哲学教授バルタザールは幸か不幸か天下の侠盗アルセーヌ・ルパンの名を知らなかった。

「知らなければ、知らないでいいが、ちょいと君に話がある」

「話し？」といった時、廊下の向うの室《へや》の扉が半ば開いて恋人ヨランドの白い顔が、早くも青年の眼に映った。

ヨランドはするりと廊下に出ると裏口の方へするすると歩む。早く来いと彼女の眼が訴えていた。こうなるとジム・バルネだろうが、アルセーヌ・ルパンだろうが、彼の眼中になくなってしまった。

「失礼します……僕は……僕ア忙しいです」

彼はバルネを突き除けるようにして彼女の方へ走り出した。

「フフフ……恋は盲目なりか。親の首が無かろうと在ろうとお構いなしでは話にならない。いずれまた、後日後日……」

さすがのジム・バルネ、苦笑しながら青年の後ろ姿を見送っていたが、何思ったかそのままツと身を翻すと戸外へ出て行ってしまった。

「ヨランド！　ヨランド！」

彼女は走って来て、青年の肩に両手をかけて、囁くように、

「まあ、あんた、素敵だわ！　私のフィアンセよ、命のある限り……ね、あんた。確《しっ》かりしてよ、勝ってね、ね！」

「ああ、ヨランド！　僕が講義をしている処世哲学の範疇には入らんけれども、僕は、僕等の情熱と僕等の夢とは、あくまで堅持しなければならないんだ、僕等の人間的生活がいかに貧しくても……」

「恋は死よりも強いんだわ、ね、バル・タ・ザール！」

彼女はバル・タ・ザールと三つにわけて一語一語に力を籠《こ》め、宝石のような瞳を輝かして、宝物でもいうようにいってのけた。ヨランドは彼よりも一二寸背が高く、それがややそり身になって女王の

如く気高く振舞った。彼れは眩しそうに仰いで、

「僕は立派に勝つよ。そして君を立派に貰って見せる。君は、君は僕の明星なんだ」と声をはずませていった、「僕は飽くまで目的を達成する。あらゆる濡衣を干して見せるよ。あんな肥ッちょの大泥棒の事だって、僕ア新聞を読む暇が無かったんで、ちっとも知らなかったんだ……ね、そうだろう、ヨランド！」

「ああ、構わないわよ、そんな事！ 仮令《たとえ》あんたが大泥棒の仲間だっても！ 仮令あんたがやくざだってもよ……あたしそれを非難出来ると思う？ ただね、名が欲しいわ、バルタザール、お父さん見付けてよ……それまで半年待ってあげるわ！」

彼女はふと言葉を切るや、突如《いきなり》、彼の雀の巣のような頭を抱えて、そこに熱い接吻をそそいだ。彼は幸い頭に少量《いささか》のコロン水を振りかけて来たのを幸運だと思った。

「じゃ、いらっしゃい。ね、ヨランドのために確かりしてよ」

バルタザールは足も軽く鋪道を蹴って街路に飛び出した。常に無き最高の歓喜、無限の夢に胸を躍らせた彼、一触直ちに達成し得る易々《いい》たる目的に勇躍した彼である。父親？ 街上到る所に歩いているではないか！ 金？ 地位？ 子供騙しだ。一挙手直ちにこれを摑める。

タイピストのコロカントがバチニョルの小公園で、重くて大きなモロッコ皮の大鞄をやっとこさと両手で抱えて待っていた。色褪せたビロードの丸帽子、甚だ淋しい身装《みなり》である。

「さあ、すんだ！」と叫んだバルタザールはぜいぜい息を切らして傍のベンチに腰をおろした。

「ロンドーさん承知して？」

「ウン」

「まあ、よかったのね、してヨランドさんは?」

「素敵だ……けど、それについちゃあ親父から二ツ三ツ条件がついたんだよ。まず第一に父親を見付けなきゃあならないんだ。……さ、おいでよ」

約一時間、バルタザールは、コロカントを従えて街を歩きまわり、街頭に立って、自分をこの世に送り出した人を求めた。通行人が妙な眼で眺めて行き過ぎる。

「あいつかな……いやこの男か……」

馬鹿々々しい街頭の父親探しに閉口したコロカントは附近の巫子の処へ彼れを連れて行って、二法《フラン》を奮発した。

「金……立派な地位……あなたのためになる思いがけない方と対面……両親……」と神がかりの巫子が途切れ途切れにいう。

「近いですか、それは?」

「ええ、直ぐです」

「父でしょうなあ、きっと……」青年は感激していった。

「父親……そうです……金持ちの老人……」

「白髪?」

「髪の毛が無い……顔もない……頭までもない……いえ……見えません、それが……頭が暗《やみ》の中にあって……」

頭のない父親……と聞いても、バルタザールは平気である。要は父親さえ見付かればいいのだ。彼は点々と灯《あかり》が点き初めた街を、颯爽と歩いた。七時の鐘を聞いて、彼は重い荷物を持ったコロカントをどこかへ置き去りにして来てしまった事に気がついた。それからまた、今夜モンマルトルの「樽小屋」で、町の旦那衆や安くて美味い酒を呑みたいという連中に「利酒」の月例講義をするはずである事も思い出した。

バルタザール教授は水以外に呑んだ事のない男ではあるが、しかし、彼独特の方法を以てボージョレとルーションを区別し、何年のシュランヌ葡萄酒と何年のとの差別を論評するあたり、相当なアマチューア連の及ぶ所ではなかった。

ところでダナイドの彼の隣に住むバイヤン・ド・フール爺さんは、彼の利酒に対する最も熱心なる礼讃者で、毎回の講義は欠かさず、出席しまたこの講義の宣伝にこれ努めている変り種である。この老人、無愛想で頗る貧相だが、真白な髯と鹿爪らしい態度とで近所から多少の敬意を表されてはいるものの、朝から晩までの酒びたり、職業的アル中おやじでもある。

毎日毎夜、泥酔したこの爺はバルタザールと腕を組んで、大道狭しと大声で唄を呶鳴《どな》る。

「バイヤン・ド・フール、お前は天下のやくざもの……ね、君、聞いてるかア……無頼至極のオ…やくざアものオ……とくらあ」

呑んで酔っぱらって、酔ぱらって呑んで、ぐでんぐでんになったこのアル中爺の腕を摑んだり、足を引張ったりして「巣《ねぐら》」へ連れ込むのがこれまたバルタザールの日課の一つでもあった。

ダナイドの暗黒《まっくら》な中で鍵穴を捜すのが一苦労なので、扉《ドア》はいつも開ッ放しである。暗くなった時にはコロカントが気を利かして、マッチと蠟燭とを入口に置いておく。その日、彼が灯をつけて、ふと見ると「オヤッ」と思った。足元に二通の手紙が置いてある。ダナイドに住んで六年、未だかつて一通の手紙すら来た事がない彼である。彼の住居《すまい》を知っているものは誰れも無いはずである。彼は手紙の一つの封を切った。がムッとする酒の匂いが頭に来て、何の事かよく解らないが、手紙の内容は怪奇極まるものであった。手紙にはこう書いてあった。

「愛する我が子よ

事情止むを得ざるとはいえ、父が我が子に対して取った行動を許してくれ。私はここで何の云訳もしない。が父がその子を否定して自ら姿を隠し、その所在をくらました事は、誠に悪い父である。私は心からお詫びをする。しかし今日、私は神の御前に裁きを受ける時が近づいたので、私の冒した過ちを少しでも償いたいと願う。でそのために、いささかお前の生活を楽しくするようにと財産を贈る。お前にこの贈物は当然である。お前は私がどんなものか知らないが、私はお前の苦しい生活、正しい道への努力をよく知っている。

何卒、我が子よ。あくまで努力しておくれ。そしてこの私の償いがお前の幸福の一端となる事を祈る。

バルタザールよ、次のことを覚えておくれ。マリーの森の一隅、同封の地図の上に赤い印をつけた場所に一つの空地があり、その中央に楡の樹が繁り立っている。まずそこに行き、地図の一端に詳しく書いてある指示に従って進めば、樫の老木に到る。その老木の中に革の紙入を入れておく、中には年金証券と紙幣が入れてあるが、その額は百六十万法で、これは私の所有であるから、これをお前に贈る。

さらば我が子よ。この書は私の死後お前の手に渡るであろう。どうか私の意志を受けておくれ。そして許しておくれ。

お前の父より」

バルタザールは幾度か「お前の父」……「お前の父」……と繰り返していたが、彼は第二の手紙の封を切った。

手紙の最初には「サントノレ街公証人ボルデット公証事務所」と書いてあり、内容は、

拝啓

貴下に関する要件有之候《これありそうろう》間来《きたる》二十五日午後四時当事務所まで御出で下され度候《たくそうろう》　敬具

バルタザールはここまで読むと葡萄酒の匂いに酔って、寝台代用にしているクッションの上にグタグタと倒れた。

二、胸の刺青

うつらうつらしながら、彼は、過去の幻想裡に彷徨していた。垢だらけで恐々《おどおど》と風に吹かれ雨に打たれ、ただ餓死をしないことだけを考えている小ちゃい浮浪児、それが彼であった。

寝る所もない、喰うパン片《きれ》もない彼、彼はただ可愛がって喰わしてくれる人になら誰れにだって野良犬のように尻尾を振った。ある時は肥っちょの百姓女に拾われたが、その家の餓鬼共に苛め抜かれて追っぽり出され、またある時は古靴直しに連れられて重い荷車を引かされた挙句叩き棄てられた。使われて、殴られて、追い出されて、野良犬はついに野良犬でしかない。彼は一切人というものを信用しなくなった。乞食にもなった、ルンペンにもなった、浮浪児にもなった。

放浪流転、今日の雨、明日の嵐に吹きとばされながら、彼がどうして生きてきたのかははっきり覚えていない。悲惨な運命の少年から青年時代へ、彼はただ苦労を堪え、悲運を忍んで懸命の努力をつづけて、とにかく生きるだけは生きてきた。蒲柳《ほりゅう》で華繊《きゃしゃ》で、臆病で神経質な彼、こうした肉体的精神的な欠陥にも辛くも持ちこたえてきたのだ。神経も訓練した、意志の力、勇気、彼はこの黙々たる長い闘争の間に、とにかく、良き教養と、人生への希望を持ちつづけて、冒険も運命も、本能も試練のルツボに叩き直して、そこに一種の処世哲学を体得したのである。

だから彼には別に野心も無く、平凡な生活に満足して、生来の器用さから二十余種の職業《しごと》を持ち、その他なんでもござれといった仕事をやっているのだ。

だからダナイドに流れついてからは樽を我家として暢気《のんき》に暮してきた。おまけに親切な孤児の少女を秘書兼タイピストとして使っているが、この少女、タイプライターなるものをあまりよく知らないらしい、ただ忠実に彼の身の廻りの面倒を見てくれていた。


朝早く、コロカントがやって来た。黙って珈琲の仕度をすませると、秘書兼タイピスト用の大きな重い鞄からブラシと布片を引張り出し、樽の家の内外を掃除し初めた。それから教授《せんせい》の服にブラシをかけ靴を磨き、「庭」なるものを掃く。

床の敷物を叩く時などは、青白い頬に赤味が潮《さ》して、微笑の影から白い歯がのぞく。

「おしまい」と彼女がいった。「先生、今日も哲学の講義に御伴しますか?」

「そうよ!」

丁度六年前、彼がダナイドの家へ住みついた日に、どこからともなく、飄然とこの天涯の孤児がここへ流れついて来た。コロカントという名より他に何も知らない。同じ運命に流れていたことが二人を仲よくさせた。思えば不思議な縁ででもある。

バルタザールは最初彼女に会った時と同じようにいつまでも子供だと思っている。だから、彼女は彼の家政婦でもあり、秘書でもあり、衣粧係でもあり、女中でもあり、最も忠実な犬のように孜々《しし》として熱心に働きつづけて、他念が無いのである。

「さあいこう」とバルタザールが立ち上った。娘達に対する哲学の講義場はモンソー街の小さなホテルである。そこには附近の小市民の若い娘達が三十人許り集っていた。彼は無造作にそして雄弁に日々この処世哲学の講義をした。コロカントは熱心にそれを聴いていた。

講義の終ったのは十二時五分であった。ホテルを出て途中歩きながら生徒の質問に答えて、モンソー公園に着いたのが十二時二十五分である。彼は公園のベンチに跨って、洩れてくる薄日にあたって背中を温めた。コロカントは食事の準備に忙しい。

「今日は菜入ハムサンドです」といいながら彼女はモロッコ皮の大鞄から食料を取り出した。

彼等は黙々として食べバルタザールは二人限《き》りのこうした食事を好んだし、コロカントもこの時間が一番楽しそうであった。彼女はパイプをつめてマッチをすった。それから魔法壜に入れてきたコーヒーを出した。

彼は暫く黙然と煙草を吸ってコーヒーを呑んでいたが、昨夜受取った二通の手紙を出して、

「これを読んで、コロカント、意見を聞かせてくれよ」

彼女は手紙を読んでやや驚いたらしかったが、内容を呑み込んだらしい調子で、

「まあ、先生、えらい事ですわ！　先生は御心配やら御困りやら……でしょうが……でも遺産とか？隠した紙入れとか？……結局お父様が分明《わか》るでしょう？」

「それから？」とバルタザールはうんざりした顔をしていった。「父親がその息子を知っていて、これに財産を譲る……別に珍しい事じゃあないじゃないか？……」

「そうですねえ」とコロカントは面喰った。「そうかもしれません、先生、ですけど、ヨランドさんとのお話、都合よくなるでしょう？」

「まあ、人生なんてものは皆こうしたものさ。恋愛だ、結婚だと騒ぎはするが、一つの幻想だよ、線香花火だ！　石鹼《シャボン》の泡だ！　話がきまれば若い男と女とは指輪を交換する、子供が出来る……永い人

生の一挿話にしか過ぎないんだね、哲学的にいえばさ」

「そう……そうね……でも私、先生がヨランドさんを愛していると信じていましたわ……」

「…………」

バルタザールは答えず、昨夜からの心の反省を考えていた。哲学的に自己の行動を批判していたのである。彼は黙然と思考している。

食事が済むと二人はいつもの通り黙々と動き出した。彼は陽の当っている通りを選んで歩いた。コロカントは重い鞄を持ってつづく。

サントノレ街ボルデット公証人事務所は二階であった。事務所にはその父と祖父の油絵が掲げてあったが、出てきた公証人と能《よ》く似ていた。

「どうそお掛け下さい」公証人はコロカントなど眼中に無い様子で、客に椅子をすすめて「あなたがバルタザールといわれる御本人ですな?」

「バルタザールといわれるんじゃあない、それが僕の名前です」

「御本人だという御証明は?……実はあなたに重大な要件を御知らせ致さなければならなくなりましたが、御所が解りませんので、バルネ探偵局に依頼致しました処、こういう報告が参りました……バルタザール氏は……」

「読むに及びません」とバルタザールがいった。「内容は知ってます」

公証人は委細構わずバルネ報告書を最後まで読み終って、

「という訳ですが、これは単なる調査報告でして、あなたの身元証明にはなりません。ですからあなたは失礼ですが、出生証明書とか軍隊手帳とかいった必要書類を御持ちでしょうか?……え?　御持ちでない？……では選挙人証とか狩猟免状とか、家賃受取証とか？」

可哀想にバルタザールは何一つ持ってなかった。ポケットに突込んであったものはバイヤン・ド・フールから寄贈された、「利酒修了証明書」だけである。

ボルデット公証人は軽蔑した様子で、この屑紙を押し返して、

「要するに、あなたの身分を証明すべきものは何も御持ちで無いようですな。となりますと、結局、私自身で調査致さなければなりません。就いては甚だ失礼ですが、御差支なくば、シャツを開けて胸を見せて頂きたい」

バルタザールは云われるままにカラーを脱《はず》し、ワイシャツを開いた。首にかけたキリスト像の丸いメダルの下丁度胸の上あたりに、消えかかって薄れてはいるが、なおはっきりと刺青の跡が残っていた。

公証人は拡大鏡を手にして覗き込みながら、

「M・T・P。確かに三字あります。よろしゅう御座います。御本人であるという法的証明の確定のため、今一つ御願いします」

いいながら彼は、印肉のスタンプパッドと白紙とを差し出して、

「ここに貴下の左拇指《おやゆび》の指紋を押して頂きます。……いや、それは右手です……我々の必要なのは左手の拇指紋です」

いささか恐気《おじけ》づきながらもバルタザールは云われるまま、左の拇指の指紋を押した。すると公証人は他のを出して、見較べていたが、

「これできまりました」

「きまった?……というのは?」

「とは即ち貴下がバルタザール氏である事が確定しました。でバルタザール氏は本件において……」

「本件において?……」

「本名ゴドフロアといいクーシー・バンドーム伯の息《むすこ》即ちオードケ男爵、ヤカ侯の息であって、そしてスペインの大公の……」

三、隠された財産

コロカントは持っていた大鞄を思わず取落した、中から洋服ブラシやパイ皿が転り出た。

ボルデット公証人は、二人の感情などにはお構いなく説明をつづける。

「私は祖父の代から一世紀以上に亘ってクーシー・バンドーム家の御贔屓《ごひいき》を蒙っています関係で、数ケ月前サン・ジェルマン郊外の御邸《おやしき》で御当主テオドル伯爵に御目にかかりました。亡くなった奥様には女の子さんが四人もおありですが、御世嗣《よつぎ》の男の子が無い、しかもテオドル伯は不治の病に罹っておいでです。で伯爵が私に御話になるには、伯爵のお若い頃エルネスチーヌ・アンリューという御婦人と御関係になって男の子がお生れになった。しかし家庭の事情からその方とは御別れになったのですが、若い頃の過失に対する償いの意味から致しまして、バルタザールとか称している実子ゴドフロア少年に――どこにいるかわからないが――遺産を配《わ》けてやりたい。本人バルタザールという者の胸にはM・T・Pの三字の刺青がしてあり、左手拇指の指紋がとってあるという事を話され、なお私に秘密戸棚を開けて現金百六十万法と無記名証券の束を示され、これをあの子に譲るからとの事でした。なお子供の母親の事その子を預けた人の事、現在その子が住んでいる場所などのお話がありましたが、

不幸にして……」

「不幸にして？」

「不慮の御災難でしてな、新聞で御覧になった事と存じますが、急に御亡くなりになりました」

バルタザールはこの不慮の災難なるものに対して、何等知る事が無かったのではあるが、そうとは云いたくなかったので、

「そう……そう……読みました……思い出しました……先月でした、ねえ?」

「いやいや」とボルデット公証人が言葉せわしく「もっとずっと以前です。正確にいえば九月十日、七ケ月も前です、テオドル伯爵はセーヌ・オワーズ県下へ猟に出られて殺されたのです」

「殺された!」とバルタザール。

「左様です。御存知の通りの惨《むご》い殺され方です! 斧で恐ろしい力で殴られ、頭を殆ど斬り落されて……」

再びコロカントの鞄が膝から辷り落ちた。バルタザールの首がカラーから飛び出すように伸びて、顔の色は真蒼。

「ええ……知ってます……知ってます……頭のない人……巫子が……」

「巫子?」

「ええ……ええ……僕ア見てもらったんです……」と教授が呟いたが声が低いので公証人には解らなかった。「……ね、そうだろう、コロカント……昨日……あれ、あの話しさ……」

相手の驚愕をさのみ気に止めないらしく公証人は話を続ける。

「この事件後、何しろ大変な騒《さわぎ》でした、御承知の通り……で行衛不明の御子息につき数ケ月いろいろ各方面を調べてみましたが、解りませんので、有名なバルネ探偵局へ捜査方を御願いした次第でした。結局ですな私は貴下に代り裁判所へ訴願致しまして、クーシー・バンドームの家名に対する貴下の権

利の確認並に遺産譲渡手続を取りたいと存じます」

　公証人の無表情な顔色にはチラリと皮肉な微笑が洩れたらしいが、それは次の話をするために自然そうなったのかもしれない。

「私は、このことに就いて、一つ申上げる事を忘れていましたが、実は私は事件後、直ちにお邸へ参りまして、例の秘密戸棚を開けたのですが、誠に驚き入った事には、戸棚の中が空なのです。テオドル伯爵がその紙入れを御持ち出しになり、狩猟中、邸内のどこかへお蔵《しま》いになったのではないか？……」

「僕からその所在を申上げましょう」とバルタザールが呟いた。「僕は直接手紙を頂いて、それによると……」

　コロカントが云うなと目くばせをしたので、彼は黙ってしまった。公証人は委細不図《かまわず》、

「今日まで、極秘裡に調査致しましたが、何の結果も得られなかったのです。でまあ、実子確認が出来ますれば、公然と調査も出来る事になりますので、これに必要な一切の手続を致したいのです。が、とにかく、いずれ書類を作製致しました上で御署名を願う事にしたいと思います」

　ボルデット公証人の話は漸く終った。終るや否や極めて事務的にサッサと引込んでしまった。バルタザールは混乱した頭で茫然《ぼんやり》と事務所を出た。コロカントは重い鞄とのバランスをとるために彼れの腕をとった。

「大変な御話でしたわねえ、先生」と彼女は弟子が先生に意見を求めるような態度でいった。

「ウム……父親が殺害されたというのは確かに苦痛だよ。でも……」

「でもあの予言は？……頭は？……」

「遇合《ぐうごう》だね！」

「でも戸棚が空っぽは？　あの隠してある場所を教えてくれたのは？……あの手紙では、はっきりとマリーの森のことも紙入のことも書いてありましたわね？」

バルタザールは明確な口調で、

「あんな事は皆、病的な人間のやった事さ、確然《はっきり》した意志じゃないね。恐らく親父は探偵小説とかいうものの愛好者で、まるで子供見たようなプランを立てたんだ。僕もああした小説を二つ三つ読んだ事があるが、全く馬鹿な話さ」

「では、あそこへ行っても何んにもないから、行く必要がないと思っていらして？」

「いやいや、いつだったかフール爺さんが僕にこんな話をした事があるよ、爺さんの友人で、その人の伯父から土の中へ埋めて黄金の袋を遺産に貰ったってね。だからそんな事もあるかもしれない」

かくてその後数日間、バルタザールはダナイドの樽の家に依然とぐろを捲いていて、中々動き出しそうになく、悠々処世哲学を講義したり利酒を論じたり、考え込んだりしている。

ある朝、彼が両手で頭を抱えて考え込んでいるのをコロカントが見た。ソッと尋ねると彼は呟くように、

「コロカント、お父さんもお母さんも無いという事は苦痛かね？」

彼女は吃驚《びっくり》して、

「まあ、先生……そりゃあ何んにも無いときまれば何んともありませんわ」

「ウン。でも僕は……」とやや声を慄わせて「お父さんが死んだとしても、お母さんがいる……どこかに。すると、あの紙入の中にそれに就いて何か書いてあるかもしれない……お母さんの住所が書い

ていれてあるかもしれないと思うようになったんだ」
彼れもまた人の子である。彼は遂に象牙の塔を出た。

バルタザールとコロカントはメリー駅行の汽車に乗った。農村曠野には太陽がさんさんと輝き、清澄な空気が爽快に流れていた。バルタザールは歓びに胸をふくらませて颯爽と歩き、コロカントも重い鞄が無いだけでも身が軽々と心も浮き立った。

彼等が扇形に拡がる十字路の近くまで来た時、一方の路からベレ帽を冠った男が現れた。男は自転車から降りると、曲《かが》み込んで道標《みちしるべ》を見ていたが、また車に乗り森の広場近くにある農家へ入った。

彼等もやはり道標を覗いて見た。とそこにはベレ帽の男の進んだ方角に向って、白墨で矢印が印してあり、M・T・Pという三字がはっきり大文字で書いてあった。

「まあ!」とコロカントが呟いた。「……M・T・P! 先生の胸に書いてある刺青の字ですわ」
「なーるほど!……妙だなあ」

誰れが道標に胸の刺青文字を書いたのか……何のためか……解らない。

彼等は農家の前を通りながら見ると、最前の男がお茶を飲んでいた。

「きっと同じ動機なのね」とコロカントがいった。「誰れかを待ち合せて、宝物を捜しに行くんでしょうよ、きっと」

バルタザールは父から贈られた図面を開けて見た。二十分許りして二人は図に大文字のAで印された楡の大木の下へ行き着いた。四辺には種々の老木が繁っていた。

「これが若い白樺(小文字のb)だ」とバルタザールがいった。「馬鹿々々しいけれども、面白いね。

まるで中学生徒の遊び見たようだ……」

とはいったものの、彼れは漸く真面目になって、慎重に掲示に従った。彼等はbの白樺のうしろに立って、Aの楡の木に対して垂直になるように後退《あとずさ》りをしながら歩いた。

木の根や草に足をとられてよろめきながら、コロカントの肩にすがって歩いた。それでも二度許り倒れた。暫くすると一本の木の幹に背中を打ちつけた。

「これでいい」と彼はプログラム通りになったのに感激していった。

彼等が振り返って見るとそれは図にCと書《しる》された山毛欅《ぶな》で、そこから昔しの境界線らしい土を盛り上げた一線が左右に劃《ひ》いてあった。図の指示に依って両人は右手に大股で四百歩を数えて進んだ。

そこは小さな輪材地帯で、Dと記されてある樫の木があるはずである。

が樫の木が無い。何んにもなくガランとしていた。バルタザールはこんな馬度気た探偵小説に吊られ、神秘な謎に引っかかって懸命な努力をした事に腹が立った。

「勝手にしやあがれ！」と彼は叫んだ。「金だ、紙入だ、D印の樫の木だ、白樺だ、馬鹿にしてやがらあ！」

「でも……」とコロカントがいった。

「チェッだ！　僕の足の下に宝物があるんなら、さあ僕は動かない。ね、おい、パイプをくれよ」

彼は柔かい苔の上に腰をおろしてパイプに火をつけた時、コロカントが激しく腕を引張った。円形の場所あたりから人声が聞えてきたのである。両人はサッと叢《くさむら》へ腹這《はらばい》になって身を隠した。見ると、Aとbと C が結ぶ線の上を二人の男が背後《うしろ》向きで後退さりして来る。その内の一人はベレ帽の男だ。

ベレ帽の男はバルタザールと同様山毛欅に背中を打ちつけると、両人がやったように正面を向かず、半ば転回して、今度は友人と共に左の方へ廻った。

五分後、槌で鉛板を叩くような音が聞えた。

「間違っていたのね、私達」と少女がいった。「紙入が盗まれるわ」

バルタザールは飛び出して行く気にも、隠れた場所から出る気にもなれなかった。が丁度この時忽然として向うの林から感々《かっかっ》と蹄の響がして二人の騎馬巡査が現れた。槌の音が止んだ。コロカントが用心しながら起ち上ってバルタザールを呼んだ。仕事を邪魔された二人の男は騎馬巡査の百歩許り前を村の道の方へ去って行った。

「さ、急ぎましょうよ」と彼女がいった。「十分もするとあいつ等が引返して来ますわ」

彼女が境界線に沿って走ると果然樫の木があった。その幹が人の丈ほどの所で太い三本の枝に岐《わか》れている。そしてその三岐《また》の中央に鉛板を張って雨水の入るのを止めてあった。

コロカントは例の男達が仕事をしたらしい足跡の上に立って、懸命に背伸びをして中を覗いた。と鉛板の一部に穴があいたので、中へ手を突込んで捜《さぐ》ってみると、手に解れるものがある。

摑んで引き出すと、それは紙入、というよりは紐で結《くく》って封印をした皮の袋だった。

「ホーラ、これよ」と彼女はそれをバルタザールに差し出した。が彼の顔が真青なので吃驚した。そして倒れそうになっている彼を支えた。

「逃げましょう」と彼女がキッとなっていった。「戻って来て、奪《と》られてしまってよ！」

彼女は近くの駅へ行くのが危いと考えたので、フラフラになっている先生を助けてルブレン駅まで歩いた。

折りよく発車間際の汽車に乗り特別室《コンパートメント》に入った。彼女は鞄から興奮剤を出して彼にすすめた。やや落付きを取り戻したバルタザールが、紙入を調べると、同じ皮の名札が取りつけてあった。それには「我子バルタザールへ」と書いてあった。彼は慄える手でそれをコロカントに渡して、

「開けてくれ」

彼女は紐を解いて、座席にその中味を取り出した。千法の紙幣、証券、切った利札……

「いや、いや……今そんなものを並べなくてもいいんだ、他のものがありゃしないか？……手紙は？……封筒は？……」

彼自身苛々《せかせか》と紙入を引掻《ひっか》き廻した。彼としてはその生涯を捜しているのである。突然彼は叫んだ。

「ア、あった……ホラ……御覧よ……写真だ……」

古い写真で年を経て摺りへってはいるが、なお明瞭で、美しい顔のうら若い女性の写真、しかも幸福そうに微笑さえしている。

裏面に「エルネスチーヌ・アンリュー」と書いてあった。

クーシー・バンドーム伯爵がボルデット公証人に明かした婦人と同じ姓名だ。伯爵と恋に陥ちてバルタザールの母となった婦人である。こうして伯爵はその子に財産を贈った外に別れた恋人の写真を贈って彼女を捜す事を求めたのだ。

彼は写真を手にして青白い姿を眺めた。彼女は彼に微笑している。彼もまた愛情の満ちた苦笑でこれに答えたし、コロカントも美しい婦人を微笑で迎えて、母親を見付けた喜びを感じていた。

彼女は紙幣と証券をまとめて鞄の中へ入れ、つくづくとバルタザールの顔を眺めた。

「まあよかった。でも先生があまりに興奮して病気にでもならねばいいが……」

と思った。

四、殺人犯の子

実の所、バルタザールは病気ではなかったが、樽の家を閉めて、一切の仕事を休んだ。でも多少の熱があったので、コロカントが心配して何くれと熱心に面倒を見た。脈を計ったり温湯《ぬるまゆ》で顔を拭いたり、頭へ湿布をしたりした。もっとも彼としては湿布よりも少女の繊《こまや》かな手で撫でてもらう方がよかったかもしれない。

彼女は先生が発熱して病気が重くでもなったらそれこそ大変で、私は泣きたくなる位なのだから、どうか勇気を出して早く元気になってくれと慰めもした。

彼等は時々エルネスチーヌ・アンリューの美しい姿を眺めた。コロカントはこの写真に絹で縁枠をつけたので、写真の主も一層嬉しそうに見えた。

二人は紙入と証券については一言も話し合わなかったし、考えてもみなかったし、また金を数えてみようなどとも思わなかった。これは大鞄の奥深く道具入れの下の方に突っ込んだままになっていた。

ある日の朝、ヨランドから電話便が来た。

「一刻も早く、私の室までお越し下さい
あなたの許婚《いいなずけ》より」

彼はこれをコロカントに見せた。彼女は黙って簞笥から絹紙に包んだ一張羅《いっちょうら》のフロックを出し、これにシルクハットと黄色の手袋を添えた。

三度もバルタザールのネクタイを直してやった上、頭から足の先まで眺めたが、どう踏んで見てもこの花婿は美男子でもなければ、姿態優美とは言えなかった。ヨランドがよくもまあ惚れたものである。

彼はコロカントを連れて出かけた。そしてバチニョル小公園のベンチに彼女と鞄とを待たせた。

「ここで待っていてくれ。ヨランドが親父を説き伏せたらしい。だから許婚と書いたんだ。とにかく僕は金を持たずに出かけてみるから、いずれ取りに戻って来るよ」

彼はロンドー親父が毎朝出かけて留守だから、密々の話が出来ると考えていた。呼鈴《ベル》を押したら召使が出てきた。

「お嬢さん、いる？」

「ハア、います」

彼はヨランドに処世哲学を講義に来ているので、彼女の室をよく知っていた。が食堂を通らなければならない。急いで食堂へ入ると、アッといって立ち停った。意外にもロンドー親父が食事をしていたのである。

それよりもロンドー親父の驚きの方が大きかった。彼はフォークを持った手を挙げてウアッといった。顔は見る見る紫色になって、唇がブルブルッと慄えた。

「君！　君かア！　あれほど出入厳禁といっておいたじゃあないか……君ア実に……」

バルタザールは彼の言わんとする所を知っていたので、笑顔を作って手を上げながら、

「ま、待って下さい……そんなひどい事をいわなくっても……後悔しますよ」

「実に君ア……」

「ちょっとお待ち下さい……話せば解ります……」

彼はヨランドの電話便を出して見せながら、

「僕の父が見付りましたよ……名前も……それから財産も……」

シャール・ロンドーはやっと椅子から離れると、つかつかと進み出た。まるで猛獣が獲物に飛かかる勢いなので、バルタザールは急遽《いそい》で簞笥を盾にとった。

「莫大の財産……莫大です……それに素晴しい名前と地位と……」

ロンドー老人は慄える拳で彼の顎を撫で廻した。真赤な顔、今にも噛み付かんとする気配だ。

「き、き、君ア天下の大不良漢《よたもん》だぞオ！」

呶鳴り付けられたバルタザールはフラフラと蹌踉《よろめ》いた。

「な、なぜです？」

「天下の不良だといってるんだ、八日間も変な所をうろつき廻りやがって、金があるの何んのと、貴様ア札付の不良なんだぞ」

「ですから、僕ア僕の父親が……」

「飛んでもねえ父親だ」

「でその名前がまた……」

「飛んでもねえ名前だ。俺から見りゃあ、不良バルタザールだ、警察のお尋ねもんなんだ……」

青年は飛び上って驚いた。

「エッ！　何んですって？……」

「警察のお尋ねもんなんだぞ！　今朝も、刑事が二人来て、君の事を調べて行ったんだ。住所も教えてやった。不良として逮捕《あげ》られるんだ」

相手の一言毎にズルズルと後退して奥の扉口《とぐち》まで追い詰められた形になった。手錠よりはロンドー老人の罵詈《ばり》の方が恐ろしい。

「お願いよ、パパ、あたしの許婚に手をふれないでよッ！」

扉がサッと開いてヨランドが、悠然と現れた。バルタザールはホッと太胸をおろした。許婚に手を触れないでとの一言に彼はすっかりいい気持ちになった。ロンドー老人は出鼻を挫かれた形で引き退る。

「バル、タ、ザール」とよく響く声で、ヨランドが三つに句切っていった。

「バル、タ、ザール、でもお父様の仰しゃる事ホントオよ。あんたは直ぐ逮捕されそうになってるのよ」

「そ、そんな事アありませんよ」彼は唸いた。

「今朝、刑事が来てあんたの住所をお父様に尋ねていたわ。あたしの室から見ると、今も町角に刑事が張り込んでるのよ、尾行《つ》けられてるんだわ」

「何故？」

「きっと、ホラ、あのマストロピエ強盗団、人殺しのグルヌーブとの関係だと思うわ。ですから警視庁へ呼び出されるのよ」

「グルヌーブ……マストロピエ団……警視庁……ああ、もう駄目だア」

「大丈夫よ！」と彼女がいった。「お店は向う横町に出口があるわ。こっちへいらっしゃい」

苦り切ったロンドー老人の前を二人は、舞台でやる恋人同士の引込《ひっこ》みのように引き退《さが》った。食堂を出て、玄関、それから瓦斯燈のついている暗い廊下、裏口の扉の所で、

「ちょっと、帽子をとって……」

彼は帽子をとる、額に彼女の熱い唇がふれた。そして派手な身振りで扉をあけて、

「ここからいらっしゃい」

芝居がかった左様ならである。バルタザールは振り返りもせず大道に飛び出すと、自由の大気を思う存分呼吸した。そして颯爽と大空の下を歩いた。

彼はバチニョル小公園でコロカントに会った。彼女は蒼い顔をしていた。

「警察が僕を捜しているんだ。ダナイドの家はかこまれちゃったよ」

「かこまれた？」

「ウン。だから汽車に乗ろう」

「でも……」

「でもって何んだい？　必要な品はみんなその鞄の中にあるじゃないか」バルタザールは全財産がこの鞄の中にあるのを知っていた。「だから、さあ行こうか？」

彼女はどこまでもついて行くつもりであった。が彼が動かない。ふと見ると、凄い髯を生やして、獰猛な様子の男が彼の方へ近づいて来た。

「あ、あれが刑事だ」と彼が口の中で呟いた。「ロンドーが知らせやあがったんだ」

彼は刑事に向って敢然といってのけた。

「僕を捜してるんでしょう、刑事さん。バルタザールは僕です。どうとでもして下さい」

刑事はちょっと面喰《めんくら》った形だったが、理由を聞かれないので、別に拘引理由の説明もせず、そのまま連行することにした。コロカントは二人について行ったが途中でタクシーを呼び止めて、先生と刑事とを車へ押し込み、自分も助手台に腰をすえた。

警視庁へ着くと二階へ昇る。

「帽子を目深に」とコロカントが注意した。「それから上衣の襟を立てて」

「何故?」

「新聞の写真班が詰めているからですわ」

「で?」とバルタザールは平気な顔で「正直な男の態度を見せてやるさ。警察の見込違いはよくある事だよ」

「まあ、先生、先生はほんとうに確かりしていらっしゃるわねえ」

「そりゃあお母さんの写真を見た時には僕ア弱かったが、自分の運命に対しては強いんだ」

受付子《うけつけし》に案内されて立派な室へ入った。室の机の向うにポマードを光らせた頭があった。

「局長、バルタザール事件で本人を出頭させました」

「待たせておけ」と頭がいった。「儂《わし》の書類鞄はあるかね」

「そちらに置いて御座います」

「よろしい」

彼は書類を読んでいた。宝石の指輪をはめた手が金縁の眼鏡を振っている。

バルタザールとコロカントは神妙に並んで腰を懸けていた。

暫くしてバルタザールがいう。

「グルヌーブて何んだい」

「グルヌーブ？」

「ウン。僕がその仲間だというんだ」

「知りませんわ」

「マストロピエ強盗団は？　そんな話、聞いた事がある？」

「ちっとも」

「僕もそうなんだ。僕を監獄へ投《ほう》り込むなんて、解ンないなあ」

やがて局長は、前にかかっている二面鏡で相手二人の態度をじっと眺めていたが、静かに口を開いた。

「君がバルタザール君か？」

君《くん》呼ばりをされたのでバルタザールもコロカントもやや満足した。

「そうです」

「で、娘さんは？」

「僕のタイピストです。二人共連れて来られたんです。理由は何か知りませんし、また投獄される動機も解りません」

「投獄？　誰れが収容するといったかね？　僕は獄吏じゃあない、単なる行政官で総監の意志を伝えるだけだよ」

彼の態度は丁寧で親切である。コロカントは思わず小さく笑った。バルタザールもホッとした。監禁だとか手錠だとか足首を鉄の鎖でつながれる心配が無くなったのである。

局長は端然として両面鏡を見詰めながら、厳かに、

「総監からの命令で二三の事をお訊ねするが、明瞭的確に答えて欲しい」

「ハア」

「では、まず順序として、君の住所は報告書に依ると、市境近くだったね？……ダナイドのバラック？……」

「ハア、ダナイド荘です」

「フーン、そうだったね、でそのダナイド荘において、君は十月に、肥った背の高い男の訪問を受けたね、二度か？」

「二度です」

「名前をいわなかったか？」

「何んともいいません」

「訪問の目的は？」

「少々金が入るあてがあるから、少しばかり寄附をしようといったのです」

「それだけか？」

「それだけです」

「その外に何か聞いた事はないか？」

「ありません」

「しかし、君は新聞でその写真を見たろう?」

「新聞を読みません、ちっとも……」

「フム、報告書にも書いてあるが君は教授に専念しているそうだね」

「ハア、そうです」

「いや、有難う。この間君に会いに来た男は誰れあろう、グルヌーブだよ、マストロピエ団の団長、クーシー・バンドーム伯殺人犯……」

「エエッ! 何んですって?」とバルタザールは椅子から飛び上った。

「殺人犯? あの男が? あいつが?……伯爵を殺したんですか?……あいつですか? あの……切り殺した?……」

「あの男だ」と局長は相不変微笑《あいかわらず》しながら「その君に対する慈善家なるものはグルヌーブと称し、……新聞を読んでいないのでは知るまいが……怖るべき犯人であり強盗殺人鬼であって、これが逮捕に関しては我々は社会から絶大な讃辞を受けているのである……いや、忘れていた、まだ二つばかり訊ねておかなければならん……まず、第一の質問だが、君は身分証明書があるかね?」

「ハイ、バルタザールの名の証明です」

「いやしかし、君の本姓名については?」

「何もありません」

「では、失礼だが、シャツのボタンを外してもらいたい」

バルタザールはいささか驚いたが、公証人に言われた時の通り、素直にシャツを開いた。局長は机から立って、胸の刺青を見た。

「M・T・P……確かにそうだ、マストロピエのマークだ」

「エッ！　マーク？」

「マストロピエ、即ちM《マス》・T《トロ》・P《ピエ》三つのシラブルの最初の字だね」

「ですが局長、僕は誓います、あんな強盗団とは全く無関係です……仲間でも何んでもありません……」

「それはそうだと思う、君の胸に書いた三文字と共犯とは別問題だが、なお今一つ調べておきたい事がある」

局長は小さな箱からスタンプパッドを出して、バルタザールに左の拇指の指紋を押すようにといった。そして所々いたんだ黄色味がかった紙を拡げたが、それには指紋が押してあった。

「両方の比較は容易だね……君自身よく調べて見給え……お嬢さん、あんたも御覧……全く同一だろう。で胸のM・T・Pの刺青といい、この両指紋の一致といい、これによって明かである通り、君は殺人犯グルヌーブの息である」

局長は極めて事務的に宣言した。バルタザールは凝然として動じない。コロカントは彼が激動の余り倒れやしないかと案じたが、彼はよく堪《こら》えた。一人で二人の父親がある訳のものではない。しかも一人の父は殺人犯人であり、一人の父は被害者であるという。

「事情を御説明下さいませんか」と局長にいった。

「いや、極く簡単な事でね、前にグルヌーブから総監宛の手紙があるが、それには――以上の次第で我子発見の事情を御諒察の事と思う。これが証明方法としては三文字の刺青と左拇指の指紋であって、本人は目下バルタザールと自称しているが、本名はグスタブ・グルヌーブである。胸に刺青をした三字は自分が団長たるマストロピエ団の記念として書かしたものである。

本人発見の上は、自分の口からは甚だいいにくいので総監より出生の事情等御伝えを願度《ねがいたく》、当本人の母親の写真を同封します。母親はアンゼリックといい、自分と離婚後、香具師《やし》、大力芸人のフリドランと結婚している……」

バルタザールはさすがに椅子の上でフラフラッとした。

「その手紙は真実《ほんとう》なんですか?」

「グルヌーブは何故偽りをいう必要があろう? 彼の獄中の行動から見ても、真実であると思われる、即ち彼は幾度か君に通信をしようと試みたのであった、彼が加害者から金や証券類を強奪しこれが隠匿場所を君に知らせようとしたらしい節がある」

バルタザールの頭は混乱し始めた。受取った手紙は獄中からの通信ではなかったか? 公証人に呼ばれたのと、秘密の場所を知らせたものとは別物ではなかろうか? するとクーシー・バンドームの手紙と、仲間の手から送られた獄中通信とを間違えたのではなかろうか。

彼の眼とコロカントの眼とが合った。コロカントも同じ考えらしい。だからこそ彼等の仲間の二人がこの秘密を知って、先日マリーの森へ現れたのである。

バルタザールは呟くように、

「では僕とグルヌーブとを是非合わして下さい」

「面会?」と局長は驚いた表情で、「そりゃあ出来ん……」

「何故ですか?」

「すると、君ア知らないんだね?」

「何をですか？」

「だって、グルヌーブは先週断頭台へ上ったよ」

今度こそバルタザールはウンと唸って気が遠くなった。今が今まで堪えてはいたもののこの最後の一撃に打ちのめされてしまったのであった。首を切られたグルヌーブ！　ああ、巫子のいった予言！首のない男……グルヌーブは断頭台で首を失い、クーシー・バンドームは兇漢の斧で首を斬られた！　怖るべき幻想、惧《おそ》るべき暗合！

コロカントは吃驚してバルタザールを介抱した。彼は漸く我に帰ると蹌踉として立ち上り、局長に送られて廊下へ出た。局長はコロカントに、香具師兼曲芸師アンゼリック・フリドランの写真を渡して、必要があれば、何んなりと力になってあげるからと伝えた。

五、母二人

古い堀割が坂になった庭の下手に流れ、そこに建っている蒼然たる古い家、彫刻の立像や、美しい花壇や方形の野菜畑を眺めたバルタザールとコロカント、ここはグルネー町の一角である。

「あそこに住んでるんだ」と彼は思った。「永い年月、淋しい生涯を送っているんだ」

彼はバルネ探偵局からの報告書を読み直してみた。

「啓、
テオドル伯爵並にクーシー・バンドーム家を離縁されたるエルネスチーヌ・アンリュー嬢に関する調査の御依頼に応じ、下記御報告します。

エルネスチーヌ嬢はバンドーム邸隣村の生れ、テオドル伯爵と離別後一時巴里に滞在しその後グルネー町に裁縫店を開き、十年の苦闘により漸くささやかなる小間物店「銀の星」を開店し、地方社交界の有力者を顧客《おとくい》として、店は常にこれら顧客の来訪で賑っている。その間各種慈善事業に関与し、当地方において好評を博しおり、過去の悲恋困苦を知るもの皆無の状態である。

なお、アトラス座ライオン曲芸団々長ライオン使アンゼリックに関する御調査に関しては別便御報告申上げます……」

バルタザールは報告書を折り畳むと、丁度十一時の鐘が鳴った。

「行くよ……」と彼がいった。「昼飯前の方がいいだろう……」

「さ、いってらっしゃい、先生、二週間も今日の時を待っていたんですから……」

彼は今日まで、まずいずれの母親を訪ねるべきかで迷っていた。幾度か二枚の写真を出して見較べて見た。どちらも優しく彼に微笑んでいる。彼は幾度か迷った。そしてその結果とにかく第一の母アンリューを訪問することにきめた。

バルタザールはコロカントの持っていた重い鞄を取り上げた。

「僕は最初に小間物の行商人になって行く。そして針だとかリボンだとかいろいろ出して見せる代りに、あの写真を出して見せる。とたんに彼女は僕を抱いてくれるだろう」

こんな想像を描きながら、彼は忠実なコロカントを待たせておいて勇躍出発した。

彼女の店は質素な扉があって入口には道よりやや高めの階段がつけてあった。彼は一躍三段を飛び上った。呼鈴《ベル》がけたたましく鳴った。

返事がなかった。

「留守だ」と彼は吐息をついた。

彼は額の汗を拭いて息つく事が出来た。天井が低くて薄暗い室で、老牧師が頑固そうな顔をした老婦人から靴の紐を買っていた。老婦人は不意に入って来た見慣れない青年に胡散臭そうな顔を向けた。

「商品を持って参りました」

「そこへどうぞ」

彼は勘定台に向き合って腰をおろした。万感風に吹かれる枯葉の如く脳裡に渦を捲く。

老牧師はあれこれと品物を選んでいて中々きりがつかない。老婦人と何やら盛んに話しているが内容はさっぱり解らなかった。店は湿っぽくて一種の悲哀味が揺曳《ただよ》っていた。

「いや、大変ありがとう、アンリューさん」といって老牧師が出て行った。

老婦人はバルタザールに向き直ると、

「品物はきまった店から仕入れていますので、別に欲しいものはありません」といった。

彼はじっと老婦人の顔を見ていたが、

「アンリューさん？　あなたがアンリューさんですか？」

「エエ、そうですわ、私です」

「アッ！　そうですか、あなたが銀の星！　あなたがエルネスチーヌさんですか！」

彼は眼をカッと見開いて老婦人を見詰めた。じっと見詰めていると陰鬱な老婦人の容貌の中から、あの若き日の写真の幸福な面影が彷彿として浮び上ってきた。幾多世《いくたよ》の荒浪にもまれた皺の中から、陽焼けした黄色い皮膚の影から若き日の乙女の姿が二重写しになって現れてくる。当《まさ》に父が愛した彼女である。

「お母さんだ……お母さん……」と心の奥で囁く。

肉親の血が湧々と沸ぎる。圧《おさ》えきれない興奮に青年の顔は見る見る変ってきた。引吊った唇の奥で歯がガチガチと鳴る。顎がブルブルと慄えた。彼は突然サッとカラーを外すと胸を開いて喘ぎ喘ぎ叫んだ。

「M・T・P……M・T・P……」

アンリュー老婦人は恐怖に襲われた。気狂いのようなこの姿の前からタジタジと退《さが》った。バルタザールはそれにつれて一歩一歩進みながら、胸をはだけ、左の拇指《おやゆび》を突き出して、

「M・T・P……指紋……この……こ……この……」

「あっちへ行って下さい……出て行って下さい……」とアンリューが叫んだ。

行くどころか、彼は何とか言いたかった。が言葉が咽喉に詰って出て来ない。ただ僅かに、

「生れは……遺言で……調べて……」

一歩一歩じりじりと後退しながら裏の扉口まで追い詰められた老婦人は唸るように、

「だれですッ？」

「ゴドフロア」

ここまで言えば老婦人が腕をひろげて飛びついて来ると、彼は思った。

「ゴドフロアです……あの小さいゴドフロア……」

彼等は突立ったままじっと顔と顔とを見合った。バルタザールはお母さんと叫んで彼女を抱きしめたい衝動に駆られた。

「ゴドフロア？」と彼女が呟く。「何故その名を……」

突然、拳を突き出すようにして彼は例の写真を差し出した。

「御覧下さい……よく見て下さい……解るでしょう？」

彼女は困惑の様子で、

「まあ！　そんなことが……私の写真……どこで手に入れて？……私の写真……」

彼は熱をこめていった。

「お父さんから貰ったんです……クーシー・バンドーム伯爵……僕はあなたを捜せといわれたんです……それから詫《あやま》ってくれって……ゴドフロア……ね、思い出すでしょう？……あなたから引き離され

た子供……」

彼はあまりの真剣さに人相が変っていた。

「お母さんであってくれ……さもなきゃあ殺しちまう」

老婦人は何が何んだか解らなかった。彼女はただおろおろして立ち竦《すく》んでしまった。

丁度この時、店の前に馬車が停って、呼鈴が激しく鳴った。白髪、黒衣の婦人が、足元も危げに入って来た。

「アンリューさん、今日は、いかが?」

「あ、まあ、侯爵夫人、ようこそいらっしゃいました。さ、どうぞこちらへ」

「はア、ありがとう。実はね、託児所の事や福引の事や、委員会のことなどの御相談にね……」

お客……侯爵夫人……バルタザールはアンリュー老婦人に道をあけた。

「失礼ですが、奥様……暫くお待ち下さいませ……」

万事休す。彼の夢は破れ去った。と思った時アンリュー女史の言葉が悲しく彼の耳を打った。

「仕入先がきまっていますから、御気の毒ですが……」

そうだ、彼女には仕入先も、お客も、仕事も教会もお邸も、名声も総て決まっているのである。今更その間に割り込む余地はないのだ。今更に過去の悲劇を呼び戻し、消え去った心の灯《ともしび》を揺り動かしてどうなる?

彼は頭を下げて、写真を紙入に納めた。

「失礼しました……」と呟くように「大変無躾《ぶしつけ》な振舞をしまして申訳ありません……さよなら……」

彼女は漸く奥の扉を開けた。細い廊下が台所になっており、そこから裏庭へ通じている。裏庭には

兎や鶏が飼ってあった。エルネスチーヌ老女史はバルタザールの手を取って、

「では……さよなら……私はあまり不幸でした……もう沢山です……もうたくさんなのです……さよなら……いずれお手紙を差上げましょう……御住所は？……」

彼は裏庭から兎につまずきながら道路へ出た。

その夕《ゆうべ》、ダナイドの家でコロカントが傷心の彼を優しく慰めて、半泣きに泣いている彼に接吻した。

傷心煩悶の数日後、彼はバルネ探偵局の調査に基づいて再度、瞼の母を訪ねるべくトローヌに出かけた。

貧弱な曲芸団、午後の興行の終るのを待ってコロカントとバルタザールとは四つ五つある幌馬車の一つに夕食の仕度をしている彼等の住居《すまい》を訪ねた。

曲芸の女ライオン使いの女、金の胸飾のついた古いジャケツを着、両脚に派手な肉襦袢をつけた女が大きな鍋で何か煮物をしていた。

バルタザールは、その女の顔にあの若き日の美しい娘の面影の残っているのを直ぐに覚った。彼はその女に近づいた。

「フリドラン夫人に御目にかかりたいんですが？」

彼女はお日様のように丸い白い顔、米の粉だらけな、元気で快活な顔を向けて、

「あたしですが、何か御用？」

「すると曲馬のアンゼリックさんですね？」

と半ば失望しながら訊ねた。

「そうですよ」

彼はなお自分の眼を信じられなかったので、黙って例の写真を差し出した。

「アラッ！」と女が叫んだ。「アラマア、やだ！　若い時のじゃあないか、まあ、どこから拾ってきたんだえ？」

彼女は写真を手にして調べていたが、プッと噴飯《ふき》出した。

「ハッハッハ……、まあ、こりゃあグルヌーブの時んだわよ」

バルタザールがいった。

「そうなんです。書類の中にあったんです」

「で、私だと解ったのかい？」

「ええ、総監へ手紙を書いたんです」

「それで来たんだね、ここまで？」

「え」

「まあ！」と静かに温《おだや》かな調子でいった。「可哀想にグルヌーブ、死に際にあたしのことを思いだしたんだね？」

「そうです」

「で、何のために？」

彼はこの後の言葉が聞きとれなかった。炊事の烟《けむり》にむせたのか、一匹のライオンが物凄い声で唸え出した。とたんに他のライオンも皆口を合せたように猛烈な咆哮の合唱を始めた。

アンゼリックは言い直した。

「で、何のために来たんだい？」

バルタザールは精一杯の声を張り上げて、

「息子の事で……あんたの息子……」

「ああグスタブの事だね」とアンゼリックが甲高い声でいった。「可哀想に、あの子は十四カ月目に行方知れずになったんだよ、あたしとグルヌーブの別れ話になる二週間前なんさ。だから、あたしゃ、きっと、グルヌーブがやったことだと思ってたよ、何しろ二人は仲が割れてたんだからね、可哀想な子供さ」

「それが生きてるんです」

「まさか！」

バルタザールはコロカントと目を見合せた。

総べて調子よく行った！　女団長アンゼリックは気安い感じを与えて、一種の親しささえ覚えさせた。

「グスタブ少年は生きてました。どうやら一人前になって……」

「そりゃあ不思議だね」とアンゼリックは両手を摺り合せた。「ほんとですかい？　じゃあ、あんた知ってますね？」

「ええ、知ってます」

「でも、グルヌーブなんて名じゃあないだろうね。きっと外の名でしょうが？」

「ええ」

「どんな？」

「バルタザール」

彼女はじっと相手を観察していたが、大体それと察したらしい。

「で、あんたの名前は？」

「バルタザール」

彼女は胸飾の服を叩いて叫んだ。

「いよいよもって奇々怪々だわ！　するとグスタブというのは……」

彼は返事をせずに、不安に顔を歪めて微笑した。アンゼリックはグイと逞ましい腕で彼を引き寄せ、

「まあ、不思議……まあ、妙だわねえ……するとグスタブは……」

アトラス曲芸団のライオン共がウォーウォーと吼え立てる。バルタザールは自分の鼻を、粉だらけの彼女の頬に押しつけた。十有余年相逢わざる瞼の母子の再会が、何のメロドラマ的な感情も、背景も、情景もなく、誠に簡単に行われた。

「ほんとうに不思議だわ！　嬉しいわ！」と女団長がいった。「フリドランも大喜びよ！　それからチンピラ達も！　ね、グスタブ、お前の兄弟はうんとこさいるんだよ」

彼女は両手を口にあてて吶鳴った。

「フリドラン……フリドラン……」

三つの馬車の扉が開いて女の子や男の子達が飛び出すと最後にフリドランが現れた。

巨大で中背で、物凄く筋肉の発達した男で、プログラムには「大砲男」と出ていて力技を売りものにしていた。彼は妻君に似た顔付だが色は赤銅色で、バラ色の服を着ていた。

四人の娘と五人の少年、十歳から二十五歳位までのがグルリと二人を取り囲んだ。

「これがグスタブだよ！」と彼女が声を張り上げた。「ね、あれさ、フリドラン、いつも話に出てい

たグスタブだよ、グルヌーブの子供さ、不思議じゃないかい？」

大砲男は無口だが、見かけによらず涙もろい男であった。眼をうるませながら彼はバルタザールの手を痺れるほどに握って、

「もう離れねえぞ、いつまでも！……」

バルタザールは家族的なものを感じた。そしてコロカントを紹介した。

「僕の秘書兼タイピストです」

素晴らしい肩書である。アンゼリックは九人の兄妹《きょうだい》を紹介した。会計係のルイズ、太鼓打のアルフレッド、それから軽業をやるラウールとかオーグストとか、いろいろあった。

こうして大勢のそして楽しい一家と夕食を共にすることになった。

食事を終ると、仕事の時間になったので、アンゼリックは、今月末まではここにいるが、それからはトローヌへ行き次《つい》でグルネルで興行するから、是非訪ねて来てくれ。私にしろ、フリドランにしろ子供が一人増えたんで大喜びなんだし、アトラス曲芸団では、いつでもお前のために席をあけておくからといった。

バルタザールは皆に別《わかれ》を告げて小屋を出たが、フリドランが別れたくないというので一緒に彼の家までついて来た。その晩、家では例の「利酒」の会があるので皆集っていた。樽の家の前でコロカントが、

「先生、決して飲み過ぎないで下さい。先生が気分を悪くするし、私も心配で心配で……」

彼は例によって殆ど飲まなかったが、フリドランとド・フール爺がガブガブ飲んだ。

十時頃三人揃って家を出た。市境まで行くとフール爺さんは泥酔して動けなくなったので、フリド

ランが左肩に担いでしまった。そしてバルタザールと「大砲男」とは腕を組んで歩いた。歩きながら彼は彼一流の処世哲学を長講した。

フール爺さんはダラリと頭を下げたままで吼鳴っていた。

「俺は天下のやくざもの……監獄行の俺なんだア……いかさま野郎なんだア……」

こうしてフリドランはフール爺さんを肩に担いだままで巴里の方へ帰って行った。

バルタザールは瓦斯燈や星が眼の前で踊るように見えたが、どうやらダナイド荘に帰ってきた。ふと見ると、「オヤッ」と思った。窓に灯がさして、開けた扉口から女の影が見える。コロカントが待っているのだろうか？

一歩扉口へ入ると、突然両手がサッと飛んで出て、呻《うめ》るような声で、

「ゴドフロア……あたしのゴドフロア、あたしですよ、エルネスチーヌ・アンリューですよ……あたしは、もう堪え切れなくなったのですよ……何もかも捨ててお前の処へ来ました……ああ、あたしのゴドフロア……」

グルネーの老婦人は永い孤独と味気ない生から今初めて翻然と母性愛に呼び醒されてひしとばかり我子をその胸に抱きしめた。彼は面喰った。しかし、一杯の酒は彼の心を和げていた。母と子はそのまま朝まで眠ってしまった。暁方コロカントは腕を組み、頭をよせ合せて椅子に眠っている二人を発見した。

六、怪しい人々

先生の珈琲《コーヒー》と一緒に、コロカントは二通の手紙と電報とを持って来た。バルタザールはそれをエルネスチーヌにすすめながら彼のタイピストを紹介し、コロカントを連れて庭へ出て水浴を始めた。

「読んでくれよ」

一通はボルデット公証人からで、クーシー・バンドーム家相続に関する書類の用意が出来たから署名してくれというのであった。今一通を見たコロカントの顔はやや蒼ざめた。

「ヨランドさんからよ」といって読んだ。

バルタザールさん。

私は最近の新聞で犯罪や強窃盗、詐偽、捕縛等の記事を注意して読んでいますが、あなたに関する事は一行もありません。だから堂々とあなたの本名、財産、そして「あなたの輝かしい許婚者」を求めることに専念して下さい。

コロカントはこのラブレターの効果いかんと待ち構えたが、バルタザールは、頭を洗いながら、「頭を力一杯掻いてくれ」といった。

頭を引掻いてから、電報を開いた。ノールウェーから来たもので
二五日日曜貴地へ行キ御日ニカカリタシ重要ナルコトヲシラセル
詩人　ボーメス
コロカントの声は陰鬱に響いた。またしても先生に紛糾憂鬱なことが起る。こうした人々といい、あの「輝かしい許婚者」といい、またこの不知不識《みずしらず》の詩人といい、何のためにお節介をするのだろう？

「ずぼん釣りをとってくれ」とバルタザールは、一切我不関焉《われかんせず》といった様子である。間もなくエルネスチーヌ夫人が食事をすませて出てきた。

「君は、あとからアトラス曲芸団へ来てくれ」

バルタザールは二人の母に対し、互に何も知らさないで、その愛を恣《ほしいまま》にしている事の出来ない男である。とにかく二人の母親が現れたことを両方の親にはっきり認識させておくべきだと考えた。だから早速曲芸団行となったのである。

エルネスチーヌ夫人は素直に即座に賛成した。が驚いたのは女団長である。赤くなって怒った。バルタザールが極力委細を説明して、彼女達お互に、これという確証は一つもない事を話した。

「もっともだわね」とアンゼリックが釈然としていった。「だがお前は私の子だよ。何が起ったって私ア変らないよ」

エルネスチーヌ夫人も、

「私の母としての気持は少しも変りません」

二人の母親と二人の睑の子は互に手を握り合った。こうしてアトラス曲芸団における母子三人の

楽しい二週間の生活が始まった。互に睦み合い親しみ合って、敢て真実を無理に突止めようともせず、和気藹々《わきあいあい》裡に団欒した。エルネスチーヌ夫人は陰鬱な様子も無くなって子供達の世話をやいたり、面倒を見たり、教育をしたりする事に興味を持って、別に急いでグルネーに帰ろうとする気配も無かった。

バルタザールは曲芸団の息づまるような、猛獣馴しや命綱一本の危い曲芸に驚異の目を見張った。一人の子供に二人の母、それが何の邪念も顧念もなく、慈しみ親しむ家庭的雰囲気、しかもそれが鞭一本ピストル一挺を持って兇暴な猛獣共を自由に操る猛獣曲芸団の中で展開されているのである。ただその中にあってコロカントだけが心を痛めていた。彼女はこうした安住の世界にあって、何かしら暗い影を予感するのである。ある日彼女はかつてマリーの森に現れた二人の男がダナイド附近を徘徊するのを見たので早速バルタザールに注意した。

「それで?」と彼はいう。

「それでって、あれはグルヌーブの仲間で、ＭＴＰ団の団員ですわ」

「フーム、だがね、コロカント、僕達のことを思ってくれるならＭ・Ｔ・Ｐやその外の馬鹿々々しい事件なぞ放っておいておくれよ」

「でも」とコロカントが執拗《しつこく》いう。「彼奴等はきっとあのお宝を捜しに来たんですわ、そしてあたし達を狙ってます」

彼はフンと肩を揺ぶった。

「お金は鞄の底深く蔵ってある。僕はエルネスチーヌ夫人にも、フリドランにも、この事は一言も喋ってないんだ。つまりはっきりした事が決定《きま》るまでは黙っていなきゃならんと思ってるよ。でも五百法ばかりは使ってしまった、あれやこれやで仕事を休んじまったんでね……」

彼は現在の幸福の満喫に他念はない。

しかしそれから二日経って、彼女は格子縞の服に丸帽子を冠った三人の男が彷徨《うろつ》いているのを見て吃驚した。翌日、彼女は、彼を窓まで呼んでバイヤン・ド・フールの生垣にそって歩いている四人の男を見せた。彼等はよれよれの服を着て地中海東部沿岸地方の貧民といった風態だが、下手な変装である。見られているとは知らず、これもまた拙劣な合図を交し合っている。

「それから……ホラ……ホラ……あそこに、この間先生を警視庁へ引張って行った刑事がいます。彼奴等を捕まえるんでしょうか？　アラッ！　違う、一緒になった！　五人で相談をしている。まあ、どうしたんでしょう？」

バルタザールはパイプを咥《くわ》えて、アトラス曲芸団へ出かけた。彼の心境は只管《ひたすら》母達の愛情にひたるので一杯であった。ゴドフロア少年にされたり、グスタブ少年にされたりして愛撫されているので、コロカントの杞憂など目下の処馬耳東風である。

しかし彼女は監視を怠らなかった。彼女の六感には一つの陰謀、暗い予感がひしひしと迫って来る。四方から怪し気な連中がダナイドへ入り込んで来るのが何としても不可解である。

ある夕方、コロカントが息をはずませて駈け込んで来た。

「逃げましょう……逃げるんです……あの人がいましたわ……麦藁帽子のイギリス人が……あたしに、あなたは狙われているっていいましたわ……恐ろしい敵に……で先生が逃げるなら二万法あげましょうって……三万ともいいました、イギリスへ逃げるなら……あの人先生の返事を待っています、あそこの道傍《みちばた》で……」

バルタザールはムッと腹が立ったので、拳を彼女の鼻先で振り廻した。

それから二人はあまり顔を合さなくなった。彼は、自分の安静を乱し、絶えず恐怖を訴える彼女をさけるようにした。が彼女は飽くまでダナイドの周囲に警戒の目を光らせていたのだ。で彼は、あまりの煩わしさと万一の危険をさけるためにアトラス曲芸団へ逃避して、静かな三日間を暮した。

しかし詩人ボーメスからの約束の日曜日を扣《ひか》えてコロカントが来て、バルタザールにダナイドの家へ戻ってくれるなと頼んだ。

「僕はボーメスに会って話を聞くよ」

母親二人はこれに反対した。真青な顔をしたコロカントは、

「先生、行かないで！　危険が大きいし、怖ろしい敵がいます。先生に対して、何かの企みが、いえ、いろいろの企みが次々にあるんです。あなたを狙って……」

「取越苦労だよ！」と多少動かされたバルタザールがいった。

彼女は一生懸命、

「忘れたんですか、先生、今日はバラック村のお祭よ。みんな、家中揃って野山へ出かけて食事をするんです。町中空ッポになります。ですから、今日こそはダナイドへ先生を捕えに来ます！　恐ろしい陥穽《おとしあな》があるんです、ね、御願い、先生……」

彼女は慄える手を合せて懸命に口説き立てた。愛する先生の身を思う可憐な情熱である。彼女は見た。獰猛残忍な相貌の彼等が、斧を振り廻し、炎々炬火《たいまつ》を燃して襲いかかる。といったような幻想に恐怖戦慄、只管《ひたすら》にバルタザールの身を案じて気も狂わん許りなのである。

「御願いです。先生、信じて下さい私を……私決して間違った事はないんですのよ……あなたの事で

すと、何でもパッと直覚するんです、霊感があるのです……頭から足の爪先まで私の身体が戦慄《ふる》えます……御願いです、ダナイドへいらっしゃらないで、ね、先生……」

この申出にはエルネスチーヌが真先に賛成した。世の常識に富んでいるアンゼリックも「やはり用心したがいいと思うわ。がバルタザールにしてみれば、会わずにはいられないだろうから、出来るだけの必要な用意をしたがいいね」といった。

「どうしてですか？」と彼も些か動かされた。

「そりゃあねえ、助ッ人を頼んだら……」

「助ッ人？」

「フリドランよ、もち！　フリドランが一緒に行けば、何が来たって大丈夫よ。平ちゃらだわよ！フリドランなら百人力だもの」

この案には皆が異議なく賛成した。バルタザールは渋っていたが、コロカントはホッとした気持で嬉しさに思わず笑い出した。

「ええ……それがいいわ……アンゼリックの奥様の仰しゃる通りよ……もう怖くはなくてよ……フリドランは百人力ですもの……」

感激居士の「大砲男」は涙を流して噎《むせ》び泣いた。

「金輪際大丈夫《でえじょうぶ》だよ、バルタザール。矢でも鉄砲でも持って来いだァ……あんな野郎共に二の句は接《つ》がせやしねえ……第一《でえいち》、何人いるんですい？　十二人？　十三人？」

彼は例のバラ色の上衣の上にありったけの金銀のメダルを飾り付けて、その上に軽い上衣を羽織った。アンゼリックはバルタザールに発条《ばね》仕掛のナイフを持たせた。コロカントは嬉しさに彼の手に口吻《くち》づけた。

二人は勇躍昂然と出発した。フリドランはズックのスペイン靴を絹紐で結んで巨大な野獣のような歩調で進み、バルタザールは靴の踵にゴムをつけて足音を消した。そして片手で凄い発条付ナイフの柄をソッと撫でてみた。

こうして別段の事も無くバラックの町へ入って来た。

「ねえ、フリドラン、町の人は皆散歩《ピクニック》に出てしまって……まるで沙漠の町だよ……」

「そいつアいいや、喧嘩《でいり》になったって野次馬がいねえからな」

「喧嘩なぞ無いですよ」

「まずいや！」

彼等は一層用心して、町角などは四方に眼を配って通った。

がダナイドに近づくと、突然、

「誰れか入った！」

「どうしてわかる？」

「足跡がある……」

「馬鹿な！」

「煙草の吸殻が……」

「構わんでおけ、そんなもの」とフリドランがいう「扉を開けろよ」

「ええ……ええ……閉じ籠《こも》っていましょう」

彼は上衣を脱いで入口に立ち、胸を叩いていざ来いとばかりに頑張った。隆々たる筋肉がシャツの下で跳っている。

「何時に来るんだね、その詩人は？」

「四時」

「まだ二十五分ある」

十分経った。音一つせず、形一つ見えない。

「誰れも来ないじゃあないか。とんだ騒がせだったかな。せっかく来たんだ、一つ叩きつぶして見てえや」

「アッ、あそこに」とバルタザールが呻いて、椅子に腰をおろした。

「どこに？　見えないぜ」

「左手の……曲り角」

「なーる。来やがった。チェッ、面白かあねえや」

「どうして？」

「二人しかだよ」

「ウン。M・T・Pの二人だ……やって来る……やって来る……助けを呼ぼうか、え？」

フリドランは振り返ってグッと睨みつけてしまった。

「黙ってろ！　叫《ね》を上げるじゃねえ！」

「じゃあ、僕のナイフ？　ナイフを持ってる……」

「そうだね、爪でも磨《と》いでおくさ」

M・T・Pの二人が近づいた。と同時に「大砲男」の力瘤がモリモリと盛り上ってきた。

二人の賊の内一番痩せた貧相な奴（バルタザールが例の宿屋で見た男）が、庭へ入って来て、指の間に煙草をはさんで、さり気なく、

「火を貸して下さい、君」

「マッチがあらあ……」とフリドランは景気よくいってのけた。「さあこっちへおいでよ」

兇賊は階段を三歩上って来た。フリドランはグイッと腕を拡げて相手を抱きすくめようとした、瞬間、グワン！　と一発、突き上げる物凄いフックを顎に喰《くら》って、ウンともいわず、ヘタヘタと牛が膝を折るように倒れてしまった。

二人はパッとその身体を踏み越え、二挺のピストルをバルタザールに狙《つ》けた。

「やいッ！　財布を出せッ！」と貧相な奴が呶鳴った。「やい……出せッ！　早くッ！……え？……何ッ？……黙ってる気か？……グルヌーブが手前《てめえ》に隠し場所を教えたろう……さ、白状しろッ、やい、木の洞から拾い出したなあ、手前だ……やい……出さねえなッ……」

グイッと喉を摑んで絞めつけられたので、バルタザール、声も出ない。が摑んだ手がややゆるんだ。と今一人の男は窓際で、外を見張っていたが低く口笛を吹いた。

「何ッ？　どうした？」と貧相な奴。

「人が来やあがる」

「人が？」

「ウン、イギリス人と仲間の奴等だ」

「いけねえ、逃《ず》らかれ。何んて間が悪いんだ！　だが、貴様ア、いずれまた会おうぜ、バルタ野郎」

彼は仲間を連れてパッと逃げ出した。

バルタザールは蹌踉と起き上り、怪しい連中の来ない内に早く扉を閉めようと思った。とたんに半ば開いた扉口からスルリと入って来た人影が、いきなり彼に飛びついた。コロカントである。

「御怪我なくて？　先生、大丈夫ですか？　まあ、あの人達きっと襲って来ると思ってました。早く……早く……逃げて……またイギリス人が来ますわ、麦藁帽子の……」

彼女は彼を連れ出そうとしたが、時既に遅く、麦藁帽子の英人が格子縞、丸帽の屈強な男三人を引具して入って来た。三人は棍棒をぶら提げている。

この時、「大砲男」が昏倒からやっと醒めてフラフラッと起き上ると四人の前に胸を張って立ち塞がり、大手を拡げて百人力の威力を示そうとした。瞬間、第二回目のアッパーカットが顎の下でキナ臭く爆発した。コロカントは先生をかばって両手を拡げ、

「いけませんッ！……そばへ来ちゃアいけないッ！」

英人は彼女の口を押えて引き倒し、三人の男がバルタザールに飛びかかった。しかしコロカントは押えられながらも勇敢に叫ぶ。

「いけないッ！　先生をいじめてはッ！　畜生ッ」

「アッ！　この阿魔《あま》ッ！　噛みつきやアがった」

と英人が呶鳴った。そして彼女を力一杯殴りつけておいて、三人を指揮命令した。バルタザールをマントに包《くる》み、古いトランクに手荒く詰め込むと、その上を雁字《がんじ》がらめに縄をかけ、ダナイド荘から担ぎ出した。箱詰にされた彼はコロカントが必死に叫ぶ悲痛な声を聞いた。

「確っかりしてよ、バルタザール先生！　あたしがきっと捜しに行きます……世界の果でも……」

彼は間もなく自動車の屋根に引っ張り上げられ、英人が、

「デイエップ街道へ」

と命じる声が聞えた。全速力で走り出した自動車は悪路に跳躍して箱が物凄く動揺する。呼吸は苦しくなる、身動きは出来ない、頭は腕の下に押し込まれている。一度ならず二度、三度、彼は気が遠くなった。ふと正気に還ると彼はコロカントのことを思った。彼女の必死の絶叫が彼の心の底に蘇える。彼はこれほど切実な絶望的な叫びそして心からの叫びを聞いた事がなかった。

またしても遠くなりかける気持を必死に堪えている時、自動車が急停車すると同時にガヤガヤと人声が起った。ピストルの音さえ聞える。何事が起った？　自動車を中心に闘っているらしく、罵声吶声が入り乱れる。最前の二人の犯人が、新しい誘拐団に挑戦したのだろうか？

間もなく森《しん》となった。と思うと箱を降す気配、続いて箱から引き出された。見ると麦藁帽の英人ではなく、彼を警視庁へ連行した刑事が立っていて叮嚀な口調で、

「もう御心配なく、その自動車へお乗り下さい。私は自分のでお供しますから……」

そこは森の中で、英国人とその部下は叢を分けて逃げて行った。刑事の傍にはかつてバルタザールがダナイド荘の近くで見た地中海東部沿岸地方の貧民のような風態をした四人の男がいた。彼等も自動車の中や助手席に乗り込んだ。

丸二晩と一日、二台の自動車は恙《つつが》なく走った。連中は黙々として一語も発しない。バルタザールは、逃げようと思えばその機会はあったが、どうにでもなれといった気持で、なすがままになっていた。

マルセーユ港へ着くと、刑事はバルタザールに別れを告げ、四人の男が彼を案内してフランスの水雷艇に乗せた。艇は錨《いかり》を上げた。

艇での取扱は頗る鄭重で、海軍士官が立派な部屋へ案内をして、何か御用はないかと訊ねた。

「どうした訳なんですか、聞かして下さい……」とバルタザールがいった。

士官はあまり深くは知らないらしかった。

「私の申上げられる事は、私が、あなたをルバド・パシャの部下に引渡すという事だけです」

「ルバド・パシャ?」

「ハア、御承知でしょうが、ルバド・パシャの率いる小さい民族をフランスが支持し、これに反して英国が他の民族、ルバド・パシャの先妻カタリナの率いる一族で、ルバド・パシャとは仇敵《かたき》の仲になっているのを後援している。ところで、ルバド・パシャが、あんたを要求したのです」

「なるほど」とバルタザールがいった。「だから、英国人が僕を誘拐しようとしたのをフランスの刑事が取り戻したんですね」

「左様」

「だが、ルバド・パシャが僕に何の用なんだろう? 善い事か、悪い事?」

「善い事です」

「ほんとうですか?」といささか不安である。

「ハア、……といいますのは、私の受取りました命令書に、この通り書いてあります『ムスタパ氏(これがあんたの本名らしいです)は最上の尊敬を以て遇すべし……』」

バルタザールは戦慄した。ムスタパの名、それこそ彼の胸の刺青にあるM・T・P!

呪われた三字の刺青、どこまで彼の生涯にたたるのか!

それもこれも運命である。士官の去った後、彼は平静な気持ちで、祖国フランスのために何等かの役に立てばいいと思った。

翌朝、船窓からベスビアスの噴烟を眺めた。久遠《くおん》の沖天《ちゅうてん》に棚引《たなび》く永劫の噴烟に眼を楽しませながら彼はベッドに横たわって、静かに事件を直視した。もしコロカントが傍にいたならばこんなことを言ったろう。

「……ねえ、コロカント。人生は常にいとも単純であって、ただ小事の累積構成するものであり、これを我々の想像が、その時々の神経の平衡度によってその重要さを変えているんだ。僕はこれらの群小事が皮相的な精神から見れば甚だ煩らわしいものである事を否定はしない。僕は冒険小説作家の空想裡に踊らされている印象を受ける。彼等は強いて現実性を持たそうと努力しつつ、その狂的な作品を過度に楽んでいるに過ぎない。ね、コロカント。彼等の小説に踊らされているのが僕と思う。これが僕の主義であり、僕の理論なんだ。そして僕はすべてを常道に引き戻そうと専念しているんだ。だから作家が波瀾万丈といったことをやる事もあるが、コロカント、それはみんな一種の場当《ブラッフ》りなんだよ。これ等の事件は皆正しい、秩序のある人生の日常に対する意味ない波に過ぎないんだ」

船はシシリーを過ぎ、一路アドリア海を渡る。

ある早朝、船が停った。

バルタザールは四人の男と共にモーター船《ボート》に乗って大きな埠頭に着いた。そこには真黒い顔をして、白い短い襞付の布を腰に捲き、ヌッと裸足を突き出した連中が集っていた。ギリシャかアルバニア人らしい。事にしるとパシャの部下かもしれないと思った。

事実、彼の姿を見るや否や、ワーッと唸るような歓声をあげた。

「ムスタパ！　ムスタパ！」

ワイワイ寄って来る連中から離れて、船は再び走る事一時間、嶮岨《けんそ》な海岸に入る。山裾《やますそ》が深く海に張り出して土民の家が点々と見える。

三百、四百、真黒い顔に白い腰巻の土民が、濃青色に飾られた花崗岩の入江に蝟集《いしゅう》していた。

バルタザールはとてもたまらない異臭を発散させるこれらの土民に担がれて、薔薇色の敷石の両側に蘆薈《アロエ》や仙人掌《サボテン》を植えてあるテラスを昇った。そこにはずっと立派な服装をした連中がひしめき合っていた。

その中央に大兵の男が案山子のように両腕を空へ振っていた。痩せて、骨ばった顔だ。

酋長らしい権威で命令を吸鳴る。

皆がこれに従う。

バルタザールは極力身を踠《もが》いてみたが、無理矢理にカラーをはずされたり、指紋をとられたりした。

それが終ると、俄然物凄い喚声が山と海を揺り動かした。

「ムスタパ！　ムスタパ！」

酋長は再度両腕を挙げたが、いきなりバルタザールの首ッ玉に抱きついて歓喜の半狂乱、

「わしが子じゃ！　わしが了じゃ！」

七、熱砂の闘争

運命の幾転変、幼少の時から苦労辛苦を重ねてきた彼としては一種独特の処世哲学を体験し、これを論述して「教授」の看板を掲げていた位だから、自ら三文冒険小説の主人公に扱われているようなこの頃の運命にも敢て驚かないが、しかし得体の知れないこの黒ン坊の酋長に、臭い体臭で抱かれ、粗《こわ》い髯で頬をこすられたのには辟易せざるを得なかった。

酋長は大太鼓を叩くような銅鑼声を張り上げて物凄い演説を初めた。

言葉は解らないが自分がその演説の主題となっているらしく、

「教授！　教授！」という言葉と「ルバド・パシャ！　ルバド・パシャ（これは彼の名前に違いない）！」と叫ぶのが解った。

教授である処の知識人を我が子に持つ事によって大いに士気を鼓舞激励しているらしい。が彼の大演説の中で、憤怒の形相もすさまじく「カタリナ！　カタリナ！」という言葉が出てきて、部下を憤激させていた。

最後に両手のピストルを宙天に撃って演説を終ると、バルタザールを顧みて、一葉の写真を示した。東洋的タイプの美しい女である。そして怒りの声を吐き出すように、

「お前の母親だ、ムスタパ……恩知らずのカタリナだ……」

恐らくこれが戦争の相手方だろう。いかなる理由か解らないが、この二つの民族をめぐって英仏二国が互に尻押しをしている事は確かだ。

バルタザールは黙ってそれをポケットに蔵った。ポケットの中にはエルネスチーヌ・アンリューとアンゼリック・フリドランの写真が蔵ってある。これで三人の母親が出来てしまった。妙なことではある。

差し出し人不明の「父」なる人の手紙から端を発して公証人と会い、胸の刺青M・T・Pと左拇指紋とで、僅かの間に三人の父親と三人の母親が現れた。一人は大公爵の大貴族であり、一人は強盗団の首領の兇悪死刑囚であり、またここに南の国の黒い酋長が加わった。

彼は食事を供され、土人の最大礼装らしい長いマントを着せられ、赤いバンドを腰にまかれ、短剣やピストルを身体にくくり付けられた上、尻尾の長い小馬に乗せられ、最初は酋長自身に、次いで屈強な土民兵に轡《くつわ》を取られ、酋長と馬を並べて行進を開始させられた。

彼は一とまず安心はしたし、腹も出来た。すると急に今までの緊張した不安から解放されて、馬上で居睡りを初めた。

一日中山坂を登ったり降《くだ》ったりして行進をつづけた。午後六時、やや広い道路に出ると、酋長が王子に対して何事かくどくどと説明をした。それが済むと部下の兵が、彼の前に堂々たる分列行進を初め出した。ちょっとした観兵式である。彼はこの場にコロカントが居合せない事を惜しいと思った。

「ねえ、コロカント、僕は事件の推移のままに身を委《まか》してはいるが、結局僕の過去にあった同じような内容と順序で変転しているとしか思えない。父親と称する黒ン坊と共に、その首領《かしら》のために喜んで死んで行く戦士達の間に入って旅行しているが、それがダナイドの生活とどれほど差異があるだろうかと、僕は自問しているよ……」

次の日も終日、彼は馬上の居睡り旅行を続けた。峻嶮な山々を越えると突如一面の曠野が現れた。夕闇遥かに篝《かがり》が燃え、集団らしいのが見えた。敵の軍勢であった。一族の運命は明日の戦闘に在るらしい。

部隊は岩間にテントを張った。バルタザールは酋長に連れられ、屈強な護衛兵と共にテントを巡視した。隣りのテントの中には短剣を手にした哨兵の監視下に、一人の女性が縛られていた。若く美しい女で、金銀の縫取《ぬいとり》をした服を着、夕照《ゆうでり》に東洋的な容貌が映えていた。バルタザールが叮嚀に帽子を取るとニッコリと微笑した。

巡視から帰ると父子《おやこ》枕を並べて床に就き、酋長は直ぐに鼾《いびき》をかいて眠ってしまった。間もなく低いギターの音につれて、女の声で哀調悲悩の籠った唄声が、静かな夜に流れてきた。多感の青年バルタザールはさすがに眠れない。コロカントの優しい姿が瞼に浮んでくる。

虜《とら》われの若い女は終夜唄っていた。一発の銃声、夜はほのぼのと青白く明け初める。ルバド・パシャは出陣に先立って、万一敗戦の時はその女を刺し殺せと部下に命じた。

戦闘開始である。両軍入り乱れて必殺必死の殺陣《たて》が展開された。彼は望遠鏡を渡されて両軍の戦況を見ていた。

いやはや、あさましい乱戦乱軍である。

彼は一切の軍装を脱ぎ棄て、マントと山高帽、一旅行者のような姿になった。誰れ一人彼に構っている者はない。

戦は正に酣《たけなわ》、逃げる奴も大勢いる、降服する部隊もいる。凄惨を極めた。

ふと女の捕虜を二人の男が追っかけているのを認めた。彼女は屍を飛び越えて逃げて行く。バルタザールは早くも彼等の前方に跳り出ると、突如銃を振るって二人の兵を凄い勢いで押し止めた。酋長の王子と知って兵士が停まる。彼はこれを追ッ払った。と女がいきなり彼を抱えて長い接吻に感謝の意を籠めた。

そこへ一団の部隊が殺到して二人は中を隔てられた。敵の部隊らしく、若い女を見て、

「ハジェ！　ハジェ！……」

と叫んで二三の兵が跪まずいた。彼女はカタリナのことを訊ねたらしかった。彼等は勝利を叫んでいるらしい様子で吶鳴った。

「ハジェ！　カタリナ！」

そして逃げる部隊とは反対の方に馳け出した。これに加わる数が次第に増加した。

娘は自分を救ってくれたバルタザールの手を緊《しっか》と摑んで離さない。彼は娘に引ずられて敵軍の中へ入ってしまった。彼は不覚にも、祖国と父親に対して反逆的な行為をしてしまったのを自覚した。

彼女は熱い接吻で、逃げようとする彼を緊と引き止めた。温《おとな》しい顔をした美少女である。そして獰猛な兵の先頭に立って悪戯そうな微笑を浮べながら、片手に持った細い剱で、血にまみれて呻吟する負傷者の眼を突ッついて楽しんでいる。バルタザールは恐怖に戦慄した。何という残虐な娘だろう？

戦いは既に終り勝敗は決したが、未だ激しく最後の闘争を続けているのも幾組かあった。バルタザールがふと見ると数人の敵に囲まれて猛烈果敢に戦っている戦士がある。父親の姿らしい。彼は突然、摑まれていたハジェの手を、振り切って馳け出した。娘が必死に迫って来た。兵もついて来る。彼は屍や負傷者を踏み越え乗り越えて、火のような闘争の中へ飛び込んだ。

ルバド・パシャは我子の姿を見ると、正面の敵を棄てて、迫り来る追手に馳け向った。

我子の叫びにパシャは戸迷った。とその時巨大な男が飛びかかって来て、パシャを組み伏せ高手小手に縛り上げてしまった。が彼もまた同じ運命に置かれた。

「右が危いッ……ア、左……左……だ、父さん」

敵将捕獲に全員歓呼の叫びを上げて、部隊は根拠地に引き上げた。

山塞といった城に連れられた父子はドーム型で大きな楕円形の窓のある一室へ入れられた。周囲の壁には各種の拷問道具や駒責器《こまぜめき》や鉄砧《てつきぬた》や斧の類が所狭しと懸けてあった。父子は縄から鉄の鎖に変られ、両手だけは自由のままで、一杯の水と一椀の汁を与えられた。二人は心身の疲労困憊にそのまま眠ってしまった。

暫くするとバルタザールは激しい罵り合う声に夢を破られて目を醒した。父親と一人の女とが拳と拳とを触れ合わんばかりにしてあらゆる罵詈讒謗《ばりざんぼう》を叩き合っていた。彼は写真を出すまでもなくその女が誰れであるかが解った。

「やいッ!　カタリナ!　醜女《すべった》カタリナの恥知らず!」とパシャが真赤になって怒りつけた。

彼女は嶮のある顔で、黄色い粉を塗っていたが、中々の美人だ。露出《むきだし》の腕には銀の腕輪が光っている。

凄い女の声にパシャは黙ってしまった。頭目とも見える男が数人の部下を従えて入って来たのだ。一人の手には白熱した鉄の尖棒が持たれていた。カタリナの命令でその赤熱の尖端を酋長の眉間に当てた。皮膚がジリジリッと凝縮する。酋長は平然としていたが、バルタザールはウームといって気絶した。

カタリナはこの若い青年が、何者か解らないらしく、頭目に訊ねたが、頭目も勿論知る由もなく、何かの間違いだろう位で、彼は釈放された。

バルタザールは蹌踉《よろ》めいた。怖ろしい拷問具、人肉の焼ける匂い、とても堪えられない。倒れる寸前の勇を鼓して彼は戸口へひょろひょろと進んだ。既にルバド・パシャは我子の解放を知って内心喜んでいた。が不幸、父と子の眼がピタリと合ってしまった。バルタザールは率然立停ると叫んだ。

「僕は王子だ。ムスタパは僕だッ……」

女は驚いたらしい。彼は毅然と胸を叩いて繰り返し繰り返し叫んだ。

「ムスタパだ……ムスタパだ僕は……」

一瞬の後、彼女はグイッと手を伸ばすとカラーを引きむしって、胸の三字を見た。

占めたッ！　これで彼女は僕を両腕に抱いてくれて、運命は再転すると彼は胸を躍らせた。

しかし、彼女は冷然として、彼を再び鉄鎖につなぎ、灼鉄で額を刺せと命じて室を出て行った。そしてカラカラと笑う女の冷い笑い声がこの拷問部屋に響いてきた。

八、銃殺

バルタザール、バルタザール、お前は英雄主義を否定し、犠牲の虚栄を嘲笑する自分の処世哲学を忘れたか？　あまりにも感傷的な心情に動かされたのだと弁解をしてみて、さて今更どうなる？　だから見ろ、今死に直面し、死よりも辛い拷問に身を晒すに至ったのも第三の父を棄て兼ね、酋長の王子になった気でいたからなのだ。

しかしバルタザールはこんな問題や主義主張を考えなかった。それがどんな父親であったにしろ、彼が愛する父と名のついたものの生死の危険を看過出来なかったのだ。

鎖がゆるかったので彼は負傷で発熱しているパシャを介抱し、椀の水で傷口を洗った。そうしている間にも彼はヨランドやコロカントやハジェのことを思い出していた。

幽閉されて丁度六日目、カタリナが美しいハジェを連れて現れた。酋長と女酋長とが互に罵詈讒謗を応酬している間に娘はバルタザールの傍に跪ずいて、傷を洗い、香水をふりかけ、オレンジのジャムを喰べさせ、柔かい手で彼の頭髪を撫でながら長い事しきりに喋り立てるが彼は黙然としてその赤い唇の動くのを見ていた。百の口説よりも一つの接吻が多くを語る事に気のついた彼女は彼を抱擁した。

四日間というものは毎日母娘が来て、母親は激しい嘲罵の応酬をして呶鳴り合いハジェはしきりに彼を愛撫した。

五日目になると今度は白い髯を勿体らしく生したギリシャ教の老僧を連れてやって来た。老僧はバルタザールとハジェの頭の上に祝福の印の手を翳《かざ》して、何かいっていたが、金の指輪を二つ差し出した。ハジェはそれを指にはめたが、バルタザールはチラリと父親を眺めて、指輪を押し返した。

結婚は不首尾に終った。恐らく数日来の二人の口論はカタリナがパシャに娘の結婚についてある条件を持ち出し、パシャがこれを拒絶していたらしかった。無論バルタザールも拒絶した。

ハジェは涙を流し、老僧が無言で去ると、入れ代りに灼熱の鉄棒を持った男が現れて、脹脛《ふくらはぎ》の肉を焼いた。

爾来、こうした奇怪残忍な日が続いた。娘の接吻と焼火箸の責苦。何故ハジェがこれほど愛情を捧げていながら、あの残虐を許しているのか？　また何故ルバド・パシャが結婚に反対して自らも、焦熱の拷問を受けているのか？　何故、カタリナにも娘にもこの残忍性があるのか？　実に不可解至極、奇怪至極である。毎日結婚の金の指輪が差し出され、毎日彼はこれを拒絶し、毎日彼女は泣いて、毎日火の拷問が繰り返えされる。

彼は非常に苦しんだ。脚はすっかり腫れ上った。パシャも発熱してうわ言にもカタリナの毒婦と罵った。

カタリナの方でも辛棒出来なくなったらしい。ある朝、二人は鎖を外して、太い鉄格子の窓の前に引き出された。城の周囲にめぐらした水濠《ほり》を越して練兵場に使う広場が見える。

そこには二本の柱が樹《た》ててあって、その柱にルバドとムスタパの名を記した張り札と人形が縛りつけてあった。やがて十二名宛の二分隊の土民兵が現れ、柱の前面に整列すると人形に向って一斉射撃をした。頭目は胸部に十二発を撃ち込むことを命じた。

午後になっても、狂的なそして単調な人形への一斉射撃が続けられた。カタリナが明日、父と子の二人の死刑執行が行われる旨を宣言した。彼女は最後の姿を見せパシャとガンガン罵り合い呶鳴り合った。ハジェは涙と接吻の雨を注いで、バルタザールの手の届く所へ例の指輪を置いた。手を伸ばしてこれを取って指へはめれば、九死に一生を得るのである。

彼女等は室を出て行った。永劫寂滅の最後の夜になった。恐らくバルタザールも酋長のようにそのまま眠ってしまうはずであったが、しかし突然、監視兵のいる隣室から柔かい音楽の音《ね》が起った。ハジェの思いつめた唄声とひそやかなギターの音色が入り交る。

それは群青の海とジャスミンの香りに満ちた南国の情熱、恋する女の熱い唇と力強い抱擁を唄っている。惻々と迫る熱情、悲恋、バルタザールの胸は妖しく慄えて、今にも眼前三寸の指輪に手が伸びて行こうとする。彼今日までの悲しき抵抗も、あわれ風に飛ぶ砂のようにくずれるか。

がその唄を聞くまいとして、彼は大声を挙げて独りで喋った。彼は女曲芸団長アンゼリックに永遠の左様ならを告げた。クーシー・バンドーム伯爵の崇高な姿を思い浮べて兇悪グルヌーブの罪の許しを願った。が一番長い言葉を費やしたのはコロカントへであった。

「ねえ、コロカント、見てくれ、僕は僕の信念を最後まで曲げなかったよ。死の刹那でも、処世哲学は最上の主義であり主張であると僕は思う。運命の転変、人世の起伏、人間の盛衰、すべてこれ一波万波の岸に寄せるようなものなんだ。自《おのず》からなる序列があり、規格がある。異常の冒険と人はいうが人世には冒険はない。冒険、それはこの指に黄金の指輪をはめて、美貌のハジェに屈することなんだ。僕は絶対にそれを敢てしないぞ……」

こうした演説も、何等重要な意味のあるものではなかった。ただ心の平静と理智の冷静を希う求願《くがん》の一手配でしかなかったのだ。音楽は止んだ。バルタザールは静かに眠った。

彼は、仙人掌《サボテン》の棘《とげ》を顎に刺されたパシャの声で眼が醒めた。親と子がこれほどの信頼と純真さで抱き合ったことはあるまい。二十年流転の彼の人世で初めて味った人間的愛情と肉親的愛憐であった。

彼等は城外に引き出され、名札をつけた柱の下に坐らされた。目の前には死骸を受け入れる大穴が新しく掘ってあった。彼等は縛される事を拒んだ。

頭目はバルタザールの傍の地に剣を突刺《つきさ》して、その柄頭《えがしら》に金の指輪を置いたが彼はニヤリと侮蔑の笑を洩した。

暁の色が濃くなった。山々は薄暗からその魁偉《かいい》の姿を現し、その頂は薔薇色の王冠に飾られた。土民兵の二隊は粛々と隊列を整えたが、そこへ現れたカタリナのために、厳粛な静寂がいささか破られ、不相変《あいかわらず》二人の間には激しい呶罵の応酬が初まった。死に直面しながらも剛毅なパシャは死よりも強い精神力を発揮して、豪然たるものがあった。敗れたカタリナは遂に執行の命を下した。

パシャは焼け爛れた足をキッと揃えて毅然として直立すれば王子バルタザールもまた土族の山高帽に、芥子色のマントの威儀を正し、二人の手は堅く握られた。

バルタザールは城のテラスでハジェが跪ずいているのを見た。その近くにカタリナがその姿を眺めながら金の指輪を弄んでいる。

彼は瞼を下げた。とそこにはコロカントが彼れに最後の処世哲学の言葉を求めている絶望的な眼を見た。が云うべき言葉が無かったので神に祈った。

隊長の咆哮、二十四の銃口は轟然と山々にこだました。バルタザールとパシャは手を握り合ったまま、真黒い口をあけた穴の中へ真逆様に陥ちた。

バルタザールは十二発の銃弾を胸の真只中に叩き込まれる事が何の苦痛もなく、死は生の条件と何等変りがないと思った。そして彼は諸々の音を聞き、脹脛の苦痛を感じていた。

それからまた一人の兵が止めをさすために首を斬りに近づくのを知った。こうしてパシャは土耳古《トルコ》刀で首を斬られ、バルタザールもまた剃刀で首のあたりを撫でられるように感じた。そして斬首というのも十二発の弾を喰ったより苦しくない事を悟った。

兵はシャベルで彼等の上に幾杯かの土を掛けたが、バルタザールは青い蒼穹と、頭上高く大きな円を描いて舞っている二羽の禿鷹を眺める事が出来た。彼は三人の父親が揃いも揃って首を失くしたことと、巫子の予言の適中したことを、コロカントにどう話そうかと考えてみた。そして彼れは奇蹟というものが存在し同時に死と生とを感得出来ることも話してやりたかった。がしかし彼は死んだという確信が持てなかった。

カタリナはこの殺戮の広場で兵達に犒労《ねぎらい》の宴を張った。

バルタザールは激烈な脚の痛みに苦しんで、頭が茫《ぼうっ》としてきたたし、死んでも離さず握っている父の手の氷のような冷たさが全身に伝わって来た。そして彼は気絶してしまったが、その夢幻裡にも残虐極まる拷問に悶えた。しかしそれにもまして握られている手に伝わってくる冷たさには堪えられなかった。あらゆる幽鬼が彼の周囲に跳躍して、脚の傷を叱《さいな》んだ。と誰れかが来てこの幽鬼共を追い払って、彼の傍に跪ずいた。

それはコロカントの声のようでもあり、そして懸命に彼の眼を開けようとしているらしく思えた。バルタザールは提灯《ランターン》の光らしいものを認め夜の暗の中で清らかな二つの瞳が明滅するように見えた。

その手はもう冷たくなかった。頭に山高帽をかぶせ身体には大きな麻のショールを捲いた。彼を看護する人の態度にはコロカントの優しさがあった。彼がこの少女コロカントを夢みる事を別に不思議とも考えなかった。それは誘拐された時、彼女がきっと助けに行きます、世界の果までもと絶叫した声が歴々《まざまざ》と彼の耳に残っているからである。

「もうじき正気になるね」と男の声がした。

「直きよ」とコロカントが囁く。「そこにあるコニャクの水筒を頂戴……その皮の鞄の中の……」

皮の鞄と聞くとバルタザールはあれッと思った。そしてコニャクを飲んだ。身体がポーッと温かくなって来る。またしても男の声、

「君、確かにこの人か?」

「バルタザールかと仰しゃるの?」

「いや、儂《わし》の捜している男かというんだよ。儂《わし》ははっきりした証拠が見たい」

「でも、このマークの事を申上げたでしょう。刺青をした三つの文字……」

「では、儂が調《あらた》めよう」

今度は彼が覗き込んで、胸をはだけようとカラーに手をかけた。

人間の精神力というものは無限の力を持っているものである。バルタザールは幾度かの我子検証の屈辱に対する憤激の潜勢力が、無意識に俄然、彼の全身に爆発し、両手で相手の手を払い除けると、超人的激烈な力を奮起して、彼は相手の喉を摑んで呶鳴った。

「な、な、何をするッ?……僕ア厭だッ……」

コロカントはその手を押えて、懇願の声を絞って、

「御願いです、先生！　この方が先生を救って下すったのですわ……兵隊や士官を買収して、先生を殺さないようにと……この方よ、詩人のボーメスさん……」

「あっちへ行ってくれ！」

「バルタザール先生、この方、お父様よ」

　この一語が一層彼を苛立たせた。彼の心は未だ王子だった、その父は従容《しゅうよう》死に就いた武士道的英雄であり、しかもその断頭の屍は今なお彼の傍に在る。

「行ってくれ、あっちへ！　馬鹿気た話はもう沢山だ」

　コロカントが男に向って、

「あちらへ、ボーメスさん。……私が落ちつかせてから、あのホテルの道で御会いします。馬車で迎えに来て下さい」

　男の跫音《あしおと》が遠ざかった。コロカントは墓穴の中へ入って彼に寄りそった。星斗《ほし》が彼等の頭上高く瞬いている。四辺《あたり》は墓場の一大静寂に包まれた。

「あの方邪魔にしないでね、先生。あなたはちっとも恥しくはありませんわ、ボーメスさんの息子でも……あの方、沢山本を書いていらっしゃって、世の中で大変評判ですの……そして、長い間、あなたを捜していたんです」

「黙ってくれ、コロカント」とバルタザールは恐るべき父子の問題を考えて慄然として呻った。「黙ってくれ、僕アたまらないんだ」

「ええ、もう話しません。いずれよく考えててね。で今の処、直ぐ逃げなければいけない。起きられて？　先生」

「駄目だ、コロカント。僕の足を見てくれ」

彼女は足の方を照して見て吃驚した。

「アッ！　まあ、こんなに？　こんな怪我をして？」

「あの女だ……それから兵隊……灼けた鉄で……」

「灼けた鉄で！……焼いたんですの！　まあ、なんて野蛮な！」

彼女は絶望的に彼を抱擁した、そして初めて慄えながら、彼を呼ぶに「恋人の言葉《チュ・トワイエ》」を以てした。

「まあ、あなた……なんてことするのでしょう！　おお、あなた……あなた……ね、もう苦しくないっていって頂戴……わたし、どうしましょう、力がなくなってしまった……まあ……まあ……あたし、あなたの身代りになってあげたい……」

彼女は身を退《しりぞけ》ると、焼けただれた足の傷口に軽く口接けをしながら、それを静かに持ち上げた。

歔欷《むせびな》きながら、傷ついた足を抱えて、暗の中に囁く、

「あなた……あなた……苦しまないで……あなたの苦しむのを見るのはつらいんです……ね、もう大丈夫、ね、あなた……」

九、怪詩人

　バルタザールが正気に返った時には、彼は綺麗なヨット燕号の船橋に、長い揺椅子《ゆりいす》の中に深々と横たわって、コロカントに看護されていた。波静かな小さな港、青空に続く小山の間からイタリアの町が見えた。

　彼女は彼と顔を見合せて微笑した。

「いかが？　痛くない、先生？」

「ちっとも」

「まあ、よかった。それで安心したわ。もう六日間も毎日毎日心配で心配で……」

「六日間も？……そうか、コロカント、ひどい悪夢だったなあ、あそこでは……」

「ええ、知ってます……知ってますわ……熱でうかされて囈言《うわごと》でみんな御話しになりましたわ……戦争や……拷問や……銃殺や……聞いていて泣きました」

　彼は死に直面した時瞼に浮んだ彼女の美しい二つの瞳を今生き生きと目のあたりに見て愉《たの》しかった。その眼は、彼には解らない感情を表しているが、しかしそれは彼れを平安な久遠の幸福に満たした。

　船橋の向側で四人の水夫が働いていたが、その内の一人が縄梯子を海に投げた。と見る間に梯子の一端に人の頭が、水に濡れ光る体軀が、そして水猿又《バンツ》一つの逞しい足が……軽く一躍して甲板に上った。水夫が全身を激しく摩擦する。終って彼は体操と全身運動と深呼吸をした。

中肉中背とはいえ、隆々たる筋肉はスポーツで鍛え抜いた鉄軀鉄腕で、素晴らしく男性的な胸、均整のとれた四肢、男でさえ惚れ惚れする美しさである。

彼はウォーミング・アップを終ると剱《フェンシング》の練習を初めた。鉄線で作った兜を冠り濡れた猿又のままで、剱を振っての動作の敏捷、軽妙さ、前後左右の翻転跳躍、飛刃舞剱《ひじんぶけん》、春風を斬る猛烈悽愴な気合、一撃よく万敵を僵《たお》す絶妙の技であった。

バルタザールはさすがに呆気に取られた。

「あれがボーメスだろう？」

「ええ」とコロカント「あれがボーメスさん、あなたのお父様」

彼は黙って口を噤《つ》ぐんだ。

彼女はボーメスが人気のある大詩人で、各寄港地で紳士淑女達の訪問を受け、熱心な彼の文学に対するファンが集まることを話した。

「しかし、少し変ってるなあ」と彼は小首をかしげている。

「大詩人、大芸術家ですもの」と彼女がいった。

間もなく服を着換えてきた詩人は裸体の逞しさに比べてデップリと太鼓腹の老紳士になっていた。何かしら子供らしさのある表情の変化、あまりにも別人のように変った人相や骨柄や風采にバルタザールは二度呆気に取られた。

彼は船室に二人を招いて、コロカントの手に軽く接吻すると、率然と本題を語る。

「コロカントから君の経歴も聞いたよ、ルドルフ、また君を中心に展開された奇怪な事件も知った。

この怪奇な暗黒の幕に包まれた中から真相を発見する事は勿論非常に至難ではあるが、しかし我々の間が神秘な糸で結ばれていて、それが将来我々に実相を展示する事は確実だと思う。とにかくお互が同情し信頼し、尊敬し合うということは可能ではないだろうか？　我々は既に人間として愛し合っているのだから、それが父として、また子としての愛情に結ばれる事は近いだろうと、儂は信じているんだ」

彼の声、それは水浴の時とは打って変った茫洋とした容貌のどこから出てくると思われるほどの、バスの利いた音量のある音楽的な声で、グッと腹の底からにじみ出てくるような魅力的な深みがあった。

彼は軽くバルタザールの身体の調子などを二言三言訊ねた後また話題を元に戻して、

「儂は君の経歴を知っているが、ルドルフ、君は儂の身の上、ことに君に関した事柄に就いて知っておく必要がある。これは儂の若き日の一身上の極秘であって、未だかつて誰れにも話したことのない悲しいアバンチュールででもあるのだ。今から二十余年前私が二十歳名もない一詩人であった……」

彼が語る所に依ると――

若き無名の詩人ボーメスがドイツの宮廷に教師として招かれた。そしてそこで王妃と恋に陥ち、それが暴露されたので、二人は馳落《かけおち》をしてしまった。その後、国王から派遣された探偵に幾度か殺されかかったり、五度も決闘を余儀なくされたりしたが、それも逃れて恋の逃避行三年後、国王の復讐の手は、生れて数カ月の一粒種ルドルフを誘拐した。

受難の恋の結晶を奪われた彼女は悲歎のあまり気が狂って、生ける屍となり、彼女の所有している巴里のさる古い邸で、老女に看護されて味気ない日を送るようになってしまった。

その後六年の歳月が流れたが、国王が死ぬ直前に、誘拐した子供は生きている。そして胸にM・T・Pの刺青がしてあると語った。これを聞いたボーメスは必死に我子を捜して生ける屍となった母の手に返してやりたいと八方手を尽したが、杳として手懸りが無かった。

世界的詩人として有名になった彼は、各地を遍歴して空しく我子を捜し求めた。かくてM・T・P三字の秘密は二十年間依然として解かれないままに過ぎたのである。しかるに数ケ月前、ノールウェーで一通の匿名の手紙を受取った。そしてそれには斯々《かくかく》の場所に斯々の名で王妃の子供が生きている事を知らせて来たのである。彼は直ちに面会に行く旨の電報を打った。そして胸を躍らせて行って見ると、バルタザールはその日何者かに誘拐されてしまった。

コロカントから委細の事情を聞いた彼は、直ちに必死の捜査に取りかかった。

「奇しき運命が儂を導いてくれた。友人の一人が、ヨットを用意してくれたので、コロカントと共に出発して、戦争の翌々日現場に着いて以来数日、君の幽閉されている場所を探り出し、士官や兵士を買収してやっと君を救うことに成功したのだった。ルドルフ、まあ、こんな事情なんだよ」

ボーメスは近づいて両手でバルタザールの手を握った。

「といった所でお互の愛情が直ぐ溶け合うものでもない。ルドルフ。時が総べてを解決するんだ。まあゆっくり静養してくれ」

話し終ると彼は率然と立って、飄然と去って行った。巨大にさえ見える身体と、その割合に短く見える脚の影像《かげ》がバルタザールの網膜に残った。

船は間もなく纜《ともづな》を解いて静かな海へ辷り出した。黙然として沈思していたバルタザールが、コロカントに言うでもなく呟いた。

「それもこれも、僕にはちっとも関係がないんだ」

船旅二週間、シシリーに、アルゼリアに、船が寄港する毎にボーメスは上陸するが、バルタザールとコロカントは黙々として船橋に残っていた。彼等は別に話もしない、彼等の夢を己が自々《おのおの》潮風のままに吹き流していたのである。バルタザールの傷は殆ど癒《なお》った。彼は退屈を感じ出したが依然として海と波と風に黙想するのみであった。しかしそれでもコロカントが少し長く居なくなると、彼女を傍に呼んだ。

毎晩、ボーメスは文学を論じ詩を語った。

「あの方きっと真相をつきとめて、あなたの真実《ほんとう》の名を見付け出して下さるわ」とある夕方、コロカントがいった。

「どうだって構わないよ」と彼は物憂げに答えた。

月明の夜であった。海波浩蕩《こうとう》、南国の香りが忍びやかに頬を撫でる。

「まあ、そんなこと、先生」とコロカントが吃驚していった。

「考えても御覧よ、コロカント。幾人もの父が現れて来て、同じ証明をする。結局それは総べて僕には無関心なんだ。ルバド・パシャもクーシー・バンドーム伯も過去に消えた。ボーメスがいくら詩を吟じ、努力をしても、僕の心の空虚《うつろ》の中を満すことは出来ないんだ」

暫く無言。それからポツンといった。

「だが、僕の心は空虚だろうか？　僕はそうだとはいい切れない。僕は何かしら僕の知らない幸福があり、僕のために作られたのではない平和があるような気がし出した……」

「いつから?」

「ホラ、あの最後の日の夜、コロカント、君が僕の手をパシャの手から放してくれた時からだ……以来、僕はホラあの星を、あの太陽を、あの緑の木を、僕の心を少しも煩わすことのないいろいろのものを、僕は楽しむことを知った。……僕は僕の処世哲学を考えない事にしたよ」

死線を越えた時から、バルタザールの人生観に多少の変化が来たらしく見えた。

懐しの巴里へ着いた二人は取り敢えず五百法を引き出して生活費に当てることにした。コロカントは例の仕事をセッセと初めたが、バルタザールは仕事もせずに、ただブラリブラリと彼女の仕事振りを眺めていた。

コロカントは二度許りアトラス曲芸団を訪ねた。ライオンは吼えているし、フリドラン夫妻もエルネスチーヌ夫人も子供達も相変らずであった。何故かバルタザールは訪ねようともしなかった。

「僕はあの人達を愛しているし、決して見捨てるようなことはしない」とバルタザールがいった。しかし、今は、誰れにも合いたくない。すべてが懶《ものう》いんだ」

そうした所へボーメスからの使《つかい》が自動車で乗りつけて来て、巴里の邸で大仮装舞踏会を開くから是非出席してくれといった。そして立派な仮装衣裳を持って来た。

「ボーメスさんはきっと、先生と父子《おやこ》の名乗りを披露するんですわ。そして王妃に御紹介するのよ」とコロカントがいった。

「だが、僕の幸福は僕の父さんや母さんを発見することではないんだ」と彼は超然としていった。

王妃の巴里の邸というのはアンバリッドに沿った処にあり、広い庭があって、その奥に住居《すまい》が建っていた。そこに生ける屍の王妃が老女と住んでいる。

サロンには今夜の会のために借りてきた椅子卓子《テーブル》の外に、目星しい家具は一つも無かった。大詩人が皆売り払ってしまったものらしい。

いろいろの人種の客が様々な仮装で集って来た。客が来る度に喇叭《らっぱ》を鳴らして、何々公爵とか伯爵とか勿体ぶった貴族の称号やら位階を麗々しく披露に及んだ。

ボーメスはフランソワ一世時代の貴族の扮装をして鹿爪らしく芝居気たっぷりで応接していた。

「ダルタニヤンの騎士ルドルフ殿……街の花売り娘コロカント嬢……」

バルタザールは、騎士の服装をして劔をブラ下げていた。彼は人目につかぬ内にサッサと中に入ってしまったが、純白の服に一段と華かに美しいコロカントは大変なもて方で、ボーメスが飛んで来てその手をとった。

やがてシャンパン酒が抜かれた。空壜は遠慮なく庭の鋪石の上へ投げ出されて、パンパンと破《わ》れる。ワーワーと唄を呶鳴る、オーケストラが流行歌をやる。大変な乱痴気騒ぎになった。

あまりにも下等と野卑な集りに呆れたバルタザールはギャラリーの一隅の椅子によって、この騒ぎの群を眺めていた。

ふと見ると中央の舞台でボーメスが一人で何やら史劇らしいものを演じていた。宮廷の武士に扮して彼がソゾンヌという女に熱愛を捧げる場面らしい。大変な熱演である。彼は舞台を飛び降り、人々がサッと開いた道を花道に見立てて、コロカントの傍へ走り寄ると、

「オオ、我がソゾンヌ！　悲しきソゾンヌ！」

と彼女の激しい抵抗を押えて、いきなり肩に担ぐと、そのまま玄関の方へ走り去った。

人々はこれが芝居だと思ってヤンヤと喝采しながらも、再び戻って来るだろうと出て行った扉の方を眺めていた。バルタザールはハッとして、不安に馳られながらも扉口を見詰めていた。彼はギャラリーから玄関の方へ捜しに出かけた。人々は再び踊ったり飲んだり初めた。彼は羽織っていた上衣を脱ぎ棄てて流れる汗を拭いた。心配と不安に冷い汗が出てきた。眩暈がしそうになったので傍《かたわら》の長椅子に身体を埋めた。

するとと近くに二人の男が何やら話をしていた。

「ボーメスの野郎、とんでもねえ野郎だよ彼奴。何のかのと騒ぎをやらかして一儲《ひともうけ》をしやあがるからなあ……」

「あの娘は上玉だぜ、奴が担いでいった女よ、担いだんじゃあねえ拐《さら》ったんだね、ちょっと帰《けえ》らねえぜ、フン、巧くやってやがらア」

「そうよ、彼奴と来ると何んでも出来るからな」と最初の男がいった。

「あの強盗団の二代目団長ドミニックだもの、今頃ア女《たま》を自動車の中へ叩き込んでニューリーの地下室へ引ずり込むに違《ちげ》えねえ……」

聞くと等しくバルタザールは落ちかかった衣装を引摺って気狂いのように馳け出した。

十、狂女

彼は玄関に遅れて来た客か、帰る客を迎えに来たのか二三台の自動車がいたので、訊ねてみたがそんな人は知らないという。地形から見てボーメスの自動車は特別の出入口で待っていたに相違ない。どうしよう？

彼は室内に戻った。皆、踊っていて、主人公が居ようが居なかろうが一向お構いなしの様子である。バルタザールは着ている騎士の仮装を脱ごうとしたが焦せっているので脱げない。彼はズルズル衣装を引ずって奥の方へ進んだ。通りかかった給仕の腕を摑んで、

「君、見かけなかったか？」

「どなたをですか？」

彼は咄嗟に返事に詰った。相手を酔払《よっぱら》いと見た給仕は、

「へへへッ……殺《し》めちまいますよ……何んでもやり兼ねない奴だって皆いってますからな……へへへ」

彼は思わず「助けてくれッ！」と叫んだ。給仕長が飛んで来てこの泥酔騎士の口を押えた。

彼はそこを逃げ出すと、廊下を走って窓から庭へ飛び出す。奥の建物から微《かす》かな光が洩れていた。彼は半ば夢中で光を目当に進むと、入口の扉が開いていた。

バルタザールの混乱した頭の中はただ一途に何とでもしてボーメスの行先きを知る手懸りを摑みた

かった。玄関には汚い燭台に悪い蠟燭が細々と燃えていた。そして廊下の向うに階段があった。階段を昇ると灯の洩れている室がある。彼はソッと開けて覗き込んだ。

丸顔の老婦人がビロードの服を着て卓子《テーブル》の前に坐り、紙で切り抜いた兵隊人形を並べている。蓋《かさ》のないランプの煤けた光が、家具も粗末な乏しい寒々とした室を照している。壁には若い婦人の写真がかけてあったが、老婦人と同じ顔形な所から見て、これが王妃のなれの果てである事が解った。付添《つきそい》の老女はダンスにでも出かけたらしく留守である。

老女は何やら童話らしいものを口の中で呟くように唄っていたが、チョイと爪ではじいて人形の一つを倒すとハハハと笑った。

そしてふと目をあげてバルタザールを見たが、その騎士の異様の服装にも別に驚く様子もなかった。

彼は自分の胸を叩いて、

「ルドルフ……ルドルフ……」といった。

彼女は再び目をあげて彼を見ながら机上の人形をサッと払い落すと、無気味に笑いながら、抽斗《ひきだし》から、小さい太鼓だの、スプーンだの子供のメダルだの象牙のおしゃぶりなどを取り出してそれを一つ宛《ずつ》並べそしてそれを抱きしめた。そして彼にもそうしろという身振りを示した。彼女は愛児を失って気が狂ったのである。

この悲惨な情景、人の子として誰れが涙なきを得よう。しかし今のバルタザールはコロカントの身に迫る危険を念《おも》うので一杯、他を顧みる暇がなかった。

彼女はニコニコ笑いながら子供の服を見せて、それをいろいろに捻り廻している。とその時カタンと軽い音を立てて糸毬《いとだま》が床に落ちた。それは札《ふだ》のついた鍵に巻きつけたものであった。バルタザールが見るともなく見ると、その鍵の札に消えかかってはいるが、ニューリー・ベルトン街と書いてあるのを認めた。彼はそれがボーメスの別室と察したので、その鍵をポケットに入れて扉口へ退《すさ》った。

彼女は産衣を抱え、あたかも子供を抱いている感じで揺ぶっていた。悲惨な姿、悲惨な境遇、それにつけてもバルタザールのボーメスに対する憤怒は倍加した。彼はこの狂《きちがい》老母が彼の母だなどとは考えてもみる余裕がなかった。

彼は邸の門前へ飛び出したが、空き自動車など一台もあろうはずがない。一時間余りも間誤《まご》ついた末、漸く一台の自動車を捕え、運転手に交渉して乗り込んだ。

目指す家、その家の前にボーメスの運転手が眠っていた。彼はそっと例の鍵で門を開けて家の中に入ったが、真暗なので壁を伝いながら進んだが、奥の階段に躓いて倒れた。やっと起き上ると傍の扉が半ば開いて武士衣装のままのボーメスが顔を出し、

「おい、運転手、何をしてるんだそんな所で？」

と呶鳴ったが、なお扉を開けた時、室内からの光で、ダルタニヤンの騎士の扮装を認めた。

「アッ！」といって引き込もうとする所へ、バルタザールが飛込んだ。

奥の長椅子にコロカントが、青い顔をして眼を閉じてじっと横《よこた》わっている。

「人殺しッ！」と彼はしゃがれた声で呶鳴った。

夢中で腰の剱を抜いたが、それはヘナヘナのブリキ製である。

相手も匕首《あいくち》とピストルを構えて、

「アッ！　な、なにをするんだ……お前ア父親を殺す気かア、ルドルフ！」

そのルドルフは決死の形相物凄く歯を喰い緊《しば》り、剱を棄てて、無手のまま歩一歩と相手に迫った。

絶望的な嫌悪と憤怒の表情は、捨身《すてみ》必殺両手が今にも喉へ喰いつきそうである。

さすがのボーメスも歩一歩退《すさ》りながら、匕首もピストルもバタリと落してしまった。ダルタニヤンの騎士の服装は乱れた異様の姿に加えて、燃ゆる瞳と蒼白な顔、相手を恐怖に捕えたのだ。ボーメスが何か叫ぼうとした時パッと喉を摑まれて、倒された。防ぐも攻めるも出来ず、ボーメスの喉はグイグイと気狂いのような超人的な力で絞めつけられた。

「人殺し……人殺しッ……貴様アよくも彼女《あれ》を殺したなッ……」

腸《はらわた》を裂くような激怒の悲鳴に、コロカントは失神から我に還ったが、必死に獅噛《しが》みついたバルタザールを引き止める事は出来なかった。

彼の目にはボーメスが悪魔としか見えないのだ。悪魔は苦しそうに喘いでいたが、急に全身から抵抗力を失うとからくり人形のようにグッタリとしてしまった。

これはホンの一分余の出来事である。

彼はやっと手を放して起き上った。青筋立った顳顬《こめかみ》、血走った眼、真赤になった顔、彼は低い声で、

「死んだ」

恐ろしい言葉、彼は次第に襲ってくる恐怖の中でこの言葉を幾度も繰り返した。コロカントが傍へ来て、

「死んだ！　そんな事！……どうしたのですの先生？」

幾秒かが過ぎる、狂乱の幾秒。真珠色の扮装の上衣がグググッと痙攣すると屍体のように無慙《むざん》な不動。

「さ、あっちへ行って下さい」とコロカントが懇願した。「捕えに来ます……」

「捕える?」と茫《ぼうっ》とした上声でいった。「何故? 僕は、君を防いだんだ……あの暴力から……」

彼女は吃驚して、

「まあ、違うわ、先生……何んにもしなくてよ……私も初めはそうだと思いました……脅迫しました……がそれはお金なんです……あの紙入を寄越せというんです……」

バルタザールは凝然として彼女を眺めた。彼には解らないのだ。暫くして呟くように、

「そうだ。君のいう通りだ……捕えに来る……僕は父親を殺した……だから捕まる……監獄……そして……」

彼女は突然彼に飛びついて、

「いえ、いえ……いえ……そんな事させません! どうしても!……私、あなたを救います、先生ッ」

彼女は彼を室外に引き摺り出し、玄関から街へ。玄関前の運転手は不相変《あいかわらず》眠っていた。彼はまるで盲人《めくら》のように引張られて歩いた。が彼女もまた、どこへ連れて行っていいのか考え浮ばず、半ば夢中である。

彼等《ふたり》は赤い灯のついた交番の前を通った。と突然バルタザールが彼女の手を振り切って立番中の巡査に向って叫んだ。

「僕ア父親を殺しました。さあ、調書《しらべがき》を書いて下さい」

「誰れだ、君ア?」と巡査は異様な騎士の服装をした男に面喰った。

しかし彼も頭が混乱していたので、思わす答えてしまった。

「ダルタニヤンの騎士です」

巡査は、異様な姿をして街をうろついちゃいかん、泥酔しているんだから、早く彼方へ行けといった。

彼は長い時間、夜の街を彷徨した。彼の胸は悲痛に乱れ不幸に泣いていた。

コロカントは懸命に彼を慰めるのだが、自らの父を殺し、後悔に泣く男に何といっていいか解らなかった。

「僕は父を殺した……僕ア親殺しだ……親殺し……」

彼の目には法廷が浮び、判決が聞え、断頭台が見えた。

こうしていつか二人は疲れてベンチに眠ってしまった。バルタザールはコロカントの房々した仮髪《かつら》の垂れている肩に寄りかかっていた。巡査が通りかかって覗き込んだが、花売娘の扮装をした女の肩に眠る騎士の姿を見ると、そのまま行ってしまった。……

夜も白々と明け初《そ》める頃、二人はバラック村からほど遠からぬ所を夢遊病者のようにトボトボと歩いていた。

二人はやっと村へたどりついた。町の家々では未だ誰れも起きていなかった。ふと見ると並んだ小屋の向うに一台の自動車がある。近寄ると、物蔭から飛び出して来て異様な服装をした男が周章《あわ》てて自動車の中へ飛び込んだ。その服装はまぎれもないボーメスのそれである。

「サンクルーへ」と忙し気に運転手に命じると自動車は走り去った。

二人はまるで幻影を見るような気持で、自動車の男の、後姿を見送っていた。幽霊だ、幽霊を見たのだ。しかしはっきりとあの声が耳に残っている。バルタザールは囁くように、

「生きてたよ……僕は殺したんじゃあない……ああ……そうだ、生きてた！」

極度の絶望と急激の歓喜に混乱した彼は突然呵々《からから》と笑い出した。押え切れない衝動に踊るように足

を踏みならして、

「生きてる！　監獄もない！　断頭台もすっとんだ！　ボーメスは死ななかったア！」と嘲笑した。

が、コロカントの不安に怖えた顔を見て、彼は急にハッとして訊ねた。

「ど、どうしたんだい？　嬉しそうじゃあないじゃないか？　ね、君ボーメスは死ななかったんだよ……僕ア、殺したと思ったんだけれど……そうじゃあなかったんだ……ね、どうしたの？　コロカント？」

彼女はゆっくりと、

「ボーメスは泥棒よ」

「何ッ！　泥棒？　何故？」

「彼奴、紙入を盗んだわ……クーシー・バンドーム伯爵の遺産の……」

「な、なんだって？　すると遺産の事知ってるのか？」

「あなたを救いたい一心で、みんな話したんですの、一カ月前に、そのお金の一部で船を借りて、あそこへ渡り、士官や兵隊を買収したんです……」

バルタザールは呆然とした。

「なんだって！　でもボーメスは……」

「ボーメスは無一文よ。でもあたし、どんな事をしてもあなたを救い出したかったのです。ですから皮の鞄から三分の一を出したのです」

「で残りは？」

「残りは、私の小屋の前に埋めました。ですから、ボーメスは私にその埋めた場所を云えって脅かしたのですのよ、ピストルを突付けて……」

「話さなかった？」

「……でも……私怖かったわ……私、何かいったかも知れませんが……彼には聞えなかったと思いますの……」

「そうかしら？」

「すると、何にしに来たんでしょう先生？　生気《しょうき》づくと一緒に自動車に飛び乗って、あの紙入を盗みに来たんですわ」

バルタザールはさのみ驚いた風もなく、

「それがどうしたんだい？　構わないよ……結局、大切なことはボーメスが死ななかった事だよ……だから僕は人殺しをしなかったと思っているだけだ。その外の事はどうでもいいんだ」

二人は町を通り抜けると、ダナイドの左手バイヤン・ド・フールの家の前の小屋が見えた。大分明るくなってきたので、埋めた場所も見える。果然、そこが掘られていた。

「あそこよ……私がお金を埋めておいた場所は！」

二人が家に入ろうとすると、少し向うの方に人影がうごめいていた。

バイヤン・ド・フール爺さんが血まみれになっているのだ。

バルタザールが蹈《かが》み込むと、フール爺さんが苦しそうにしゃがれた声で、

「殴りやあがった……グワンと一ツ……」

「誰れが」

「妙な衣装をつけた野郎が……」

十一、第五の父

ド・フール爺さんの傷は大した事はなかった。彼の話によると、鶴嘴《つるはし》の音が聞えたので起きて出て見ると、怪しい男がしきりに土を掘っているので、近よると突然《いきなり》、グワンと一発喰っちまったのである。バルタザールとコロカントとは犯人はボーメスに相違ないと思ったが、何も云わずに秘密にしておく事にした。爺さんは直ぐ自宅に運ばれ、コロカントが枕元に付添って看護をした。

昼頃、近所の人が来てくれたので、二人はボーメスが運転手にいった言葉を手頼《たよ》りにサンクルーへの汽車に乗った。

先夜相手の喉を摑んで僵《たお》してから腕に自信のついた彼の計画は極めて単調であった。

「彼奴の喉を絞めて、フールが警察沙汰にするといっているし、僕は窃盗詐欺で訴えるぞと脅せば、金は返すよ」

詩人ボーメスのサンクルーの家は直ぐ解った。出かけて行って談判すれば直ぐ片付くのだが、一先《ひとま》ず勇気を養うために、近くの公園へ行き、コロカントが例の重い鞄に用意してきた食事をとった。

「僕ア昨日からのことで、疲れて眠くなった、一時間許り昼寝をするよ」

彼は涼しい木の下にゴロリ横になって眠った。ふと気がつくと傍でコロカントが静かに蠅を追っていてくれた。

「やあ、親切だなあ、コロカント、誰れがそんな親切な気持を教えたんだ?」

「あなたです、先生」

「違うよ、僕ア君にはむしろエゴイストだったよ」

「でもやはりあなたですわ、先生」

「そうかなあ!」といったが彼は他の事を考えていた。

頭上には悠々たる白雲を浮べた蒼い大空が拡がり、樹には小鳥が楽し気に力一杯の歌をさえずっていた。彼等は二時間許り何の言語も交さずに黙って過した。

彼等は平和な大自然に抱かれて和《なご》やかな気持ちで公園をブラブラ歩いた。

「嵐は過ぎたよコロカント」と彼はしみじみした調子でいいながらセーヌの河岸の方へ歩いていた。

「運命というものは、一つの落付《おちつき》に到達するまでは幾変転を重ねるものだ。丁度、最後的な安静になる前に大地が揺れ動くと同じさ。もうボーメスの事もその陰謀も話すのはやめようよ、僕等は、僕等のテントを作ることを考えるだけでいいんだ」

「では、あの紙入は?」

彼は答えなかった。眼の前には毛氈《もうせん》のような緑の芝生と、太陽に早目の黄葉《わくらば》が鳴っていた。

「僕等のテントを建てる事だけ考えりゃいいんだ」とバルタザールは繰り返した。「悪人もいるが、また一方には善い人も沢山いる、ねえ、僕は日曜日にフリドランの人達やエルネスチーヌ夫人を訪ねるのが楽しみだ」

「ヨランドさんは?」とコロカント。

「ああ、僕の許婚者《いいなずけ》だって事は忘れないよ。僕はロンドーさんに日限《ひぎり》の約束をしたんだから訪ねる。

僕には彼のいうような財産はないけれどもお父さんなら、誰を選んでもいいんだというよ。彼がしきりにそれを要求しているからね」

といってまた黙って歩いていたが、ふと気がつくと、コロカントの美しい頬には真珠のような涙が流れていた。

「どうしたんだい、コロカント、何んで泣くんだ？　何が悲しいんだ？」

「いえ、嬉しいんですの」と彼女は強いて笑おうとした。

「じゃあ、その涙は？」

「解らないんですの、涙って、自然に出るのよ」

「そうなんだ」と暫くしてからいった。「僕も何んだか解らないが、無性に泣けそうなんだ。さあ、その動機ってのが何んとも云えないんだけど……」

手をつなぎ合った彼等二人、ことに美しいコロカントに対して路行く人々が嘆賞の眼を向け、中には「ようお目出度う」とさえ声をかけるものがあった。彼はそれに対しては意味なく軽い会釈を返していたが、彼の頭の中にはヨランドの面影が浮んでいた。

彼等がセーヌの河岸に出た時、一台の自動車が音もなく彼等の傍に辷って来て止った。

「やあ、ルドルフ！」

車内から率然と声がかかる。

バルタザールはギョッとして立ち停った。と車内からヌッと現れたのは、九死から救い出して、楽しい船旅の十幾日かを過した詩人ボーメスだ。詩人ボーメス。船の中の美しい優しい言葉の数々とは反対に、彼を偽り彼女を偽り、彼の遺産を盗んだ恐ろしい詐欺師ボーメスだ。ド・フールを殴り、コロカントを脅迫した無頼漢ボーメスだ。

「畜生ッ！」叫ぶと等しくバルタザールは猛然と彼れの喉を目がけて飛びかかった。

先夜の格闘で自信のついた彼、一度はボーメスを襲おうと決心をしてサンクルーまで乗り出して来たが、美しい大自然に心も解け恨みをセーヌの水に流し、一切を運命の転変、人生の波瀾と観じて、新しい生涯に入ろうと思った彼ではあったが、今目の前に恨重《うらみかさ》なるボーメスの姿を見るとカッとなった。

「畜生ッ！　詐欺ッ！　泥棒ッ！」

一摑みと飛びかかった手は、フワリと翻《かわ》された。コロカントの止める間もあらばこそ、彼が再び飛びかかる出端を、パッと軽く手刀《ナイフ》で打たれた二の腕の痺れるような痛さ、

「アッ痛《いて》ッ！」

彼は右手を押えて悲鳴を上げた。

「周章てはいけないよ、ルドルフ！」かつての船の上で聞いたあのバリトンのような腸《はらわた》へしみるバスが威圧するように、そうしてまた、非常な優しさを以て彼の頭上から降って来た。「御覧、ここを、ルドルフ」

いいながら、ボーメスは彼の腕を片手で摑んで、片手で自動車の扉をあけた。

「アッ！」

一目中を覗き込んだバルタザールは自分の眼を疑った。

「アラッ！　ボーメスさん！」

コロカントが叫ぶと幽霊でも見るように両手を振って一歩後へ退《す》さった。

車内には両手と両足を縛られた第二のボーメス、しかも前夜の扮装のまま、それもくしゃくしゃに乱れたボーメスが荷物のように投げ込まれていた。

眼前に現れた二人のボーメス！

どっちが真実《ほんとう》の詩人なのだろうか？

運命の転変を悟ったバルタザールも、ただ呆然として立ちすくんだ。

「どうだ、ルドルフ。大分吃驚したようだね？　君の処世哲学の所謂人世の冒険の一駒だよ。……」

「あなたは誰れです？　そしてこの人は誰れです？」とバルタザールが叫んだ。

「儂はボーメスだ。こ奴か？　これは偽のボーメス。本名はドミニック。君の父だというグルヌーブの部下、マストロピエ団の今では自ら団長格で収っているドミニックという悪党だ。森の中から君が受取った金を盗もうと企んだ男だ、あまりやる事が悪どいから、我輩ちょいとこらしてやったまでなんだ」

「でも、あの日私と会ったのは？」コロカントがいった。

「最初はこの男ですよ、ボーメスに化けたのはこの男です。ハッハハッハハハハ二人共狐につままれたような顔をしているね。まあまあいずれ詳しく話をするが……そうだ、ド・フールの容体がよくないそうだ。ルドルフ、早く行ってやれよ。丁度、我輩の船があるから巴里まで送ろう……またあの楽しい船旅を思い出すように……」

「船？」

「ホラ、あの渡船場の傍につないである白い快速艇《ヨット》が儂の船だ……さあ、行こう」

といってから自動車の運転台に向って、

「おい、ガニマル。ドミニックはお前に渡したよ」

と声をかけると、運転台からヌッと顔を出した男が、

「よろしい、じゃ、左様なら」

丸帽子を取った顔を見たバルタザールがアッ！　と再び叫んで一歩退《しりぞ》いた。

「刑事さんだ……あの、あの刑事……」

刑事ガニマルは、ニッと白い歯を見せて笑うと、

「や、その節は失礼。マストロピエ団一味からあんたを奪い返して、パシャに渡したんですが飛んだ目に合ったそうですね。すまんです。でも助かってよかったですね。マストロピエ一味は全部逮捕《あげ》ちまったから御安心なさい。では、バルネ、左様なら」

自動車はグイッと一揺れ速力を出し、砂塵を上げて走り去った。

「バルネ？　バルネ？……」

バルタザールはガニマル刑事の残した言葉を口の中で呟いた。

ボーメス氏に案内されて川岸の埠頭に降りると立派な快速艇が横付になっていた。燕第二号と美しい字で書いてある。

アルゼリアからの船旅で顔馴染の船員が、笑顔で二人を迎えてくれた。

豪華な船室で、ボーメスは極めて愉快気に過日の航海の楽しかった事を喋り立てた。ただバルタザールの問に答えて、「ドミニックが偽ボーメスになって、コロカントをだまして、森から出してきた紙入の中の金を引き出した事を知ったので、え？　誰れから？　バルネ探偵局からだよ……早速ボーメスの家へ乗り込んで、ボーメスから金を取り戻し自分の持船で、コロカントと共にバルタザール救

助に向った」のだと言葉短かに答えたきりで、すべてを他の話にそらしてしまった。

そして偽ボーメス、ドミニックから取り戻した金と、コロカントの埋めた金とを合せて、バルタザールに渡した。

巴里の埠頭でボーメスに別れた二人が地下鉄でダナイドへ戻ると、ド・フール爺さんの容態があまりよくなかった。医者は外傷による重態だといった。

その晩、急に苦しそうにして、棚の上の薬をとってくれといった。それを渡すと爺さんは一気に半ば以上を飲んでしまった。驚いたバルタザールが壜を調べたら中味はラム酒だった。

「いいんだよ。いいんだ。俺にはその薬が一番効くんだ。俺は胸をひどく殴られているんで、一日生き伸びたのが儲物《もうけもの》なんだ。もう永い事アない。それについちゃあ、極く真面目に君に話しておきたい事がある。だけど、頭が茫《ぼうっ》としていて、よく筋がまとまらねえ。一杯飲まにゃあ駄目なんだ」

「そんな馬鹿なこと…」

「いや、そうでねえ。……さあ、元気が出た。頭も確かりしてきた。聞いてくれ」

完全なアルコール中毒である。彼は、ラムで人心地がついてきたのだ。彼は四辺《あたり》を見廻して、

「誰れもいないか?」

「ええ」とコロカント。

「立聴きしてる奴もいないな」

「誰れもいません」

「もっと傍へ……もっと……」

「フールさん、休んだ方がいいよ」

「構わんでくれ、そんな事。俺には秘密がある。それが心の重荷で死んでも死に切れねえ……だから死ぬ前に……」

「死ぬなんて、とんでもない……」

「聞いててくれるな?」

「ウン」

「お前も? コロカント」

「ええ」

「実アな、バルタザール。一言ですむ。……それはな……俺はお前の父親だよ、バルタザール」

バルタザールはツと立ち上った。彼の蒼白な顔や広い額にカッと血が逆流した。

「その卓子《テーブル》を開けてくれ」

「何故?」

「お前の母親の写真がある」

バルタザールは卓子を転覆《ひっくりかえす》と、足で踏みつぶした。

「写真? 僕はポケットに幾枚でもある。ホラ、ここに一枚……ここにもある。それから、これはカタリナって女だ、これが気の狂った王妃のだ。これが皆嘘だというのか?」

「母親はゲルトルード・デュフールといった」と爺さんは独言《ひとりごと》のように続ける。「で、俺は……俺の真実《ほんとう》の名は……」

バルタザールは再び枕頭《ちんとう》に戻って、

「君は五人目の父親で、僕がその息子なんだろうが、君の前に既に……」

「人殺しのグルヌーブ、それからクーシー伯爵……そうよ、俺は皆《みんな》知ってる……俺が、お前のことを皆に知らせたんだよ……俺が、知らせてやったんだお前の胸に三つの字が……」

ウッといって言葉に詰った、バルタザールがその口を押えたのだ。彼は胸に刺青をされた宿命の三文字のことになると我を忘れてカッと憤怒がこみ上げてくるのである。驚いたコロカントが漸く彼を和《なだ》めたので、彼は再び椅子に腰を降した。ド・フールはその騒ぎを利用してラム酒をグッと飲んだ。

「お前が生れて一年、お母《ふくろ》と俺とはサオーヌ河の傍、バル・ルージという所の離れた一軒家に住んでいた。商売も仕事も思わしくなくなって弱っていたんだが、お母アのゲルトルードは気立のいい、働き者だったし、頭もよく働く女だったので、パリの新聞に、バル・ルージ託児所って名で、生後十カ月から十四カ月までの幼児を預り、親切と衛生健康《じょうぶ》に育てると広告を出した。広告の効果《ききめ》があって、それから三四週間の中に四人の赤ン坊が、その親から、あるいは人手を経て預けられたんだ、どうせ事情あって手離す赤ン坊よ、だからタンマリ養育費を貰うことにした。だが、俺ア両親の名前と赤ン坊の名だけは必ず明かしてもらっておいたよ。まあこうしてグルヌーブがグスタブを棄て児預けといった工合、クーシー・バンドームはゴドフロアを連れて来る。ムスタパは黒ン坊のパシャから頼まれる、ドイツの貴族ってのからルドルフが来た。

四人の赤ン坊は皆ンなお前の年頃と同じだ。みんな仲よくお前と遊んでいた。ゲルトルードも幸福だし、俺にも小銭が出来て暮しも楽になり、仕事の資本《もとで》も出来たし、好きな酒が飲めるようになった。が、いけねえ、それがアッという間に皆んな壊れちまったんだ。忘れもしねえ、俺が旅行中の留守に突然サオーヌ河の堤が切れて大洪水さ、家は流され、お母も四人の預ったお前の異兄弟も溺れて死んじまった。助かったのはお前だけ、絶望と破産だ。俺アどうしていいか解らなくなった。

バルタザール、俺が邪道に二度と踏み込んだなあ、この時からだった。俺は預った子供の死んだ事ア親の誰れにも知らせなかった。土地にも居づらくなったんで、片田舎に移って、そこから、そうだねえ半年も経ったかな、まずグルヌーブに手紙を出して、グスタブは丈夫で育っているが、名前をバルタザールといっていて、目印のため胸にM・T・Pの刺青をしてあるといってやった。この刺青はある時、少し酔ぱらった水夫が俺の留守の間に、お前を摑えて悪戯をしたんだ……俺アそれをいい事にして手紙を書いたんだが、無論、他の三人の預け親へも同じ手紙を書いてやった。バルタザールという一人の子供に四人の親からそれぞれ養育料を届けて来たよ。

そりゃア俺も泥棒だって事ア知ってたが、何しろ喰わにゃあならねえからな、お蔭で楽に暮して行けた。それから二年経って、ある日、俺はお前を連れて市へ出かけたが、ふと人混みでお前とはぐれてしまった。いろいろ捜して見ると、お前は研屋《とぎや》の爺さんについて行ったらしく、それから一時間許りして路傍《みちばた》で眠っていたということまでは解ったが、それからどうなったか、皆目わからずじまい……」

バイヤン・ド・フール爺さんの声がかすれて、話も途切れ勝ちになった。爺さんは慄える手を延ばしてまたしてもラム酒の罎を摑むとゴクゴクと喇叭《らっぱ》飲みにした。

バルタザールは心中の苦悶を押えてじっとその様子を眺めていた。髯もじゃのその顔にポーッと血の気がさしてきた。完全なアル中患者である。彼は爺さんが酔払うと「俺は天下のやくざものだ！」と唄っていた事を思い出した。そしてこれが真実の父親かも知れないというような気がしてきた。

「それから、どうした？」と彼は厳しい声でいった。

フール爺さんは苦し気ではあるが、ラム酒の勢いで話を続ける。

「こうして二十年過ぎた。その間に流れ流れてやっと落ちついたのがこの貧民部落のバラック村よ、仕事のない連中の集りだ。俺ア葡萄酒を売って歩くよりは、その酒を自分で飲んじまう方が多い、金が入りゃあ酒場《バア》へ注込《そそぎこ》んじまっていた。ところがある時、路傍でお前の名を聞いた……誰かがお前を呼んだんだ……バルタザール、と。バルタザール、俺ア思い出した、思い出して三通の手紙を出して見た。間違いない、お前だ、死んだゲルトルードの子だ、俺ア早速ダナイドへ移ってお前の傍に住んで、朝夕一緒のように暮していた。最初俺ア真実のことを云っちまおうと思ったけれども、何しろお前は立派になっているし、お母《ふくろ》のように正直だが、俺ア、酔払いの呑ン兵衛で、騙りとる養育料の年金で生きてる始末だ。俺アそれを考えると、いいそびれてしまった、そしてこうした大不良漢《よたもん》のバイヤン・ド・フールという事になっちまったんだ……」

彼はラム酒の壜を取ろうとしたが、その力もなくなったらしく、手がひどく慄え、苦しそうな声でつづける。

「俺アこんな人間になっちまった。だから俺アお前の親だとはいえない、いくら云いたくても……だから、俺ア、俺は頭が狂ってきたんだね、遂々《とうとう》俺アまた四人の親宛に四通の手紙を書いて、お前がどこで、何をしているかって事と、……それから念のために、お前の知らない間に取った左手の指紋も同封して出すつもりだった……誰れかが来て子供として引取ってくれるだろうと思ったんだ……それから……それからがわからない……その手紙がなくなった、恐らく酔っぱらった俺が出したのかもしれないが……俺ア知らない……知らないんだ……四人の親に一人の息子……一人きりだ、それがバルタザール……だがそれはゴドフロアだった……ルドルフだった……グルヌーブがやって来た……M・T・P、彼の団体が、マストロピエ……M・T・P……だがそのM・T・Pは酔払い水夫のいたずらだってな誰れも知らない……水夫が刺青をした後でこんな事をいったたっけ『おやじ、こいつアバルタザールって名だってな、むずかしい名だアな、だからよ、俺がいい名をつけてやったよ、俺の知ってるガキが三人いらア、チンピラの風太郎なんだ、マネってのと、テセルにパレスさ、その三人の頭文字M・T・P、どうでえ、凄《すげ》えだろう』ってね、意味もなくつけた刺青、それが、パシャにして見ればムスタパ、M・T・Pだった……こうして、パシャの使も来たし……バルネ探偵局からも人が来……アッ！」

フール爺さんは両眼をカッと見開いて、何者かをふり払うように両手を振った。

バルタザールがふと後ろを振り返ると、そこにはいつ入って来たのか、影のような年輩の男が立っていた。古ぼけたフロックコート、薄汚い風采をした男で、片眼鏡《モノクル》の奥から鋭い眼ばかりが光って、口辺には穏かな、そうして皮肉な微笑が浮んでいる。黙ってニヤリとバルタザールに微笑した。

「ジ……ジム……バルネ……」

とフール爺さんが、どもりながら呟いた。フロックの男は軽く首肯《うなず》いた。

「どうだ、おやじ、苦しそうだな？」

と太いバスのきいた音楽的な声でいった。バルタザールはロンドーおやじの家で、読んで聞かされた調査書の名を思い出した。そしてまたあの店先で謎のような言葉を残して行った老探偵局長を胸に浮べた。がそれよりもバスのきいた腹の底から出るような声が、彼の耳にまざまざと残っていた。

「バルネ……」

「今しがた我輩の名を呼んだようだったから大急ぎで来たんだ。何か用事かい？　ビクトル・ダネーグル？」

「アッ！　アッ！　アッ！」

とフール爺さんはこの一語を聞くと今にも驚死しそうな様子で髪の毛が一本一本逆立ったように口ばかりを動かしていた。顔色蒼白、全身が戦慄している。

「ア、ア、アンタは？　誰れだ？」

「ジム・バルネ、探偵局長だよ……」

「違う！　違う！　あ、あんたは？」

「モンソー公園のことでも思いだしたかい？　ダネーグル」

「バルネ……違う！　ルパン！　アルセーヌ・ルパンだ！」

「フフフ……それもよかろう。二三世紀前の話だ、ルパンにはな。だが、ビクトル。お前のために五人の父親を作られたんでは、このバルタザールが困る。女一人に婿七人というが、一人の息子に親五人では罪だぞ。ビクトル、お前も長い事はない。世の中に一つだけ良い事を残して死ねよ。それが百悪の償いになるんだ。わかったか、ダネーグル？」

「ウーム」とフール爺さんが唸った。「バルタザールは俺の子だ……俺ア、俺の子を忘れやしない、赤ン坊から育てた俺の子だ」

「と、いいたいだろう。が、がそれなら何故四人の親にあんな手紙を出した？」

「俺ア生きたい、金が欲しかったんだ……それに……」

「といいたいだろう。が何故酒を飲んで泥酔して、大声で天下のよたもんだと呶鳴って歩いた？　ダネーグル、モンソー公園で俺はお前の盗んだ黒真珠と引換《ひきかえ》に、お前に良心を呉れてやったはずだ。ビクトル、云え、お前の良心に誓って云え」

「ウーム……」とフール爺さんは苦しそうに呻《うめ》いた。ラム酒の力も尽きた。その顔には、その眼には刻々と死の影が迫って来るように見えた。「ウーム」と二度高く唸《うな》ると、苦しい死の発作を起した。苦悶に歪めて床《とこ》から半身を起そうとする。コロカントとバルタザールがその身体を支えた。

「ド・フール爺さん、確かりしてッ!」とコロカントが叫んだ。

「ビクトル・ダネーグルッ! 云えッ!」とバルネが耳元で再生の気合を吹き込むようにいった。

「ウーム……駄目だ、もうおしまいだ、ルパン……実ア……実ア俺にも解らない、自信がない……頭が、頭がどうかしちまったんだ……お前がほんとうのバルタザールであるかどうかさえはっきり、俺ア知らねえ……その頃俺アアルコール中毒だった……他の子供とお前と……俺には見境がつかなかった……だから、お前はバルタザールだかもしれない……あるいはルドルフ……あるいはまたゴドフロア……あるいは……俺ア知ンねえんだ……」

彼は昏々と睡ってしまった。脳溢血の発作が来たらしい。それから十分ばかりして彼はまた卒然といった。

「さ、さよなら、ルパン……さよならバルタザール……コロカント、さよなら……枕の下に……四つの手紙の束がある……四人との通信だ……それから札の束が……お前にやる……お前に……」

万事休す。

ジム・バルネは静かに帽子をとると敬虔な祈りを捧げて再び飄然と風のように音もなく消えて行ってしまった。

バルタザールとコロカントは、父親であったかも知れないバイヤン・ド・フール爺さんの、安かな死顔を、無言のまま茫然と見詰めていた。

十二、怪人バルネ

バイヤン・ド・フール爺さんの葬儀は近所の人々の手で細《ささや》かに行われた。フリドランは彼と共に泣きながら墓の土をかけた。

一週間の日が流れた。コロカントは必要な時間しか来なくなったし、来ても彼とあまり顔を合せる事がなかった。彼は近くの市境の広場や、ブーローニュの森へ行って、独り蒼穹《あおぞら》と太陽を仰いで自らの生活を楽しんでいた。

ヨランドから手紙で、約束の日の迫ったことをいって来た。彼は来《きた》る水曜日の午後四時にロンドー氏を訪問する旨の返事を出した。

その日の朝、バルタザールは求婚のためにロンドーを訊ねることをコロカントに告げた。

家の裏で、箪笥に使っている箱へ蠟を塗っていた彼女は、仕事をしながら彼の話を聞いていたが、ポトリと刷毛《ブラシ》をその手から落し、膝が地につきそうになった。彼女の汚れた古い木綿の黒いスカート、二三十度も水をくぐった洗い晒《ざら》しのみじめな襯衣《シャツ》、淋しい姿であった。

バルタザールは思案しつつその辺を歩きながら、

「君も知っての通りフール爺さんが紙幣を遺してくれたが、調べてみたら、十枚あったよ……一万法だった」

「まあ、よかったのね……」と彼女は力一杯刷毛を動かしながらいった。

「それだけあれば、ロンドーさんも、あなたが持参金目的《めあて》だなんていいませんからねえ」

「そうなんだ！　それから僕は手紙の束を調べて、子供を確かに預けた四人の人のことも解った。でも僕が誰れの子供なのか、真実を知る事も確定的な証拠もないんだ。という事は一方ではまた、僕は五人の内の誰れの名前でも勝手に選べるということにもなる」

「困るわねえ、先生」

「困りゃしない。簡単だよ。ボーメスかグルヌーブか？……二人共人殺しだ……僕は嫌だね。バイヤン・ド・フールは問題外とする。ルバド・パシャとクーシー・バンドーム伯爵の内からとなれば、既に公証人からも申出《もうしで》てあるから、まず、その方が正しい」

コロカントが急に起って、彼を正面から見て、

「でエルネスチーヌ夫人は？」

「さあ、夫人の気位といい今までの生活から見て、まあ喜こんでくれると思うね」

「私は夫人が、そうした名前で呼ばれる事を好まないと思いますわ」

「そうかも知らんし、フリドランだってそうだろう。そしてもしヨランドが不同意だというなら、仕様がないさ。僕は誰れもいらない、僕は誰れとも妥協しない。この現在のダナイドの生活で、僕は十分満足をしているんだ。ね、そうだろう」

「ええ、そうですわ」

「でもヨランドは反対しないと思うね。あの人は立派な人だから」

「あの方が、先生を幸福にして下さることを祈りますわ」と彼女は声を落した。「そして、彼女の一

切をあげて先生のためにに尽すようにね、彼女にはその外に何の生活もないという風に……これが、私のすべての御願いですわ」

午後コロカントは彼れの出発前にダナイドにやって来た。彼女はこれを最後にバルタザールの晴れ姿を見ておきたかった。それに彼女が古着屋から買ってきた小麦色の手袋を持参した。この手袋をはめる手を彼女はもう二度と見られないのである。

彼女は頭から足の爪先まで子細に調《あらた》めて、彼にハンカチを取り替えさせ、白の襟帯《ネクタイ》をしめてやった。

「バチニョル公園まで一緒にお出で」と彼がいった。

彼女は素直に例の重い鞄を持って供をした。彼は山高帽に黒のフロック、すっきりと折目のついた縞ズボンをつけている。

彼は胸を張って嬉しさで一杯だった。が彼女は黙々として歩いた。彼の陽気なのに引きかえ平素ならば、彼の喜びを喜び、彼の悲しみに悲しむ彼女が、何故か今日は浮かぬ顔であるので、彼はこの若い娘が何を思っているのかと初めて考えてみた。娘心、それが率然彼には不可解な神秘に見え出した。ふと気がつくと、彼女のブロンドの髪の輪を結っていなければ、ルビーのようなその二つの瞳にも、生々した艶がなくなっていた。がしかし彼れは依然として彼女が美しく見える。彼は彼女の唇を眺めて思わず顔を赤らめた。彼女もまた顔を赤らめた。

「やあ、随分変ったなあ、コロカント、僕には、今日の君の顔が今までとはちっとも似ていないように見えるぜ」

彼女が変っているのではない。人生の変化が、自《おのずか》らその心に反映して、心自《みず》からがその変化ある如くに思うのである。

バチニョルの入口で彼は腰をおろした。ヨランドと会う時間ももう数分の先に迫っている。コロカントは鞄の中から、彼の好んでいたお菓子を取り出した。この心遣いには、彼も彼女の優しいそして献心的な気持に打たれた。

「僕はね、きっとヨランドも君に対して深い同情を持ち、お互が仲よくやって行けると思うよ。それにクーシー・バンドームという名誉のある家柄の名もまた、それは……」

再び歩きながら喋っていた彼はフッと口を噤ぐんだ。コロカントが平素《いつも》のように同感の相槌を打たない。彼は不機嫌に、

「どうしたんだい、今日は？」

「何んでもありません」

「でも変だなあ……声の調子まで同じではないよ……何んだか泣いているように思える……ね、そうだ、この間のようにまた泣いている……」

彼は少しの間隔をおいて立ち上った。彼女はじっと頭を下げて溢れ出ようとする涙を押えている。

「どうしたんだねえ？」と困惑した彼が繰り返した。「また何か泣くわけがあるのかい」

「何んにもありませんわ、先生」

「ねえ？　僕達、実に、楽しい嬉しい話、僕とヨランドとの結婚の話をしているんだもの……それに……」

彼は口籠った。彼はかつてサンクルー公園で彼女にヨランドの話をした時、彼女が泣き出したことを思い出した。

彼はコロカントに、自分がヨランドと結婚したからといって、今まで通り君との交際《つきあい》をやって行くし、コロカントもそれはきっと解る。それに僕は頑固な性質だから、きっとそうして見せる。だから我々の生活態度は少しも変らないことを力説した。

「そんな事、どうあろうと構いませんわ、先生、御結婚によって、あなたが好むと好まないとにかかわらず、大きな変化が……」

「馬鹿な！　そんな馬鹿な事があるもんか、君……ねえ、考えて御覧よ、コロカント、君と僕、我々の間には、今日まで……永いつながりがあり、思出があり……」

「先生、生活がありました」

「そうだ、コロカント。我々を結びつける生活があった」

「がそれは離れて行きます」

「お黙り、お黙り……」

彼には何かしら割り切れないものが胸の底に生れてきた。彼の前にいるコロカントが今までとは違った姿で見え初めた。

彼女は濡れた目を上げた。彼は脚が慄えた。そして不知不識《しらずしらず》の間に彼女の純情に打たれたが、静かに彼女が持ちこたえている鞄を彼女の手から取った。

彼女は彼のなすがままにして、何か意味のない言葉を呟いていた。

太陽の光は燦々と二人にそそいでいるし、通りすがりの人々は、何かしらそぐわない二人の様子を横目で見て通った。

彼女はポッと光の下で顔を赤らめると、荷物を持とうと手を出したが、バルタザールはいいんだといった。彼女に重い荷物を持たせる気になれなかったのである。
彼女は二三歩退ると、静かにその場を去って行った。彼は彼女を呼び止める力もなく、じっとその淋しい後ろ姿を見送った。

彼女の姿が、一旦は木蔭に隠れたが、再び現れた時は遠く小さくなっていた。そして見えなくなってしまった。彼はフラフラと歩き出した。四辺《あたり》が急に暗くなって、自《おのず》ら周辺《まわり》から光が消え去ったような感じである。

彼は崩れるように木陰のベンチに腰を落した。とその時、率然として傍に声があった。

「どうしたな君、煩悶している様子だ喃《のう》？」

「いえ……いえ……別に煩悶なんてしていない……」と彼は無意識に呟いた。「ただ……ただ、解らない……」

彼は目をあげてその人を茫然と見詰めた。どこから、いつ現れたか、忽焉《こつえん》と白髪白髯の僧服の老人が音もなく彼の傍に立って、柔かい同情的な眼眸《まなざし》でじっと彼を見ている。そしてその口辺には、何かしら冷い、それでいて威厳のある皮肉な微笑が浮んでいた。

「僕はあの人の後を追うべきでしょうか？」

「ここから去っていった人か喃？」

「ええ」

「妹さんか喃？」

「いえ、お友達です」

「そのお友達が邪魔になったか喃？」

「いえ……そうじゃあないんです……ただ僕には許婚者があります」

「あの人か喃?」

「いいえ、他の人です」

「どちらの人に、君の愛情が培われているか喃?」

「さあ……」

「フーム」

老僧は相手の告白《コンフェッション》を聞いてやるといわん許りに膝に肘を乗せ、両の拳で顎を支えてじっと相手を見る。白髪と白髯の間の柔和な顔の中に爛々として輝く眼、それには無限の愛を湛えているようでもあるが、また一面には人の胸を刺す如き尖鋭な炯々たるものが迸り出ている。

「家族の人とも相談したか喃?」

「僕には家族なんてありません」と彼は怪奇な数々の冒険を思い出しながら答えた。

「家族がない?　お父さんも?……」

「父もありません……いえ、父だと名乗る人はあります。最初の人は二番目のを殺し、四人目のは最後の人を殺し……三人目のは……」

老僧は総べてを知り尽しているようにただ頷くだけであるが、バルタザールは委細構わずつづける。

「そんな事は大した問題じゃないんです。父親がなかろうと、家族がなかろうと、僕にはちっとも関係がない、そしてまた今ここでコロカントとの話になったことも何んでもない……」

「コロカント!　あの女の方じゃね、だが姓は?」

「コロカントだけです」

「君はその人を愛しているか喃？」

グッと力を入れた老僧の言葉は意外であった。何も知らず、二人の間の事情も知らぬただ行きずりの他人が、心の奥、毎日の事まで知っているような口吻《くちぶり》のこの一言。

「あなたは、僕が彼女を愛していると思うんですか？」

「と見える喃、少くとも……」

バルタザールは頭を振った。

「ええ……ええ……仰しゃる通りです。僕には解らなかったが、そうです……仰しゃる通りです……」

彼はじっと考え込んでいた。彼の心の中には次第次第にあるものが明確な形となって波のように押し寄せて来た。彼は静かな声で、

「あなたにはコロカントがどんな人か御解りにならないでしょうが、僕も知らなかった。それが今、突然はっきり見えてきたんです。正直で、優しくて、親切で利口で、そして美しくさえある！　しかもその美しさは、あなたが見たよりも、もっと美しいのです。ただ、僕は、お互にあまりにも近くで生活していたので、僕にはその美しさも、その優しさも、その雅《しとや》かさも見えなかった。ねえ、僧正さん。イタリアの向う側、熱砂の蛮地で、僕の母が僕の父と僕とを銃殺させた晩（老僧はニヤリ横目で彼を観察している）コロカントは僕を助けに来て、僕の傷ついた足に口接け、僕の苦しむのを見て泣きました。だが僕にはそれが解らなかった。それからまた別の日、僕が悲しんでいた時に、彼女は僕に接吻《くちづけ》をしたが、それも僕には解らなかったのです。でも、そうされた時、僕き傷の痛みは薄らぎ、悲しみが消えて行きました。ああそれはみんな飛んでもない不思議でしかなかったのです。……僕は、

子供の時から、誰れか自分を愛してくれるものを求めていたんです。丁度犬が主人の後を追うように愛情を追って馳けまわっていました。そして僕にとって、食う事や呼吸することと同じように必要だったものが、僕の身近にあったんです。愛情と幸福それが僕の住んでいるあの小さい片隅にあったんです。それは形があって、しかも二つの眼でじっと見ていてくれたのに僕には見えなかった……」

彼は老僧の手をきっと握りしめていた。老僧はバルタザールがコロカントに告白しているようなこの告白をじっと聴いていた。そして言葉が途切れると、

「よく解った。では彼女と結婚をするがいいよ。それがいい。さ、そうしろよ、バルタザール！」

「エッ！」と彼は打たれたように顔をあげて老僧を見た。「あんたは、僕の名を？　ど、どうして？」

「ハッハッハッ……ダナイドの樽の家に住む、天涯の孤児、森羅万象を教授するバルタザール教授お転婆娘ヨランドとの結婚を申込み、ロンドー親父に身元調査書を読み上げられた青年、メリーの森から匿名の父の遺産を貰った男、殺人犯グルヌーブの子、クーシー・バンドーム伯の息《むすこ》、そしてルバド・パシャ一味に誘拐されてカタリナに殺されかけた若き王子、詩人ボーメスに九死に一生を助けられて燕号で帰った青年、そして偽詩人ボーメス事ドミニックに遺産を盗まれた男、そしてまた……」

「あ、あなたは誰れです？　誰れです？」

と、バルタザールは口をきくにもおろおろしていた。

「酔払いのド・フール爺さんの譎詐《からくり》からM・T・Pの刺青をされた男……ハッハッハ……刺青人生はこの辺で終上符を打ってもよさそうじゃ。じゃから、我輩が、僧正となって、お前の新しい人生への出発のテープを切らせにやって来たのじゃ、な、解ったかバルタザール」

「ア、あなたは誰れです？」彼は三度同じことを繰り返した。

「さあ、誰れじゃろう喃？　神の使徒《おつかい》じゃよ、見る通り」

「いえ、違います、今のあなたの声あの声……船の上で聞いたあの声……あなたの名前は？」

「我輩の名前は沢山あり過ぎる。君は五人の父親の去就に迷っとるが、我輩は幾十の名前のどれが真実《ほんとう》の名なのか解らなくて困っている。がそんなものはどうでもいいんだよ。グルヌーブでもボーメスでもド・フールでもクーシー・バンドームでもパシャでもな……我輩の一つの名は……」

老僧はくるりと背後《うしろ》向きになって顔を撫でていたが、僧服がバラリと脱げ落ちると同時にこちらを向き直った。

「アッ！　ボーメス！」

「と見えるが、君の父だという詩人ボーメスは既にアメリカで客死している。それを知ったドミニックが偽ボーメスになって来たので、我輩がその偽のまた偽ボーメスになって君を救いに行った。コロカントの純情に我輩打たれたのだよ。コロカント、純情の娘さんだ」

「それでは、あなたは？」

「では、今一度仮面を取ってやろう……」

彼は再び背ろ向きになった。そして彼の前にスックと立った時には、

「アッ！　バルネ、バルネ探偵局長」

「左様、バルネ探偵局長ジム・バルネだよ。ロンドー爺さんから身元調査を依頼されて、我輩君の一切を調べた。そして、その事を君に話そうと思ってロンドーの家へ行ったが、君はヨランドに夢中で話も出来なかった。それから君に会ったのは船の中でボーメスとしてだったね、それからまた偽ボーメスを連れてガニマル刑事に引渡した時、そして最後がド・フール爺さん瀕死の枕元……それから今

度と都合五度君に会っている。君の父親が五人あるようにな……しかし、それもこれも人生の冒険の一駒に過ぎない……」

「ジム・バルネ……アルセーヌ・ルパン……ルパン……」とバルタザールは茫然として夢心地で呟いた。

「そうだ、アルセーヌ・ルパンでもいい。その方が通りがいいかもしれない……がそれはどうでもいい。要は、バルタザール、ね、純情コロカントと結婚をするがいい、そうして新しい人生の冒険に出発するんだ」

「でも、僕の父は？　ほんとうの父は誰れですか？　あなたなら、あなたなら解る、バルネさん」

「フーム」とバルネはじっと彼の顔を見ていたが、「君は知らなくてもいいんじゃないか、気にかかるかな……よろしい」といった。そして「君カラーを取って胸をひろげろ」

バルタザールの顔色がさっと変った。またしても胸を見せろ！

「沢山です！　もう沢山です！　僕ア、知らなくてもいいんです、僕はバルタザールです、バルタザールが僕の名です。この上また新しい名が出来るッ！　堪えられない、そんな事！」

彼は狂気のように胸を押えた。

「ハッハッハ……」とバルネが高らかに笑った。「ハッハッハ……。よろしい、それがよろしい。バルタザール、立派な名だ。そしてコロカント、優しい花嫁が出来たんだ。さ、では別れよう」

バルネは悠然と立ち上った。そして二歩三歩歩いて行ったが、ツと立ち停ると振り返って、

「バルタザール。君は小さい時から君の首にかけて肌身離さない小さいメダルがあるだろう。そのメダルは表面のクリストの像を廻すと二つに開《あ》かる。二人が結婚の夜、コロカントと一緒にそのメダル

を開けて御覧。お前達の幸福を心から微笑んでくれるマリアがいる。これがジム・バルネの御祝いのプレゼントだよ。さよなら、バルタザール」

彼は再び飄然と木《こ》の間隠れに去っていった。その姿が往来の塵と光の中に消えて行った。

暫くの間バルタザールは凝然と腰掛けたまま不動の姿であった。過去が幻影のように脳裡に明滅する。そしてその間にコロカントの優しい姿とあの澄んだ瞳とが隠見していた。

やがて彼は昂然と胸を張って立ち上ると、彼は何を思ったか巴里の中心地の方へ歩み去った。

彼は小さなそして静かなレストランで食事をとった。彼の胸は愛情と幸福に満ちていた。そしてコロカントに話すべきいろいろの言葉を考えていた。彼れが平素彼女に話した処世哲学の講義のように……

夜になって彼はバラック村へ帰って来た。家の入口にはいつものようにマッチの箱がおいてあった。コロカントがダナイド荘へ来たのである。彼は扉口に腰をおろしてパイプをくわえた。空には月がなかったが、星一つ燦《さん》として暗《やみ》の中の一点の光をともしていた。

一時間が過ぎた。ふと見ると垣根の小門が押されて、彼女が両手と肩に荷物を持って入って来た。

彼女は彼の方には来なかった。垣に添って裏手へ廻ると二本の枯木があった。その下に荷物をおいた。どうやらトランクらしい。今一つは皮の鞄である。そして彼女はハンモックを取り出すと二本の枯木にそれを吊って、そのままその中に入った。

バルタザールは一切を知った。コロカントはその家を引き払って、数少い荷物をまとめ、最後の一夜の宿りをなつかしのダナイド荘の枯木に托したのである。

そのまままた一時間過ぎた。バルタザールの胸は高鳴った。彼と彼女と隔ること十歩に過ぎない。彼は立ち上って彼女のハンモックに行き、垂れ下っている彼女の手に接吻をしようとしたが、彼はそれを思い止った。安らかな彼女の寝息が聞える。彼はその下に跪ずいて彼女を仰いだ。ハンモックを通していつか雲の晴れた大空一面に星斗燦《せいとさん》として輝き初めていた。明け行く明日の人生の前途を暗示するように……かくて彼は静かに家に入って、眠った……

刺青人生を終ったバルタザールの新しい人間冒険がこれから初められるのである。

「アッハッハ……という訳だよ、刺青人生は……我輩は初めからド・フールのからくりと睨んだんだ。……というのはバルネ探偵局の名誉にかけて調べて、真相を発見したんだ……が何としてもバルタザールの純情が嬉しくなった。我輩は……いずれこの青年を中心に一大冒険が起るような気がする」とバルネは笑っていた。ルパン畢生の大冒険「８１３」とこの青年との間に何等かの関係がないと誰れがいえよう……

プチグリの歯

登場人物

ジャン・ルクスバル…………内務大臣
ヘルキュル・プチグリ………刑事
ボア・ヴェルネー……………伯爵、ヴェルダン戦で愛児を失う
マキシム・レリオ……………元猟歩特務曹長

おなじみの紳士俠盗ルパンは、時に、バルネ探偵局長ジム・バルネ氏として、胸のすく快活劇を演じることは、読者各位の夙《とく》に御承知のところだが、本篇においては、ヘルキュル・プチグリ刑事の仮面の下《もと》に登場する。事件は、無名戦士の墓に関する人情悲劇であって、政治的に発展しようという怪事件を、彼の俠骨明智を以て、円満解決に導くのである。

この事件において、俠盗ルパンは、代償に何を得たか？　何物をも得なかったところに彼ルパンの真骨頂《しんこっちょう》を見出し得る異色篇が、これだ。

無名戦士の墓

大臣室

両手を背《うしろ》に廻し、首をジャケツに埋《うず》め、蒼い顔に思案の渋面を作って、ジャン・ルクスバルは広い大臣室の中を早足で歩き廻っている。入口の敷居の上には、大臣秘書が呆然と命令を待つ。額には苦悶の八の字が刻まれている。彼は人が一生浮沈の一大事の時にするごとき非常な焦躁の念に駆られて、態度までが平素の落《おち》つきを失っていた。

突然、歩みを停めると同時に、決心の色をなして秘書に向い、

「相当年輩の紳士と夫人とが来訪するはずじゃ。来たら赤い広間《サロン》に通しておいてくれ。それから若い男が一人で来るから、この方は大広間に通すんだ。客同士顔を会わさせてはいけないし、無論口をきかしてもいけない。よいか？　それから通してしまったらすぐ俺に通じてくれ」

「ハッ、かしこまりました」

政治家としてのジャン・ルクスバルは非常な勢力家であると同時に、明快な頭脳の所有者であった。生死不明の二人の愛児と、それを苦に病《や》んで死んだ愛妻のための復讐の念は、彼を駆って、自己の権

力と、自己の義務とに対する絶対的の堅い信念を振り起させた。彼の関係するあらゆる事件で、彼は性来の傲岸不遜に加えて、自己一切の権力を振った。彼は熱烈に国を愛した。従って、こと国家に関する場合は、殆んど専横に近いまで、傍若無人を敢てして至誠これ努めた。これが一面においては同僚の尊敬となると共に、また他面にあっては、彼の性情に対する反感をも招く結果になっていた。従って閣議などでは彼一流の剛情から、徒《いたず》らにことを紛糾させる怖れも少くなかった。

彼は時計を見た。五時二十分前だ、彼は彼をしてかくまで、焦心焦慮させる、怖るべき一大怪事件に関する書類に今一度目を通すだけの時間があると思った。しかしこの時、けたたましく卓上の電話が鳴った。ルクスバルは受話器をとりあげた。総理大臣が直接話をしたいという電話だった。

彼はじっと待っていた。かなり長い時間だ。暫《しばら》くするとようやくのことで首相が電話口へ出た。

「モシモシ、ああ、首相ですか。私です」

暫らく何事か相手の話を聞いていたが、顔にはやや驚きの表情をしながら、気のなさそうに答えた。

「ハハア、なるほど。では閣下から、特に探偵を寄越して下さるのですな。しかし閣下、私一人でとにかく、この難問題は解決できるように存じまするが?……え?……なるほど。そういう閣下のお話でございますれば、私にも異議はありません。ハハア、するとそのヘルキュル・プチグリという男は、捜査に関する専門家なのですな……で、その男が、只今から始める私の訊問に立ち合うのですな……モシモシ?……ごもっともです、重大問題ですとも、何しろ世上でも、すでにある種の風評が流れ始めていますからなあ。……ですから、私としても、直ちにこれを解決しなければ、乃至は事件の真相がわれわれの杞憂と一致しない場合は……実に一大事件となり、内閣の運命どころか、国家の大醜態となるんですからなあ……モシモシ……はあ……はあ……いや、御安心下さい。必ず成功してごらんに入れます……成功しますとも……成功しなきゃあならないんですからなあ……」

なお二三の打合せを終ると、ルクスバルは電話を断《き》った。そして、

〝ウン、どうしても……どうしても……成功させなきゃならないんじゃ……国家の大問題じゃから……〟と口の中で呟いた。

彼はどうして成功せしむるかについて、万全の方策を沈思黙考した。と、ふと、誰とも知らず、忍びやかに傍に近づいて来る人の気配を感じた。

彼はツと振り返ると同時にアッと驚いた。眼前四歩のところに怪しげな、見すぼらしい男が立っている。貧弱な悪魔とでもいおうか。極めて不気味な男は、手に汚《きたな》らしい帽子をぶらさげて乞食が一法《フラン》二法の合力でもするような恰好をしている。

「誰だ、君は？　どこから来たか？」

「入口から参《め》えりやした。閣下《かくか》……秘書《ししょ》の先生が右に向いたり、左に向いてペコペコしてるんで。私《あっし》は真直ぐに入《へ》えって来たんです」

「誰だ、全体、君は？」

男は馬鹿丁寧に頭を下げて、やおら自己紹介を始めた。

「ヘルキュル・プチグリ……只今、内閣総理大臣があんたにお話をした、その所謂〈専門家〉です……」

「あっ……聞いていたんか？」ルクスバルは面喰った。

「傍にいますと、つい聞えちまいますんで、閣下……」

打ち見たところ、瘦せこけて貧弱な奴だ。泣面《なきつら》に見える容貌、頭髪も、髯も、鼻も、肉の落ちた頰

もだらしのない口元も、すべてに淋しい色を浮べている。ようやく肩にぶら下っているような羊羹《ようかん》色の外套の両側に、両手をだらりと垂らして、馬鹿見たようなだらしのない口のきき方をする。しかもその言葉の中には「閣下《かくか》」だとか「秘書《ししょ》」だとか「私《あっし》」だとか、どこまでも市井野人のぞんざいな訛が出てくる。

「え、聞えちまったんです。閣下」と怪しい男がいった。

「私を探偵だってましたね。大間違いだ！　私は探偵なんてものじゃァありません。警視庁から『性《せい》遅鈍《ちどん》にして、酒癖《さけくせ》悪く、かつ怠惰である』というわけで追い出されちまった男でさあ。ちゃんと免職理由書にそう書いてあります」

ルクスバルはいよいよ面喰って、あきれざるを得なかった。首相も大変な代物を寄越したものだと思った。

「どうも、儂《わし》にはよく解らん。総理からの話では、驚歎すべき、名探偵を送るからとのことじゃったが……」

「驚歎はよかったね、閣下。その通りなんです。だから、誰一人成功しない……いや、成功できない事件が起ると、平素の私の下らない悪習慣など忘れちまったような顔をして、私を利用なさるんです。え、閣下、どうです。私は何人《だれ》の使用人でもないんです。私は喉がかわけば飲むだけなんで、少し人間がやくざにできているだけが、私の欠点でさあ。品性についちゃあ、憚《はばかり》ながら、問題じゃあないんです。まあ、気紛れさね。下らないことです……」

貧相な顔、淋しそうな髯の下、口の一角がゆがんで微笑が洩れると共に、猛獣の牙にも似た大きな糸切歯が、遠慮なくヌッと現われた。こんな歯を持った人間は、噛みついたが最後、どこまでも離しっこない性質なものだ。

ルクスバルは噛みつかれるのは平気だが、どう見ても相手はぞっとしない、感じのすこぶる悪い男で、もし、総理大臣が、最前口を極めて推薦しなかったならば、一喝のもとにこんな男は追っ払ってしまっていた。

「まあ、掛け給え」と大臣はぶっきら棒にいった。

「儂はこの室《へや》へ呼び寄せてある三人の人物を訊問し、その三人の関係をつきとめなければならないのじゃ。その場合もし君の方で、何か訊ねたいようなことでもあれば、直接儂にいってもらいたい」

「へえ、直接に、閣下、低い声でね。実は上官がその口籠《くちごも》っていらっしゃる時には、低い声で申し上げるのが私の習慣ですから……」

ルクスバルは苦い顔をした。第一彼は相手が自分に対して、少しも見さかいなくズケズケ口をきくのが気に入らなかった。それからなおこうした活動的な人物の例に洩れず、彼は非常に神経家で、かつ妙に警戒性を持っていたところへ持ってきて、あけすけに「口籠る」のなんのといわれることは、許すべからざる侮辱であり、精神的の脅迫でもあった。しかし彼は、すでに呼鈴を鳴らしていたので、秘書が来た。彼は直ぐ三人の客を連れて来るように命令した。

ヘルキュル・プチグリは羊羹色の上衣を脱いで、丁寧にたたみながら傍らの椅子に腰をおろした。

愛児の屍体

一人の紳士と夫人とがまず入って来た。二人共喪服をつけた立派な風采をしていた。女の方は大柄で、年若く、美しいながら、髪にはすでに白髪《しらが》をまじえ蒼白な顔を引き締めていた。男の方は小柄で、痩せぎすで、ハイカラではあるが髯は殆んど白くなっていた。

ルクスバルは男に向って、

「ボア・ヴェルネーさんですか？」

「ハア、妻《さい》も私もあんたからのお手紙を頂いて、少し驚きました。しかし別に心配になるようなことではないでしょうな？　妻は最近非常に悩んでいますのですから……」

伯爵は不安らしく妻君を眺めた。ルクスバルはまず席をすすめてから、

「いや、すべて円満に解決できようと存じます。夫人、いろいろ御心配をかけて相すまない次第です」

扉《ドア》が再び開いた。二十五から三十才位の男が入って来た。血気盛りの青年ではあるが、どことなく敗残疲労の色が見える。

「君か、マキシム・レリオ君は？」

「ハア、私であります」

「君はここにおられる紳士と夫人を識っていないか？」

「いえ、存じません」と青年は、伯爵夫妻をじろじろと見ながらきっぱり答えた。

「閣下、私共もまたこの青年を知らないのです」とルクスバルの質問に答えてボア・ヴェルネー伯がいった。

大臣はニッコリ笑った。

「只今皆さんのおっしゃったことについて、私から反対の事実を申し上げなければならないのは、甚

だ遺憾の次第ですが事情止むを得ないことと考える。が、とにかくそれはそれとして、まずことの始めからお話しよう」

　彼が卓上《テーブル》の上に開いてあった書類を取り上げながら、マキシム・レリオを顧み、やや挑戦的な口調でいった。

「まず、第一に君から始めることにする。君はユール・エ・ロアール県ドランクールに生れた。熱心に農事に従事していた父は、君に対して相当の教育を受けさせたが、君の熱心な勉学の結果はむくいられて、模範生徒であると共に、立派な孝行息子であった。ところが第一次欧洲大戦の開戦と同時に、君は猟歩兵として召集され、各地に転戦して一九二〇年にはヴェルダンの守備につくことになった。兵士としても戦功があり、すでに士官の候補者とまでなっていたのである。しかるに十一月中旬に至ってふとした事件を惹起《じゃっき》してしまった。一夕、シャンパン十本を飲んで乱酔の結果、つまらないことから口論を始めて乱暴を働き、ついに逮捕されるに至ったのじゃ。で、警察へ引致《ひきわた》して取調べた結果、君は十万フランの金を所持していることを発見された。その金はどこから手に入れたか？　君はなんの答えることをしなかった……」

　マキシム・レリオが口を出して、

「失礼ですが、閣下、その金はさる方が氏名を秘《かく》して私にくれたのだと申し上げてあるはずです」

「そんなことは申し開きにならない。憲兵隊でも直ちに身元調査を開始した。が、わからない。しかし六カ月後、獄を出て間もなく君は、再び罪を犯して拘引されたが、その時は国防債券四万フランを所持していた。しかもその出所については相かわらず沈黙を守り、秘密裡に葬ろうとする」

　レリオはじっと黙りこくって返事をしようともしない。彼はまるでそんなことは無関心の事件のような顔をしていた。

「じゃから……」とルクスバルが続ける。

「なんらの釈明がないのじゃな？　君は最近いかにしてこの大金を所持して、遊蕩生活をしているかを申し立てることができないのじゃろう？　一定の職もなく、一定の収入もないのに、君は無限の泉でもあるがごとくに、金を湯水のように使う。それが第一の不審じゃ」

「僕には友人がありますと、マキシム・レリオが呟いた。

「どんな友人か？　誰一人君を親しく識っているものはないじゃないか。君と共に遊興する連中は、時と日によって異る。しかもそれが皆君の金を当にして遊ぶのじゃ。ただ一度、ふとしたことから、いや、むしろ君の不用心からやや手懸りというものが得られたのじゃ、ある日、凱旋門のほとり、無名兵士の墓からほど遠からぬところで、一人の男が、毎日その墓へ参拝に来る一人の夫人を捕えてこういうことをいった。『俺が明日、あんたの御主人から送られるのを待っていると伝えてもらいたい。もし送って来なければ……』その言葉はあきらかに脅迫である。夫人は少からず怖《おび》えて早速に自動車の中へ入ってしまった。それをもっと明瞭にいえばじゃ、その男というのは即ち君じゃ、マキシム・レリオだ。しかして相手の夫人というのは、即ちここにおられるボア・ヴェルネー伯夫人じゃ。しかも最前の言葉によるとお互いに顔を知らないという？」

ルクスバルは突然、手を振って、

「いや、ちょっとお待ち下さい」と、何かいおうとした伯爵を押えるように、

「事実はいかにしても、否定することはできぬ。しかもその事実は理論でもなければ推定でもない、また人の話を聞いたのでもなければ、取調べさせたものの報告によるのでもない。事実を事実として、

この私が現場を目撃したのじゃ。あんたが愛児を戦争で失われ、ボア・ヴェルネー夫人が毎日忠魂碑の前で、その子の冥福を祈られると同じく、私もまた戦争のために愛児二人を失くしています。じゃから私もまた一週間といわず、その墓の前にぬかずいて、亡き子と語る心情は、やはり同じ親心です。こうした同じ心持の私が、実際にあの場の光景を目撃すれば、これまた人情としても、かくのごとき言葉をいう者は何者か、またこうして脅迫される人は何者か、その間いかなる事情が伏在するのか、取調べざるを得なくなるのです」

伯爵は黙した。夫人は身動きもしない。隅の方ではヘルキュル・プチグリが、いかにもその訊問振りが気に入ったといった風に首肯している。ジャン・ルクスバルはちらとその様子を見て、内心安堵した。あの猛獣のような糸切歯が彼の口の辺《あたり》に現われていない。まず順当に進んでいるものと見られるわけだ。ルクスバルは次第に激しく訊問を進めて行く。

「で、今申したように私自身の心情として打ち棄てておけないために、私は自ら進んで、この間の事情を闡明《せんめい》にすべく、調査取調べの歩をすすめる決心をしました。が、しかし、私が今日《こんにち》のマキシム・レリオを発見するまえに、私はその昔の兵士としてのレリオを発見した。彼の過去は彼の現在よりも、もっと興味深い経歴を有していた。ところで、調査書類を繰っていた私は、ふと二つの事柄に注意を引かれた。地名と日附じゃ。即ちマキシム・レリオはヴェルダンにいた。しかも一九二〇年十一月にそこにいたのである。行方知れぬ愛児に、悲しみの涙を流す父兄にとって、ヴェルダンの名と、十一月という月とは、ある特殊の情を引き起さずにはいられないものじゃ。もしもボア・ヴェルネー伯夫人が、毎日凱旋門の下に祈るのならば、もし私がやはりその墓に熱祷を捧げるのならば、一九二〇年十一月十一日、短期休戦の約が成って、砲火と鮮血に洗礼された聖地ヴェルダンで行われた、あの壮厳極まる情景を想起せざるを得ないはずじゃ。この事実からして、当時一九二〇年十一月、ヴェルダンにおいて猟歩特務曹長であったマキシム・レリオが、あの凱旋門下に現われたのをいかに説明するか？　私は直ちにその事情を了解した。了解するには長くもかからず、困難でもなかった。私は当時その隊長であった者について詳細を聞くことができたと共に、そこに一種の光明を認めることができた。八カ所の戦場から身元不詳の八人の死骸を八箇の柩に入れて集め、その中から神聖なる『無名の兵士』を選ぶ命を受けたものがある。命を受けたもの、即ち外ならぬこのレリオ特務曹長であったのじゃ」

ジャン・ルクスバルは拳を挙げて、書類を打って叫んだ。その顔には悲痛の憂憤《ゆうふん》の色がありありと浮んでいた。彼は重苦しげな声をおとしていった。

「君じゃ。マキシム・レリオ。しかして墓碑の地下室において、聖なる無名兵士の屍を守る栄《はえ》ある命を受けたものの中に、なおかつマキシム・レリオ君は列《つらな》っていたのじゃ。君の戦功、君の勇戦、これが君をして三色旗の下で不朽の墓葬に代表する栄誉を与えられたのじゃ……しかるに君は……」

感情の興奮につれてさすがのルクスバルも、言葉を続けることができなかった。彼が現に抱いている怪奇な一大秘密を今将《まさ》に言葉に現わしていおうとする、戦《いくさ》に愛児を捧げた父として、いうに忍びざる奇怪事を今将にいわんとする、いわざるを得ない立場に立っているので。ヘルキュル・プチグリは首を左右に振って、大臣が熱を籠《こ》めた一言一句を首肯し、称讃していた。

昔日の特務曹長は一言もいわぬ。一座は深い沈黙に陥った。

例えば包囲した敵を攻める一軍のように、最初の穏かさから次第に肉迫して、情宜両《ふた》つながら整ったルクスバルの熱烈な言葉に相手の三人は返す言葉もなく、伯爵は不安気に、夫人の方を眺めやるばかりであった。

ルクスバルは一段と声を低めて、

「今まではただ単に、儂自身の胸の奥底に流れたる漠然たる感情であったが、事実の進むにつれて、それが確然たる嫌疑に変って行ったのじゃ。怖れながら、知りたくないと祈りながらも、儂は証拠を蒐集した。しかも蒐集され来《きた》った証拠なるものは、厳として動かすべからざる大罪である。儂はその証拠を順次に申し述べよう。簡単に卒直になんの説明も加えずに、事実そのままを述べよう……まず第一に諸聖《トーサン》の日から十一月三日、それから四日、五日に亙って、レリオ特務曹長はある淋しい宿屋へ来て、そこで一人の紳士とその妻君とに会見し、夕食を共にして何事か語り合った。この紳士と婦人とは自動車で来たのであったが、実はその近くの大都市のあるホテルに滞在していたもので、儂はそのホテルに行って宿泊人名簿を見せてもらった。一九二〇年十一月一日から十一日まで、ボア・ヴェルネー伯夫妻はそのホテルに滞在していたのじゃ」

一座沈黙。伯夫人の蒼白な顔には苦悶が渦を捲いた。ルクスバルは書類の中から二枚の紙を取り出して、卓上《テーブル》の上に開いた。

「ここにあるのが戸籍謄本である。一つは一八九五年ドランクールに生れたマキシム・レリオに関するもの、今一つは一八九五年ドランクールに生れたジュリアン・ド・ボア・ヴェルネーに関するもの、即ちボア・ヴェルネー伯爵の令息じゃ。じゃから二人は、同年同地において出生した。しかしてここにまた、ドランクール村長の手紙がある。この二少年は同じ乳母の手で育てられた所謂乳兄弟《ちきょうだい》じゃ……」彼はちょっと区切って、書類を見ながら、

「しかしてジュリアンは一九一六年ヴェルダンで戦死している。即ちこれがズォーモン墓場の埋葬場

の写しじゃ。そしてまたここにあるのがレリオ特務曹長の報告書じゃ……『フリューリーよりブラに至る道路、旧予備隊陣地の塹壕内において身元不詳の死体を収容す……』云々《うんぬん》と。これが当時における配置図じゃ。予備隊陣地というのがこれで、ジュリュアン・ド・ボア・ヴェルネーを埋葬した場所から五百メートル離れている。で儂はその土地を発掘した。墓の中は空じゃ。ジュリアン・ド・ボア・ヴェルネーの柩はどうなったか？　ズォーモンの墓を発《あば》いたのは誰か？　ジュリアンの幼友達、ボア・ヴェルネー伯夫妻の親しい友、マキシム・レリオを除いて果して他に何者があるか？」

屍体の行方

ルクスバルの言々句々《げんげんくく》は、怖るべき事実を、如実に赤裸々に物語っている。相手に一言半句の弁明をなし得ないまでに、正確な証拠をつきつけて肉迫している。

ルクスバルはレリオに近づきながら、その眼をじっと睨みつけた。

「じゃが、それだけではなお明瞭を欠く点がある。しかし君が屍体収容の命を受けて、あの闇の中にあって行った行動を一々摘発し、明瞭に物語って聞かせる必要があろうか？　え、ないじゃろう？　奇怪極まる犯罪は開かれたる本に、一挙一動を記《しる》されてあるんじゃ。君の乳兄弟の屍はまずズォーモンの墓場から運ばれて、氏姓不詳の屍を集めた塹壕の中に横えられたことをわれわれは知っている。ね、そうじゃろう？　そしてそれが、八人の無名兵士の間において選ばれたのじゃが……」

しかしルクスバルは最後までいい切らなかった。彼は額に流るる汗を拭《ぬぐ》いつつ押えている激情のわずかに鎮静するのを待った。

「……実に怖ろしい犯罪じゃ。フランス国民が涙を流して哀悼する無名兵士、葬うべき親も知らず、葬わるべき子も知らず、国のために忠魂を捧げて、空しく野辺の草に屍を横《よこた》えた無名の勇士……その葬るべきを葬らずして、一箇の私情に駆られ……一片の利慾に眼眩《まなこ》んで、神聖なるべき職を汚し、親の死も子の行方も知らず、百年遺骨を待って泣く幾多国民を敢て裏切り、仏国のあらん限り、聖にして犯すなき凱旋門の畔《ほとり》、不死不朽の聖墓を瀆《けが》す。人の子の敵じゃ。国家の敵じゃ。国民を裏切り、国を欺く……しかも不正不義の金を得て遊興し、偽善偽信の涙を流して聖霊に花輪をささげる……なんと答えるか？　なんと申し訳をするか？　え、返事をせい？」

ジャン・ルクスバルはレリオにつめ寄せた。その怖るべき告白、いまわしい告白、彼は聞きたくない。聞かんことを祈りたい。しかし……不安と憂悶の沈黙は長く続く。ボア・ヴェルネー夫人は夫の出した気付薬《きつけぐすり》を嗅いだ。殆んど失神せんばかりである。

遂にマキシム・レリオが途切れ途切れに口を開いた。

「そうした事実を……あなたが信ぜられるのは無理もありません……が……閣下……しかし、そこには間違いがあります。思い違いがあるんです……」

その間違いなり、思い違いなりを説明し兼ねてか、彼は救いを求めるように伯爵を振り返った。伯爵はいよいよ危険な戦いにのぞむがごとき様子で、一目チラリと夫人の方を眺め、いかなる点から進もうかと思案しているらしかったが、ツと起ち上って、

「閣下、失礼ながら、あなたにお尋ね致したいことがあります」

「フム」

「閣下、あなたからのお手紙によって、私共三人がここに参りましてから、あなたのお話を承ります

に、あたかも私共が罪人かの如き態度をとられています。が、あなたのお言葉に対して弁明する前に、私はあなたがいかなる官名においてわれわれを訊問し、またいかなる権力をもってわれわれに答弁を要求なさるかを、承っておきたいのです」

「フム。なるほど」とルクスバルが答えた。

「この事件にして公表せられんか、わが国体に対して、拭うべからざる汚辱を与え、計るべからざる事態を生ずる、このいまわしい事件を消滅させたいのが儂の心からの願いであるからじゃ」

「もし事件がそれほどの大事でしたならば、閣下、それが公とされるなぞということは決してないはずです」

「いや、そうでない。飲酒のために乱れたマキシム・レリオが不用意な言葉を洩している。それは不可解な言葉であるにしても、しかしすでに想像を起し、風説を生み……」

「間違った風説で……」

「であろうが、あるまいが、構わない！　要は直ちに解決にある」

「エッ！　解決というは？」

「マキシム・レリオはフランスを去ってもらう。すでにレリオの地位は、アルジュリアの南部において作ってある。であんたは、あんたは喜んで彼のために、必要な資金を給与せられるじゃろうと信ずる」

「して、われわれは？」

「あなた方お二人もまた去って頂く。フランスを遠く離れて、そこには脅迫もないところがある」

「では追放ですね？」

「左様、まず数年間」

伯爵は無言で夫人を顧みた。

「屍体発掘。まだそれはよいとして、国家として許すべからざるは、国民崇敬の的である無名兵士の墓に関する一大瀆職事件である。しかも年月を経た今となっては、いかんともすべからざる事情に立ち到っている。為政者としての最後の手段だ」

伯爵は再び夫人を顧みた。顔色蒼白、今にも倒れそうな夫人は、その外面的の表情に反して、そこに強烈な力と、熱烈な執着とがひそんでいた。彼女は決意の意気を示してツカツカと前に進んだ。

「一日でも、閣下、いえ、一時間でも、わたしは決してパリを離れません」

「なぜです？　奥さん」

「あれがいるからです。あの墓の中にいるからです」

夫人は断然としていい放った。

夫人の告白

必然的な恐ろしい告白を籠めた一句、その一語一句が、死と葬喪《そうも》の唄を反響《こだま》させるごとく、怖ろしい沈黙裡に響いた。必死で叫んだ母性愛の悲叫。不死の墓下に、永劫に眠り続ける一大事件の真相を告白しているではないか。

ルクスバルは絶望のあまり両手で頭を抱えた。この最後の瞬間まで、彼は手に余るほどの確証を持ちながら、なおかつ一縷の望みを抱いて、彼等が不可抗の否定を待っていたのだ。しかし今ははや万事休す。

「すると真実《ほんとう》じゃの?」と彼は呟いた。

「そうとは思わなんじゃ……そんなことがあるはずがないと思った……事実とは思えない事柄じゃ……」

ボア・ヴェルネー氏は夫人の前に立って、なだめて坐らせようとした。夫人は夫を押しのけて、あくまで戦わんとするような気勢を示した。百年の仇敵が、今にも互いにつかみかからん勢いである。

伯爵もマキシム・レリオも、手を束《つか》ねて成行《なりゆき》を見るばかり。

あたかも三尺の秋水《しゅうすい》が鋒鋒《ほうぼう》相触れて、死生を一瞬の間に決せんとする如き、全精力を消し尽しての極度の緊張は、決して長時間続くものではない。

しかも両者必死の決闘をして、一層凄惨ならしめるものは、風楼に満つる態の沈黙であり、静寂である。怒罵《どば》なく憤怒なく、ただ重苦しげな心のうめき、その簡単な言葉が、ルクスバルの唇を洩れた。

「よくもそんなことができたものじゃ喃《のう》?……そんな大それた考えを抱いて、よくも生きていられたものじゃ喃……儂は、わが子の一人のためにでも、そんな怖ろしい苦痛には堪えられない……死者をして安らけく眠らせることができない。死者の不幸じゃ……死者の安住し得ざる墓場を与える! なんという兇悪な罪じゃろう! あんたはそれを感じないのか?」

彼はじっと彼女の蒼白な顔を眺めつつ、一層憤激に満ちた調子で云った。

「幾百万、幾千万の母や妻が、その愛児、その夫がそこに眠ると信じているのじゃ。あんたと同じ悲しみに悩めるそれらの人々が、夫人、同じ権利を持ってるそれらの人々が、ここに逆《そむ》かれ、盗まれて……そうじゃ、盗まれたのじゃ。闇から闇に盗まれているのじゃ」

彼女は口を極めた非難を受けて、いよいよ蒼白になった。彼女とても一瞬の間でも、自己の行為を思い、自己の道徳価値を考えない時はなかった。彼女は、ただ一個の母性として、子の愛のためのみに引かされて、他を顧みる暇がなかったのだ。彼女は続けた。

「いえ、わたしは誰もの場所を盗んだ覚えはございません……彼もまた一人の無名の兵士です……他の人と共に、あそこに眠って、総ての人々を代表しているのです……」

ルクスバルは彼女の手を摑んだ。行方不明となって、いまなおどこの草に埋《うず》もれたかも知るに由もない、自分の愛児のことを想い出した。どこに向って愛児の冥福を祈ろうか？　何れの時か、消えてはかない可憐の魂に出会うことができようか？

しかるに彼女は、自己一身の幸福をのみ昂然として主張する。

「わたしは決して涙を盗みません、祷りを盗んではいません。あの墓の前に来てひざをつくすべての母、涙を流すすべての母は、死んだその子のために祷っているのです。それがわたしの子であろうとあるまいと構いませんわ。何も知らない人ですから……」

「いや、儂が知っている。その母達もいずれ知る時が来よう？　その時……その時に起るにくしみの情、その時に起る憤りの情が、あんたには解らないのか？」

彼の憤りは心頭《しんとう》に燃えている。要はただかくのごとき盲目の女性を、一日も速かに国外に去らしむることだ。彼は断然として宣告した。

「夫人、あなたは国外に去ってもらいます。あんたがあの墓側に立つことは、他の母性に対する汚辱です。即刻立ち退《の》きなさい」

「いやです」と彼女が答えた。

「立ち退きなさい。立退いてこそ、初めて多くの人の子の母は、その権利を得、墓に眠るものが真の無名兵士になり得るのじゃ」

「いやです、いやです、いやです。わたしはあの子なくして一日も生きていられません！」

彼女はその子の英雄たる故をもって、断然として大臣の宣告を拒絶した。

ルクスバルは拳を緊《しか》と握った。できることならば、かかる不敵頑迷な母性を、一撃の下《もと》に押しくだいてしまいたい。しかし彼女は死よりも強くじっと彼の眼を正視している。

「よろしい。どうしても立ち退かないならば、儂は、儂の義務をあくまで遂行します。職務とし命にかけても、儂はなすべきことをなします……儂は一刻たりとも、かくのごとき思いを抱いて生きることはできない……よろしい、夫人があくまで立ち退かないとおっしゃるならば、子息に立ち退いてもらうのみです……あなたの愛児の死体に……」

彼女は慄えあがった。恐ろしい一語、墓場から追われて、どこかの一隅に葬らるべき愛児の屍《なきがら》、思ってさえも堪えられない苦痛である。見る見る彼女の顔は苦痛に悶えた。悲鳴をあげて彼女はその胸を押《おさ》えた。ボア・ヴェルネー伯が驚いて、彼女を抱き止めようとする間もなく、彼女はバッタリ床の上にたおれて気絶した。

戦いは終った。倒れた夫人はヴェルネー伯、及びその場にいたレリオとヘルキュル・プチグリの手で長椅子《ソファー》の上へ横たえられた。

「ど、どうしよう」

と伯爵は叫んだ。

ルクスバルは黙然として直立、一語も発しなかった。やがて彼は静かに電話機をはずした。

「ええ、私です、総理ですか?……至急お話し致したいと存じます。モシモシ、三十分後でないといけませんか? よろしい、三十分後に伺います……ありがとう……情勢切迫……至急御決定を願いたいのです……」

この間に伯爵は外套を脱ぎすて、一生懸命に夫人の介抱をした。

夫人の昏睡状態はしばらく続いた。しかし彼女がようやくに正気づいて、まずルクスバルの姿を見るや否や、乱れた声をしぼって絶叫した。

「連れて行って下さい……帰りましょう……わたしは一刻もここにいられません」

「まあまあ、気を落ちつけておくれ……一休みしてから……」

「いえ……行きましょう……一刻でもこんなところに……」

しきりに興奮している。伯爵の頼みで、マキシム・レリオが夫人を抱いて室外《そと》へ出た。ボア・ヴェルネー氏はプチグリに外套をかけてもらって、そそくさとその後を追って帰って行った。

外套

ルクスバルは依然として不動の姿をくずさなかった。悲劇は彼とは関係なく取運ばれたかのように思った。かくのごとき極悪無道の母性に対しては、一点の同情もできないように彼には思えた。熱した額を冷たい硝子窓に押しつけながら、彼はこの場合に対して取るべき、最も適切な方法を沈思していた。首相を訪ねてどうする？　こうなった以上、その筋に相談し、司法権の発動を待って解決した方がよくはないか？

「そうじゃ。下らぬ失敗をやるところじゃった。どうしても冷静にならねばならぬ」

彼は首相官邸まで徒歩で行く決心をした。外気を吸ったら、昂ぶった神経もいくらか鎮まるに相違ない。彼は帽子を取って戸口の方へ進んだ。

ところがアッと驚いた。驚くも道理、入口のところに椅子を持ち出してチョコンとプチグリが坐り込んでいる。刑事先生は室を出なかったのだ。

「やあ、君かい？」とルクスバルは不機嫌に叫んだ。

「左様、閣下、御相談を受けに来て、まさかに無断で帰《け》えれやしませんからなあ」

ルクスバルは苦い顔をした。なんという口のきき方をする奴だろう。彼はこうした無礼な態度に怒って、刑事をつまみ上げようとしたとたんに、プチグリが突然すっくと立ち上った。立ち上るや否や、彼は刑事の唇をついて左側につき出た犬牙《きば》を認めた。思いがけない恐ろしいものを見たようにさすがのルクスバルもフラフラとなった。猛獣の牙にも似た真白なこの犬牙、そこには皮肉と揶揄しか認められなかった。〝畜生！　儂はあしらわれちゃいないぞ〟と彼は内心で考えた。

彼が熟慮の上、決行しようとするところに、これら一介の刑事風情の容喙《ようかい》は無用のことだ。だがしかし、なんにしてもこの男の歯が気にかかってならなかった。なんだってこんな獣見たような歯を出しやがるんだろう……いやに薄気味の悪い歯である。

彼は叱りつけるように刑事を呶鳴りつけた。

「儂は急ぐ。なんじゃ？　話してみい」

「話す？　でも別に、申し上げることは無《ね》えです、閣下」

「何ッ、話すことがない？　まさか、君がここで寝泊りしようとは思ってないじゃろう」

「無論でさあ、閣下」

「フム、で？」

「で、その待ってるんです」

「何を待ってるか？」

「これから起ることでさあ」

「どんなことじゃ？」

「まあ、お待ちなさい、閣下。私よりゃあ、閣下の方が一層待ち甲斐があるんですからなあ。何、長いことはありません。数分間……まず十二三分とはかかりますまい……そうですね……十分……」

「何が起るものか……」とルクスバルは叫んだ。「あの通り立派に告白したのじゃから」

「告白とおっしゃると？」

「えッ、レリオと伯爵と夫人のいったことじゃ」

「伯爵夫人の言葉でしょうな。だが伯爵はなんとも申しませんぜ。レリオとてもその通り」

「君は何をほざいてるんだ？」

「別段歌をほざいてるわけではありません。事実を申し上げているんです。二人の紳士は、殆んど一語もいわずといってしかるべしです。喋ったのは一人きりなんです。あんただけですよ、閣下」

ルクスバルの脅迫もどこ吹く風とばかり、彼は平然としていい続ける。

「だが立派な演説でしたなあ。聞いててすっかり酔っちゃいました。雄弁です！　議政壇上でやったら大受けですね。だが惜しいことには場所が悪いんでしてな！　罪人を料理するにゃあ、演説じゃあいけませんや。じわじわと訊問するものですぜ。訊問に対する答弁を、よく聞くんでさあ、これが第一要件です。このプチグリが片隅で、感心して伺っていたと思ったら大間違いですぜ。このプチグリは二人の男から、特にボア・ヴェルネーから眼を放しませんでしたよ。だから、閣下、まず八分間以内にある男が来て、あることが起ると申し上げるんです。ええと……まだ七分三十秒ありますね……」

ルクスバルはギャフンと参った。彼はプチグリの言など頭から信じないし、何か起るなどということも、当《あて》にはしていなかった。しかしこの男のためになんとなく圧服せられてしまった。いやむしろ、あの恐ろしい、脅かすような犬牙に圧されてしまったのだ。彼は棒立になったまま時計を眺めたというよりはプチグリの顔色を覗《うかが》った。

刑事はたった一度身を動かした。彼は手帳の一端を引き裂いてルクスバルから借りたペンで、その上に何事か手早くしたためた。そしてそれを四つに折り、封筒に入れて、卓上の上にあった書類の間に挟んだ。挟んで再び腰をおろしてしまった。此奴《こやつ》何をしようとするのか？　あの怖ろしい歯が何に噛みつこうとするのか？

あと、三分。あと二分。勃然《ぼつぜん》と怒ったルクスバルはいきなり立ち上ると、そこいらにある書類を力まかせに叩きつけた。怪人プチグリ、及びその不快な歯が、無性に彼のしゃくに触った。

「シッ？　閣下……」と刑事が手を振った。「お聞きなさい」

「何を聞くんじゃ」

「跫音《あしおと》です。ほら、扉《ドア》を叩く」

なるほど、誰か扉を叩いている。ルクスバルは秘書だなと思った。

「一人じゃありませんぜ」とプチグリがいった。

「どうしてわかるか？」

「一人じゃできないからでさあ、只今申し上げたというのは、ある人の手をかりないと起らないんですからね」

「だが……おいッ！　何が問題になってるんじゃ？」

「真相ですよ、閣下。時機が来れば、井戸底にひそんでいられなくなるのですからね。扉を閉めておきゃあ、窓からでも入ってきますよ。だが扉は私の手の届くところにあるんですからね、閣下、開けてもよろしゅうございますか？」

ルクスバルは手ずから扉を開けた。秘書がヌッと頭をつき出した。

「閣下、唯今夫人を連れてお帰りになった紳士が、自分の外套を頂きたいとおっしゃいます」

「外套？」

「ハイ。外套をお忘れになったそうで、いえ、間違って着ていらしたそうです」

ヘルキュル・プチグリが傍から説明を加えた。

「その通りですよ、閣下。私は間違えたなと目をつけていましたっけ。あの方は私の外套を着て、自分のをここに置いて行かれたのです。まあ、その方をこちらへお通しした方がいいでしょう……」

ルクスバルも承知した。秘書は引きさがる、入れ代ってボア・ヴェルネー氏が入って来た。

外套は早速に交換された。

伯爵の告白

伯爵はルクスバルに挨拶をした後、そのままつかつかと扉口の方へ進んで把手《ハンドル》を摑んだ。しかし敷居際で、やや躊躇して、わけのわからない言葉を呟いていた。が、しばらくして再び室内へ戻ってきた。

「十分たちましたよ、閣下」とプチグリが囁いた。「これから、ことが起りまさあ」

ルクスバルは待っていた。ある種の事件が、刑事の言の通りに起るらしい形勢だ。

「何か御用ですか」とルクスバルがいった。

長い間もじもじしていたボア・ヴェルネー氏はようやく口を開いた。

「閣下、あんたは実際、われわれを告発するお考えですか？……そうしたことは非常に重大な結果を招致致しますから、失礼ながら今一度、閣下の御再考を煩したいと思います……考えてもごらんなさい。世間の評判……公衆の憤激……」

ルクスバルは断然として、

「いや、君、そうする外に儂としては致し方ないじゃろう？」

「いや、できます……しなければならない……すべては閣下と私との間において、立派に解決さるべき問題です……われわれが一致できないというはずがないことであると、私は考えます」

「一致と君は云われるが、ヴェルネー夫人は断然として承知されなかった」

「妻はそうでしょうが……私は？」

ルクスバルは驚いた。伯爵とその妻君との間の意見の相違は、今も今、すでにプチグリがいい当てたところだ。

「では、くわしく話して見給え」

伯爵にはやや困惑の色が浮んだ。決心のつき兼ねた態度で、一言一句を考え考えポツリポツリと話した。

「閣下、私は妻に対して無限の愛着を有《も》っています……ために、時にそれが私の弱点……危険な弱点となることもあります。これがまず最大原因です。子供の戦死を聞いて以来、妻は宗教的にかなり強い信仰をもっていたにもかかわらず、二度までも自殺しようとしたことがございました。従ってこれが妻の最大な苦痛となって、私がいかに監視致しましても、いつか機会さえあれば、怖ろしい計画を実行し兼ねない有様でした。で、こうした事情にあった時、私はマキシム・レリオを訪ねました。そしていろいろと話をしている内に、私はふとある計画を……思いついたのです……」

彼はあまりに恐ろしい言葉の前で、ためらってしまった。ルクスバルはますます苛れて、

「ぐずぐずしている場合でない。儂は君の計画が、いかにして遂行されるかを知っている。それが一番大事じゃ」

「確かに重大事に相違ありません」とボア・ヴェルネーがいった。

「事実、閣下はある行為の予備行動を完全に発見されました。そして閣下は性急にその結論を得られたのです。むしろ外面的から行為の完成を認定されたのです。ところが実はそうではなかった」

ルクスバルには皆目わからなかった。

「実はそうでなかった？　じゃが、最前君は別段抗弁しなかったじゃないか」

「できなかったのです」

「なぜ？」

「妻が聞いていましたから」

「じゃが、ヴェルネー夫人自身の口から、自白しているんじゃが……」

「左様。しかし私は何も申し上げませんでした。私の立場からいえば皆偽《うそ》なのです」

「偽？　しかし事実があるじゃあないか。今一度繰り返して書類を読み上げようか。屍体の発掘から、レリオとの会見のてん末を述べようか？」

「いや、繰り返して申し上げますが、その事実は計画の開始を示すもので、実行を示しているもので

はございません」

「というのは？」

「と、申しますのは、閣下のおっしゃる通りに、マキシムと私との会見もございました。屍体の発掘もございました。しかし私の考えは、国民を裏切るような、そんな大それた犯罪を行おうとは断じて思いませんし、無論マキシム・レリオもそれに同意するはずがなかったのです」

「では君の考えは？」

「ただ単に妻《さい》に対して……」

「妻《つま》に対してどうするんじゃ？」

「錯覚を起させるにあるんです」

「錯覚？」と繰り返したルクスバルにも、やや事件の真相が摑めてきたような気がした。

「左様、閣下。妻は生きて行かねばならぬ、生き甲斐があると思わせるような錯覚を起させるのです。事実現在でも、妻はそれによって生きているのです。妻は信じています。閣下、それが妻にとって、何を意味するかは御了解が行くことでしょう？　即ち妻は愛児が、聖なる墓の下に眠っていると信じているのです、こう信じていさえすればよいのです」

ルクスバルは頭を下げて、両手で額を押えた。忽然として心中にわき起った歓喜を、かくすことができなかったのだ。

彼は強《し》いて無関心な風をよそおいながら、

「ハハア、それが真相なんじゃね？　じゃが、現在調べ上げてある証拠はどうするか？」

「それは要するに、妻に信ぜさせるために作ったものです。妻は一切を見、愛児の死骸の行く先を、突きとめねば承知しません。ですから、ああしたことまで行ったのです。そうなれば妻はどうして疑いましょう。その愛し児《いと》がヴェルダンを去る、ほど遠からぬ地下に淋しく埋められて、時折りその小さな墓の前に、ただ一人の私、父親が涙と共にひざまずいていることなど、妻はどうして疑いましょう？　たった一人の愛児に、私から、何も知らぬ母から、ゆるしてくれと祈るこの私のあることを、妻はどうして疑いましょう？」

彼は事実を告白したのだ。ルクスバルもそれを承認した。母の心、妻を愛する夫の胸、そうしたことから生れ出たこの悲劇の真相を聞いてみれば、実にもっともなことで、一点疑念を挟む余地がないほど明瞭な経過である。ルクスバルはなおいった。

「で、マキシム・レリオの行動は？」

「マキシム・レリオは、ただ私のいうままに従ったまでです」

「その後の彼の行動は？」

「ああ、悲しいことに、金が彼をして身を持ちくずさせたのでした。これだけが私の大きな後悔です。私が金を与えれば与えるほど、彼はますます金を望みます。そして最後には、妻に一切を告げるといって脅迫します。しかし私は彼の性質が本来は正直であり、忠誠であることを断言致します。レリオはすでに私に対して、国を去ることを誓いました」

「それではじゃ」暫らく沈思してからルクスバルがいった。

「只今君の話されたことは絶対に真実である旨を誓うことができるじゃろうな？」

「どんな誓約でも致します。ただそれを私の妻に知らせたくないのです。妻には今まで通り信じさせておきたいのです」

「よろしい。秘密は守ろう。それは儂からお約束する」

彼は用紙を出して、伯爵に署名せよといった。が、この時、ヘルキュル・プチグリは書類を指さしてルクスバルに囁いた。

「あそこにある……閣下……本の下に……ちょっと押してごらんなせえ……あるから……」

「何があるんじゃ？」

「宣誓書が……私が今作っておきました」

「じゃあ、もう知っていたんじゃな？」

「いやあ、知るも知らぬもない……伯爵が署名さえすればよいまでになっています」

驚いたルクスバルは、書類の下から一葉の紙片を引き出して読んだ。

「私儀《わたくしぎ》、伯爵ボア・ヴェルネーはレリオ氏と了解の下に、私妻をして長男の凱旋門下墓地に埋葬されあるを信ぜしめんがために、ある種の行為をなしたるところ、それがため少からざる疑惑と嫌疑とを惹起したるは誠に恐縮遺憾に堪えざる次第に御座候《ござそうろう》。しかしながら、不幸なる愛児のために、無名兵士の名の墓をけがすごとき行為は、私及びレリオにおいて断じてなさざりしことをここに宣誓致候也《いたしそうろうなり》」

ルクスバルはただじっと沈黙していたが、大臣以上に驚いた伯爵は、一字々々を幾度も続み返した。

「結構です。一言一句の修正も致すところもございません。私が宣誓書を書きましても、これ以上に申し上げることはございません」

決心したらしい態度で彼は署名した。

「閣下、私はあなたを信じます。もしこれが少しでも妻に洩れますれば、妻はただ死あるのみです。

その点は十分お約束下さいましょうか……」

「無論、儂は堅く約束します」

彼はボア・ヴェルネー伯の手を堅く握った。そして無言のまま伯爵を戸口へ送り出して後、再び室内へ戻ると、相変らず窓硝子へ額を押しつけて沈思していた。

プチグリの笑い

恐るべき明察、プチグリは事前に、すでに事件の真相を察知したのだ！　あらゆる事実と確証とがありながら、なおかつ不可解の怪事件たる屍体運搬不正埋没の国家的大事件を、プチグリは目に見えぬ道をたどって、遂にその目的に到達したのだ！　ルクスバルは困惑と憤怒と歓喜とをごっちゃにしたような妙な感情に捕えられてしまった。あの怪奇な刑事の怖ろしい歯、犬牙がルクスバルの目前にちらついた。

儂をおもちゃにしやがった。解ったのなら解ったで、儂に一言いえばよいのに、ただ勝手に笑って見ていやがったのだ。なんてひどい野郎だろう……

口惜《くや》しい。口惜しいと思うと、彼は自己の体面上、なんとかしてこの汚辱を雪《そそ》がねばならぬような気がした。彼はクルリとふり向いた。


「それからどうなんじゃ？　とんだ機会じゃったなあ！　君は何か手懸りでも持っていたんか？」

「何もありゃしませんや」プチグリはてんで相手にしない。

「少し考えてみたら、わかりそうなものですね。え、閣下、何もそれほど、血道を上げる事件でもないじゃあないですか。それや実に唾棄すべきシナリオでさあ。伯爵夫人一個の苦しみさね、それをどうどうたる国家の第一人者が悲鳴を挙げるにも及びますまい！　え、なんの！　無名の兵士だ。一旦緩急あれば、動員もし、兵を集め、武器を集め、大将、元帥、大臣、宰相、皆義勇公に奉ずる。しかして名もなく野辺の草に、枯骨《ここつ》をさらすもの、すべて皆これ国家義勇奉公の兵であ。無名の兵士はすべて無名の兵士です。誰の子、誰の夫、その問うところにあらず。花を捧ぐるもの、涙を垂れて祷るもの、そこにわが子がおり、そこにわが最愛の夫が眠る。それでいいんだ。それをさ、凱旋門の下で蛇のように目をひからせて、金を費《つか》ったがどうの、金を渡したがどうのと、なんのための詮議立て！　そりゃあ、人の姿は汚いさ、だがね、大将、人の心はそれほど汚かねえ！」

ルクスバルはいった。

「じゃが、あの適確な証拠はどうじゃ？」

「証拠、そんなものは子供の玩具《おもちゃ》だ。私は、このプチグリは一見すると考えたね。凱旋門下で伯爵が支払わなかったら、レリオとの関係はどうなる？　と。それから伯爵が妻君を見た目で、私は悟った。たった一人の妻君を救うために、なんてことを考えやがったんだ。鼻の下の長い野郎だ。俺ンチの大将がうんと脅し上げりゃあ、あんな意気地なしは、直ぐ白状しちまうに違えねえとね。それがトリックでさあ、閣下、あんたの激怒、脅迫、だからヴェルネー伯一たまりもなく白状さ」

「なるほどなあ」とルクスバルがいった。

「じゃが、再び戻って来るということはわからんじゃろう？　何もかも君の思う通りに行くということは当にならんじゃろう？」

「なんの！　外套さね！」

「外套？」

「そこでさあ。それがなきゃあ戻って来ませんや。それが戻って来る口実になり、鼻の先にぶら下った司法権発動前の告白の口実になるんでさあ」

「ふーム」

「感心することはねえ、閣下。伯爵が出かける時に、私ア自分の外套を着せてやったんだ。気狂《きちがい》のようになっている時だ、何を着せられたってわかりゃしない。で、戸外《そと》へ出て自動車の中で落ちつくと気がつく。気がつくと考える。考えると妻君の方に対する口実にもなり、ここへ戻って来る口実にもなる。戻りながらまた考える。考えて自白すると、まあ、そういった段取りでさあ。いながらにしてすでに天下の大勢を知る。袖手《しゅうしゅ》して犯人の来《きた》るを待つ。人生この調子でなきゃあ何事も成功しませんぜ！」

ルクスバルは沈黙してしまった。プチグリは平然として笑っている。

暫くしてルクスバルは、懐中から一束の紙幣《さつ》を取り出して、プチグリの前に置いた。

「閣下。そんなもなあ要らねえ。私には私の仕事がある。金を貰って働くんじゃあねえ……だがね、閣下。閣下に一言忠告しておきてえ。閣下は理窟で政治をする。見ること聞くこと、すべてこれ理窟一点張りで処置しようとする。それが大間違いだ。事件の真相というものは、ちょうど泉が地の底を流れているように、表面に現われたものの下を流れている。決して肉眼で見ることアできねえものなんだ。だからそこに心眼《しんがん》の必要がある。だから、考えなきゃあならねえんだ。熟慮しなけりゃあならねえんだ。ねえ、閣下。失礼は御免なさい。ヘルキュル・プチグリは今日、わざわざ大臣室へ出張して、犯罪学の講義に来たんじゃあねえんだから……じゃあ失礼しますぜ」

彼は立ち上るとそのまままつかつかと歩き出した。不用意な態度、背後から一撃でもくれればグーもスーもなくやられるようにフラフラと階段をおりて行く。

「さようなら、閣下……それから、あんたの職務外にはあまり手を出さないが良うござんす。お互いに職務というものがあるんですからな……いえ……首相には私からしかるべく報告しておきましょうよ……閣下は法律を作り、国家為政の大綱を見ていればよいんでさあ。刑事上のことは、私みたいな刑事に任しておきゃ良うござんす……」

　彼は三歩ばかり進んだ。それから立ち停った。そしてルクスバルの方へ振向いて今までとはガラリ変った森厳な態度でいった。

「要するにです……冷静に考えてみると、ああいった伯爵が帰途、どんなことで逮捕されるかもわかりませんし、また彼がとんだ手品をやらんともいえません！　ねえ、そうでしょう。実に立派なトリックですからね。私としては、とんだ徒労《むだ》だったかも知れませんや。じゃあ、さようなら……」

　プチグリのあの怖ろしい歯が二つ、その唇の間から出た。そして彼は帽子をかぶって秘書に送られながら、飄然として官邸を出ていった。


「ワッハッハッ……」大通りへ出ると彼は大口開いて笑った。笑った勢いであの厭らしい牙のような歯がプッと口から吹き飛んだ。「アッハッハッ……入歯までが可笑しがって吹き飛びやがった。

　アッハッハッ、名探偵ヘルキュル・ポアロならぬ天下の名探偵ヘルキュル・プチグリとはようつけた。バラングレー首相も飛んだ洒落者さ。内務大臣管下、警視庁のベシュー先生を手玉に取って、総監以下目の敵《かたき》にしているバルネ探偵局長ジム・バルネとはいえんから喃《のう》、アッハッハ、まして天下の怪盗紳士アルセーヌ・ルパンといったらルクスバル先生め、目を廻したろうに、ハッハッハッハッ――」

鐘楼の鳩

麗らかに晴れて、風薫るこの春、私は、煤けてドンヨリと薄曇ったような巴里から逃れて、田舎へ出かけた。

漫然と飛び出した私は、無論、どこへ行く当てなどは無かったので、タクシイに乗ってからも、運転手に告げる行先に迷っていた。

だから当もなく乗って、当てもなく走らせている内に、私は、ふと、戦時中、私が米軍の通訳をしていた時、大変世話になったテーム牧師のことを想い出した。

当時テーム牧師はナンシイに近いデュアールの牧師をしていて、大いに歓待してくれた愉しい印象が、私の脳裡に残っていた。

その後私はドイツへ行ったが、文通を欠かさず親しい交友を続けてきていた。そして彼はデュアールからエーン県にあるプレーヌの司祭長に出世をした。私は一度訪ねて行く約束をしていたのだったが、雑務に逐《お》われて今日までそのままになっていた。

ふと、彼の事を想い出すと、急に会いたくなったので、早速郵便局へ車を走らせて、電報を打ってから、北部《ノール》駅へ向った。

正午頃、目的地へ着いたのだが、この古い村は、幾度か彼我《ひが》戦乱の巷となって、砲弾の雨に晒されたため、殆ど壊滅し尽されてしまったが、ただ一つ、昔ながらの面影を止めて、そそり立っているのが教会の鐘楼で、そのローマ風の素樸《そぼく》な姿が、ポツンと淋しく戦禍から取り残されていた。

私が駅へ降りた時、あの豊頬童顔のテーム牧師の姿が見当らなかったのには、いささか気が抜けた感じだった。が彼からの伝言によると、教会に泥棒が入って、いや入ろうとしたので、警察へ届けに出かけたから夕方までには帰る。家へ来て待っててほしいとの事だった。

司祭長の邸《やしき》へ着くと老女中が懐しげに飛び出してきて、

「まあまあ、よくいらっしゃいました。……でも大変なことで御座いまして、司祭長様も御心配で、その届け出とやらに御出かけで……」

と呶々《くどくど》といっていた。何も詳しい事は知っていないらしいが、浮浪者か何かが、賽銭箱の金でも盗もうとしたのだろう位に考えて、私は別に気にも止めなかった。何しろ戦後のことで、木材の切り出しや、壊れた建物の跡片付などに、沢山の外人労働者や人夫が入り込んでいたので、こんな事は珍らしくなかった。

私はテーム牧師の書斎に入って、長椅子に深々と腰をおろし、真赤に燃えるストーブの火を眺めながら、所在なさに書架を見直していると、ふと、オーガスタン・チェリーの書いた「メロバン時代史」が目に止まった。

このプレーヌの地は、メロバン朝華かだった頃、王朝のあった所で、今でも一部にはローマン風の優雅な建築物が残っている。この教会もその一つである。私はちょっと興味を引かれ、この書籍を引張り出して、所々を拾い読みをしていた。

「……ここにクローテルは秘密の一室を作り、三重扉の大金庫として、王朝時代の金銀財宝、宝石等を秘蔵した。かくて星移り年変って……」

私は燈火を持ってきてくれたのにも、気づかずに読みふけっていた。ガレスウイントの暗殺も、プラエテクスタスやルーアンの大僧正やレッダストやツール伯の殺害事件、その他いろいろの怪奇な事件の起ったのはこのプレーヌの地であった。

この土地にこうした怪奇な事件が続いたのは、ただ一つの目的、即ち王朝を手に入れる、巨万の財宝を手に入れようとする争奪のためだった。そんな事を思い浮べながら、夕暗が迫ってきたことも忘れて、読みふけっている私の背後から、突然、声があった。

「やあ、いらっしゃい。どうじゃな、その歴史は?」

「あ、お帰り。そうだね、我がフランスも、こうして見ると、恐ろしくひどいもんだよ。でも、それは遠い遠い昔のことさ」

私は椅子から起《た》ち上って、司祭長を見ると、その法衣は泥にまみれて、自転車に乗ったのか歩いて行ったのか知らないが、長い道を往復したらしい様子が見える。テーム牧師は、呆れたような顔をして、

「何んですと君! 遠い遠い昔の事? それがな? 冗談じゃあない、今朝のことなんじゃよ」

といって私の手にした書籍を見ると、

「ハハア。そんなものを読んで、この教会に宝が隠されているの、どうのこうのと仰るのじゃろうが、まあ、食事が先きじゃて、こうお出でなされや」

牧師は私の手をとって食堂に連れて行った。そこにはホカホカと烟の立っているスープが待ちわびていた。

彼は少しも年をとらず、相変らず肥って頑健で、豊頰童顔、胡麻塩の髪の毛がふさふさしていた。

「儂《わし》はちっとも変っとらんじゃろが。だが、君は、髪の毛が薄うなった喃《のう》」

「仕方がないさ、年だからな。だが、君の方の話を早く承りたいものだよ」

「まあ、儂の胃の腑の方を少し落ちつかせてからじゃ。肉を切りながら詳しくお話しましょう」

親切な婆やが腕自慢の料理の数々に、我々は暫く喰べるのに忙しく、黙ってナイフとフォークを動かしていた。

やがて肉料理が出た。なるほど美味そうで、舌なめずりをするほどであった。

「お話というのは、こうですわい」

と牧師が漸く口を切った。

「儂は朝のミサを七時にやります。そして鐘をつくのも儂じゃ。というのは鐘撞や下男を早くから起すのは気の毒じゃでの。何しろ来る人々は極く少くて、二、三人の老嬢、それに隠居と婆や位のものじゃ。ところで、この肉はどうじゃな」

「とても柔かくおいしい。まあ話をすすめて下さいよ」

「今朝も、例によって、早く起き、婆やを連れて教会へ出かけた。ところがじゃ、教会へ行って見ると入口の扉が半開きになっているんで、吃驚した。いつも夕方には必ず閉める事になっているので、儂がここへ来て以来三年間に、閉め忘れたのはたった二度しか無いのじゃ。でどうした事じゃろかと婆やに話しながら、中に入った。最初は別段気がつかなかったが、よく見ると、椅子が一つと祈禱台一つの位置が変っていた。儂は合唱席を通って、鐘撞の吊綱を解き、二三度素振りをくれて、ゴーンと撞いたが、いつも澄んだ高い鐘の音色が、低く濁っている。ハテ不思議と直ぐ気づいたので、鐘楼に行って見ると、扉が苦もなく開いた。昨日確かに閉めておいたはずじゃったのに、可怪《おかし》なことがあるものじゃ。鐘楼には油差しとか、掃除の外はめったに登る所ではないので喃」

「それから？」私は牧師の廻りくどい話にしびれが切れだした。

「で、儂は鐘の吊してある塔へ登ったのじゃが、ここはその昔、敵襲に備えて見張りをする所で、見張りのための、小さい四角な窓が切ってある。こうした見張り窓も段々と少なくなってきているが、ビクトル・ユーゴーはその『ライン紀行』の中で、エペルネー地方を通った時、これを詠じているのでな……」

「牧師さん、歴史の話はその辺で沢山だよ。話の筋を手取《てっと》り早く通してくれ給え」

「フーム。えらく性急《せっかち》じゃの。儂は鐘の事ばかし考えていたので、階段の足跡など、あまり注意しなかったのは残念じゃったが、見張り窓の一つの扉が、鐘楼の扉と同じように開っ放しになっていたのでまた吃驚しました。ここの鍵は鐘楼守が持っていて、先週の日曜以後、教会へ来てはいないのじゃて。で儂は鐘の所へ行って鐘を調べてみると、鳴らぬも道理、撞木の先端に嵌《は》めてある銅の上にすっぽりと覆いがしてありますのじゃ。吃驚もし、心配にもなった。で、早速その覆いをしてある紐を解き、ミサの鐘を撞くために大急ぎで、鐘楼を降りました。いずれあとからゆっくりと詳しく調べるつもりでな」

テーム牧師は急がしく食事を口に運び入れ、出てきたジャガイモの大きな皿に舌鼓を打って、手でつまんで、盛んにパク付いた。食慾誠に旺盛である。

「で、ミサが済んでから、婆やを巡査の所へ知らせにやり儂は何の目的でやって来たのかを確かめに出かけました。

見たが別段に異状はない。教会内の柱には何の傷跡もない。妙じゃわいと考えている時、婆やが戻って来ましてな、警察署の警部補が部下二人を連れてソワッソンへ出かけてしまい、交番ではちょっと空《あ》けられないから行かれない、儂に警部補の所まで行ってくれといいますのじゃ、糞たれ警察と怒ってみても仕方がない、で儂はまた調査をはじめましてな、鐘楼へ登りますと、階段の一つに糸蠟燭の小さい片《かけら》が落ちており、石の上には芯の燃えた痕がある。これはてっきり前の晩に誰れかがここへ忍んで来たものらしい。

それから見張室にはホンの小さい鶴嘴《つるはし》が一つ、柄が短くて、丁度、石工が、崖など登る時、小さい穴を掘って足場を作るに使うようなのじゃ、床の上に石膏や石の粉が乱ばっている所から見ると、どこか掘ったらしいのじゃが、見た処別にその痕もない。そこで儂は四角な窓の四隅を丹念に覗いて見て廻りまするとじゃ、その内の一つに踵をかけたらしい足跡がはっきりついておる。怪しいと思って眼をあげると、瓦が二三枚壊れているし、鐘のまわりに結んである綱を、誰れかが攀《よ》じ登ったらしく少し切れているじゃろが。何の目的で？　今以てどうにも解らない、鐘の頂上の棟木のあたりにも鶴嘴を使ったらしくかなり大きな穴があいている。わざわざそんな所まで行って調べるにも及ぶまいと思ったので、とにかく、鐘楼から降りてきた。所へあんたからの電報じゃ。儂はその準備をいいつけておいて喃、直ぐ検事局の方へ訴え出ることにしてソワッソンに出向きましたのじゃ」

テーム牧師は椅子を引き寄せながら、私をじっと見て、

「あんたはこういう事には中々智恵が廻る方じゃが、あんたならどうなさる。巴里ではこんな事件は再三扱っとるじゃろが？……」

「……」

私は笑って答えなかった。

やがて彼は私を書斎に連れて行った。

「いや、儂は、今夜、少し疲れているので失礼しました。が、この事件の解決に何か御参考になると思いまするので、この教会の事について少しお話しておきますのじゃが喃」

私が、探偵にさせられてしまったのにはいささか驚いた。

「この頃、訪ねて来たものは無かったかい？」

「いや、トンとありませぬ。プレーヌが昔の都であった事など今時知っている人は殆どありませんな。シュマン・デ・ダム見物に来るアメリカさんの車は沢山あるが、私の所へ立寄る方は一人もないという有様……ところが……」

テーム牧師はツルリと掌で額を撫でて、

「ところがじゃ、思い出すと、数日前の事じゃった。数人の観光客が訪ねてきて、鍵を貸してくれ、鐘楼を見せてくれと婆やにいいましたが、しかしじゃな、このお客と、先夜忍び込んだ奴とは別じゃと思うとる。その客は三人か四人で、自動車で来て、鐘楼などの見物をすませると、直ぐ出発したそうじゃから喃。

何しろやれ侵入だ、戦闘だ、爆撃だと、この地方も恐怖でテンヤワンヤの大騒ぎ、興味を持てるようなものを保存出来るはずがない。この教会にしろ何にも残っているものはありはせん、一切合切、無くなってしもうて、残っているといえば十四世紀頃のものと覚しい祭壇の飾りだけじゃろ。壁面なども先代の趣味で、とんと無趣味な色に塗り変えられ、石面に残った原始的な彫刻なども、殆ど見る価値はありゃあせん。見るものも、観賞するものも残っておらん、この教会、訪ねる人とてもないのが当り前で、来る人といえば教会の巡礼をするような方ばかりじゃでの、ハッハッハ……世も末じゃて。では儂も偉う疲れましたでの、それに明朝七時にはミサもありまするで、これで失礼。いずれ明朝、食事の後は邸内を一廻り御案内致しまする」

テーム牧師は室《へや》を出て行った。私も間もなく寝室へ行ったが、あれやこれや考えて中々寝つかれなかった。が、さりとて名案も浮ばなかった。

翌日、差し込んだ朝日に吃驚して私は床から落っこちて跳び起きた。が時計を見て安心した、まだ八時である。パジャマのまま食堂へ行くと、早起きの牧師はもう朝の食事をしていた。

「やあ、お早う、どうじゃな御機嫌は？　よく寝《やす》まれましたかな？」

「お早う。ところで、例の泥さんは？　泥棒はどうです？」

「泥棒？　あんたが勝手に決めている泥棒ですかな？　今朝、早う巡査が来ましてな、詳しい報告を検事さんに出すそうじゃ。じゃが、何一つ盗まれてはいないらしいから、泥棒とはいえんそうじゃが、屋根へ登ったのは事実じゃから、そのように処置するそうじゃが、あの鐘楼へ侵入した奴を捕えることはまあ、難かしいらしい喃。ところで、どうじゃな、あんたの考えは？」

「いやあ、まあ着物でも着て、あんたの一緒に現場を調べましょうよ」

それから一時間後、教会へ行き、鐘楼へ登った。撞木の先を包《く》るんでいた布というのを、牧師が見せてくれたが、それは総《ふさ》付の蘇格蘭《スコットランド》製の布片であった。

「これは旅行用の布ですよ」と私がいった。「自動車の覆にする布だ。すると、先週、見物に来たという連中がまず以て怪しいな。それから、昨夜話しのあった鶴嘴ってのはありますか？」

牧師から示されたものを見ると、全くの新品で街の商店から買ったものらしく、これは商店を調べれば買手も解るはずである。

私は見張り室をずっと調べてみた。すると、他の石よりずんと大きな石が一つ壁間に埋めてあるのに気がついた。

「こりゃあ何んですか？」

「ホホオ……何か彫ってあるようじゃが、どうも読めない。儂は別に気にも止めていなかったのじゃが、何かラテン語のようじゃ。すっかり磨滅して読めそうになくなっているの」

私は鼻の先を喰っつけ、嘗めるようにして見たが、これはどうも古いローマ字で、一語一語がぶっ続けて彫ってあって、字間も行間も見分けがつかない。それでもやっと拾い出した言葉をつづって見ると、

QUU...COL......GET......RUS...RIET

これだけでは何の意味もなさないので私はじっと書き取った紙片を見つめて考えていた。といきなり牧師が私の背をドンと叩いて、私を天窓の方へ引張って行き、その一つを指して、

「ほら、御覧、あれが泥棒の仕業じゃ」

私は指された外側の方を覗いて見たが、陽差しが丁度鐘楼に垂直に落ちているので、頂上の直ぐ近くに開けた黒い穴しか見えなかった。

「ありゃ、何だね、石の上の方の細工は？」

「あ、そうじゃ、あんたに話すのを忘れていて、すまんじゃったが、ずっと古い昔に作った石の鳥じゃよ。この教会は、その昔聖霊に捧げたものじゃによって、多分あの鳥はその標識じゃろ」

私は思わず飛び上った。

「そうだ！　それだ。それは鳩じゃないか？　占めた、犬もあるけば棒に当る！　それで解った。今あった石の文字は、まず以てこうなるよ。

QUU...COLUMBA（あるいはBAM）...GET...RUS...RIET
鳩という字が一つ解ってきたよ」

私は身をかがめ、眼に手を当てて、はっきりと鳩を見分けた。鳥は身を丸くして首を翼の中へかくし、まるで大きな卵のような形になっている。

「妙な形をしているね、あの鳩は。全体鳩ってのは翼を張って、嘴《くちばし》をツンと立てているのが普通で、あれでは、休んでいるか、眠っているようじゃあないかねえ？」

「そうなんじゃが、ああなっているんじゃから、儂にはどうもならん。昔から、あのままの姿での、いかい爆撃があっても、目を醒ましよらんでの」

こんな説明では腑に落ちようはずがない。私は鳩の彫物の近くまで行ってよく調べたいから綱を一本貸してくれと牧師にいった。牧師は鐘楼を降りて、頑丈な綱を持ってきてくれた。私はその綱を鳩の傍にある附近に引鈎《ひっかけ》るので非常に骨を折ったが、何とか手掛りをつけた。こうして一本の綱を頼りに私は登りながら、

「ねえ、牧師さん、先夜のお客さんも、こうして登ったらしいんですよ、だから鐘の音をわざわざ止めたんだ。だが謎は、あんな高い所には無いんじゃないかな。でもまあ念のためだ。一応調べる所までは、調べてみましょうかね。ハッハ……」

それから腕の力だけで私は難なく頂上に登って行ったが下にいる牧師は、

「オーイ、命が無いぞよオ。気を付けてくれよオ。何んだって、そんな無茶なことをするんじゃろか、オーイ、あんた。無茶しなさるなよ」

五分ばかりして私は降りてきたが、調べた処では、鳩の標識の台石にも同じようなものが彫って

あったのを見た。しかし、長い星霜と、風雨に殆ど磨滅して僅かにその痕跡を止めるに過ぎなかった。穴については中に何もなかったし、何か入れてあった様子も無かった。期待した当がすっかり外れたので、私はいささか不機嫌で見張り室へ入ってきた。

「チェッ、何んにもねえや。こんなことなら、早くそれをいってくれればよかったんだ。ここでは何もする事はない。帰ろう」

我々は鐘楼の扉を閉めて、牧師の家へ戻ったが、書斎を通って、昨夜読んだチェリーの書物を見ると、

「ねえ、牧師さん、あんたの教会について、何か他の古文書はないかね？」

「何も残っていようらん、何しろ革命時代にすっかり亡くなって喃」

「フン。仕方がないな。まあ考えるより外に手はないよ」

私は椅子に腰をうずめて、傍の辞書をくりながら、最前写してきた謎の文字を書いた紙を拡げた。

「問題はあの鳩だ、鳩が寝ているということは理屈に合わない。とすると、そこに何か意味がありはしないのかねえ、牧師さん、この変な文字の間に欠けた処がある。最初のQUUと、その次に来ているCOLUMBAという字の間にもう一字だけ入る余地がある処から察するにだ、その間に来る文字はまずMしかないらしい。これを入れて見ると、QUUMCOLUMBAとなる。即ち『鳩が何々したら』という意味だ。鳩がどうしたか？　ところが鳩は眠っている。とすると、鳩が眼を醒ましたら？　ねえ牧師さん、鳩が眼を醒したら、GETという字がつづいて出てくる。当然ここには動詞が来るはずだ。とすると、QUUM, COLUMBA RESURGET……」

テーム牧師は段々と興奮してきて、無性に書棚を引掻き廻しながら、

「驚異じゃ、素晴らしい……あんたが文学などをやったのは誤りじゃった喃、何故司法官にならなかったのか喃、惜しい事《こっ》ちゃ」

私はそれを押し止めて、

「とこれだけではないな。鳩が目醒めた時には、何か起ってくるはずだ。何か大事なことがあるはずだ。先週来た来訪者は、それが解ったらしい。そうだ、思い出した。昨日読んだチェリーの書いたものの中に、このプレーヌ地方には巨万の財宝が秘められてあると書いてあったっけ……」

私は暫くの間謎のような文字を見詰めて考えていた。そしてテーム牧師の眼の前で、字と字のあいている所へ文字を書き加えた。

QUUM COLUMBA RESURGET THESAURVS APERIET
「ホラ、御覧なさい。こうすると意味がはっきりしてくる。『鳩が目を醒ました時、財宝が現れる』ということになる。じゃあ、もう一度前の所へ行ってみようよ」

我々は邸を出たが、テーム牧師はしきりに額を叩いて、

「フーム、なるほどなあ、どうして儂《たぐ》はそれに気がつかんじゃったろ」

我々は再度鐘楼に登った。綱を手繰って鐘の処まで行ったが、私は両手の使えるように腰に綱を張った。鳥の彫刻の傍へ行って、上にやったり、下にやったり、左に右に動かそうとしてみたが、ビクともしないので、諦めて、失望しながら降りた。

「あれじゃあなさそうだから、他を捜そう。石屋が細工をしたとしてもあの穴じゃあない。どんなものを入れるにしたって、深さも、広さも足りない」

私は埃と塵で身体中が汚れてしまったので、テーム牧師が、

「やあ、ひどく汚れたね、納戸の方へいらっしゃい、古いブラシがあったはずじゃから、それで払ってあげよう。まるで泥棒のようじゃハッハ……」

案内されて行った納戸は小さい室で、隙見穴から光が差し込み、周囲には戸棚がずらりと作ってあった。牧師が埃の身体を叩いたり払ったりしてくれている間、私は四辺《あたり》を見廻した。と二つの戸棚の間に、極めて貧弱な、原始的な彫刻をした木製の席が目についた。

「あれは、君から話のあった櫃《ひつ》というのかい」

「そうじゃ、壁に取りつけてあって、星霜ここに幾百年、時代の移り変りをじっと見詰めてきた事じゃろう」


私は近づいてよく調べてみた。古い樫の木で出来ているが白蟻に虫ばまれてボロボロになっている。彫刻は貧弱だが、中世紀の製作と覚しく、相当に厚い板を巧みに枘《ほぞ》を切り、枘穴でつないだ細工、中々なものである。当時細工物師といわれた大工の細工らしく、素朴な線で太いがっちりした作り方で、壁の中に作りつけにしてあった。四隅などに金具をはめ込んで、一種の金庫造りになっている。

驚いたことにはその一脚の足が欠けている。

「欠けた脚はなかったかね」

「いやあるよ。家具に取りつけてあるんじゃから、よう御覧」

なるほど、座席の処へ奇妙な金具で取付けてあった。よほど長い前からやってあったと見えて、ちょっと見分けがつかぬほどに古びていた。

「この家具を開けて見た事がありますか？」

「いや、無い、前任者が、大工に相談をしたそうじゃが、無駄な仕事で、碌なものの入れてあるはずもないのじゃろうからというので、そのままになっている」

私は櫃形の座席をじっと見詰めていた。そしてそのまま引き上げて書斎に戻り鐘楼に刻んだ謎の文字のことを、あれこれと話し合った。夕食後もその話題になったが何の結論も出なかった。その時巡査が被害状況調査に来、また建物が国家管理になっている関係から、美術係の役人もやって来たので、牧師はそそくさと応接間の方へ出かけて行った。

牧師は二時間許りたって書斎に戻ってきたが、私が、室の中をいらいらしながら歩き廻っているのを見て、

「ど、どうしなさったのじゃ？」

「まあ、大体謎が解けたと思うが、二日経たないと申上げられない。第一、あの泥棒を捕えなくちゃならないんで、それには一石二鳥の案を思いついたんだ。一つには泥さんを捕え、一つには鳩の謎を解く」

「ホオ。それは教えてもらいたい喃」

「いや、まだまだ」と私は頑強だ。そこで、私は、次のような手紙を、地方で発行している「東光」新聞やその他の新聞に送ることにした。

「プレーヌ教会は先夜、奇怪な泥棒に見舞われた。が、要するにこの泥棒は今日まで発見されなかった謎の彫刻文字を曲解して、誤った途によって捜査をしたらしい。即ち彼等は地上の財宝を空に求めたのであるが、財宝は依然として地上にあるのである」

テーム牧師は私の肩越しにこの電文を読んで吃驚して、

「そ、そりゃ何のことじゃ?」

「僕の秘密です。とにかく、明日から新聞に出ると、ちと用心をせんといかんよ」

そのまま私は牧師の家へ引き上げた。

翌朝、大急ぎで新聞を見ると、各新聞に私の通信が載っていたので、私は警察へ行き警部補に会って、今夜は是非警戒のための警官を派遣してくれるよう依頼した。

テーム牧師は一日中そわそわして落付かなかったが、私はただニヤニヤ笑っていた。村では「巴里から来た紳士」として私に関心を示していたが、私の素性など知る由もなかった。

我々は懐中電燈やチョコレートや座蒲団などを用意して、夜の八時頃懺悔室へ出かけ、巡査と刑事達は大祭壇の蔭に身をひそめた。

夜の時は静かにゆっくりと経っていく。と私が故意と閉めておいたポーチの扉の鍵がカチッと鳴った。男が入って来た。つづいてまた一人、僅かな自動車ランプの光を浴びて進んで来る。

私は牧師の手を緊《し》っかり握り、片手でポケットの拳銃を押えた。そして二人の泥棒が鐘楼の扉口の方へ進んで来るのを待って、懺悔室の扉を開けてヌッと彼等の前に出た。片手にはピストル、片手には懐中電燈を持って、アッと驚く泥棒に、

「諸君、待たれよ、テミスが御待ち兼ねじゃ」

とユーゴーの台詞《せりふ》をいった。が警官の方はそんな風流があればこそ、いきなり飛び出した。

「手を挙げろッ!　射つぞ!」

賊二人は難なく縛り上げられて身動きも出来なくされてしまった。

「さて、牧師さん、それからお巡りさん、諸君、では御約束通り謎解きを致しましょう。この謎は牧師さんの書斎にある書物を見て解けたんです。鳩の秘密は飽くまで鳩の中にあるんですが、しかしそれはあの鐘楼の翼の中へ首を突込んでる鳩ではない。クローテルは中々頭のいい洒落た男らしく、この大秘密の謎を語呂合せでやってのけて、鳩は鳩でも財宝を隠した鳩は別の鳩でした。これです」

私は身をかがめると傍の中世紀の櫃の足、座席につくりつけてある足を力一杯引張り、上から下へ動かしながら、説明をつづけた。

「牧師さん、君の書斎の棚の二列目にあるアシェット版フェリスの著書に古い家具の事が書いてあった。それによると『中世紀でクーロンブまたはコロンブといったのは今でいう鳩《コロンブ》ではなくて、柱《コロンヌ》、または支柱、といった意味、即ち何かを支えているもの、椅子の足の類である……云々』と書いてあった。これで私は謎の鍵を摑んだ。そこで婆やさんに聞いてみると、先日の客は祭壇へは案内しなかったという。だから、彼等は鐘楼に行って、あの文字を読み、石の鳩を何とか動かそうといろいろ苦心したという訳なんですな。石の鳩は動くはずがない。変だなと考えている内に、私は、あのヒントで櫃になっている座席の台座の柱に気がついた」

私が足をいろいろに動かして見ている内に、ガタリと細工がはずれて、座席の下に大きな穴があいて、秘密の金庫の扉が開けた。巡査も思わず二、三歩進んで、その穴を覗き込んだ。秘密の金庫に燦然と輝く宝石、宝冠、金銀が一杯詰っていた。眼を奪うばかり。

私は思わず我を忘れ、泥棒を忘れて、懐中電燈を穴の中に差し込み、皆驚きの声をあげて、その中の財宝を覗き込んでいた。

とこの時、不意に背後で起った声、

「いや、どうも有難う、諸君、我輩は大馬鹿だった。幸い君のお蔭で宝庫が開かれた」

私は声を出すのを堪《こら》えて唇を噛んだ。背後に立った男は痩せぎすな、頑健な体軀、ニコニコと皮肉な微笑を浮べながら、ピストルを構えた最前の泥棒二人に護《まも》られていた。

「失礼だが、我らは二人ではなく三人でしたよ。ただ、我輩は自動車を監視するために残っていたんです。元来が自分自身で活躍する習慣なのだが、実際を白状すると、我輩は納戸に櫃がある事は知らなかった。だが、今朝の新聞に出た記事についてはその真実性を大いに疑問を持っていて、伏勢がいるんじゃあないかなと思ったが、まあこれも商売ですからね、挑戦されては来ない訳にはいきません」

と急に言葉を切ったかと思った瞬間、突如、彼の腕が空にスウィングして美事なアッパー・カットを一歩進み出た警部補の顎へキナ臭く叩きつけた。

「少し静かに寝ていろよね、君、お前は、ちとうるさいからな」

彼の合図で、二人の仲間は我々の手足に手錠をかけ、猿轡をしてしまった。かくて床の上に横たえられた我々は、この皮肉な紳士が、穴蔵の金庫の中から金銀財宝を殆ど運び出すのを見ているばかりだった。

「鳩《コロンブ》と柱《コロンヌ》なんていう語呂合せの謎は子供だましだね、先般、我輩がここへ訪ねてきた時には、こんな謎のある事は予想もしなかった。その時、連れの一人に天才的な小説家がいたので、その友人のために見物に来たようなものだった。ところが偶然鐘楼の一室に宝が隠されているらしい、あの妙な彫刻の文字を発見したという訳なんだ」

といって今度は私の方を見ながら、

「ねえ、君、君ア中々親切だったね、たった今ドン・カルロスを真似たあたり面白かったよ。ね、君アクレビロンの一句を想い出さないかね、既にポーが使用ずみだが『しかし不幸なる運命……』とか何とかいう奴さ。……じゃあ、諸君、御機嫌よう。郵便局が開き次第委細電報を打つよ。さよなら……」

千古の財宝をさらって、彼は出て行ってしまった。

翌朝の七時のミサの時に、我々は縄を解かれて自由の身となった。

警部補はカンカンになって直ぐ様電話で、署やら県警察の方へ急報した。私は悄然として荷物をまとめて、テーム牧師に対して深く詫びた。

「牧師さん。御免なさい。自分の趣味から、余計な舞台の筋を書いて、飛んでもない事になってしまった。でも、あんな先生にかかっちゃあ、手も足も出るものじゃあないんだから、どうにも仕様がない、運とあきらめて下さい……」

私は重い気持で夕方四時の汽車で出発した。見送りに汽車の中まで来た牧師は、

「ありゃあ、何も二度と手に戻らないじゃろうねえ?」

「まあ駄目だね。オヤ。呼んでるよ。電報らしい。何んだろう?」

彼は封を切って読んだが、そのまま私に差し出した。電文は簡単に

「アツクオレイモウシアグ。ゴキゲンヨウ。オモシロイジケンデシタ。　アルセーヌ・ルパン」

編者あとがき

本集は、モーリス・ルブラン原作の非ルパン譚を、保篠龍緒がルパン＝バルネ譚に改作した作品集である。バルネとはバーネットのフランス語読みであり、ルブランの『バーネット探偵社』は、保篠訳では『バルネ探偵局』である。

いうまでもなく、モーリス・ルブラン（1864～1941）はフランスの小説家で、怪盗紳士アルセーヌ・ルパン・シリーズの生みの親である。『バーネット探偵社』は、シリーズ後半、名声を確立したルパンが、調査無料の私立探偵ジム・バーネットと称し、ベシュー警部を狂言回しに、最後に金品をちょろまかす、皮肉たっぷりの傑作短編集である。

保篠龍緒（本名星野辰男、1892～1968）は、そのルパン譚の早い時期（大正七年以来）の紹介者であり、個人全訳者であり、戦前戦後の昭和時代にルパン訳を独占した、つまりは代表的翻訳者である（保篠の略伝と業績については、拙稿「保篠龍緒（星野辰男）について」〔論創社『保篠龍緒探偵小説選Ⅰ』二〇一六年刊行〕、「保篠龍緒著作目録」〔『同上Ⅱ』同上〕参照）。

一方、講談調の活劇・勧善懲悪が保篠の好みであり能力であって、掲載誌の紙幅や性格もあり（保篠ものがよく載った『探偵クラブ』や『オール読切』は、スリラー誌・大衆誌の典型である）、しだいにルパン譚は抄訳化・俗化し、自らルパン譚を創作しただけでなく、それをルブラン作として公表したり、本集に収録のように非ルパン譚をルパン譚に改作したり、日本ルパン俠盗龍伯を創造し、ルパンの名声とトリック・プロットを流用したりした。一頃猛威を振るった完訳主義者なら、目をまわすところだろう。これでは功罪相半ばのようであるが、ルパンとルパン譚を我国に普及・定着させたことは、殊勲甲である。ちなみに、星野辰男として忘れてならない功績は、映画や写真といった映像文化の開拓・普及である。

改作は、編集者側にとっては売らんかなであったかもしれないが、長年ルパンに親しんできた保篠にとっては、やってみたいことであり、あるいは自然に手をつけたものであったかもしれない。ルパン・ファンとしても見てみたい気がする。さてその試みが成功したか、何ほど面白くなったかは、読者が判定してもらいたい。

赤い蜘蛛

初出は『探偵クラブ』昭和二十五年十月号～昭和二十六年二月号で、以後、保篠の各種ルパン全集（日本出版協同版、鱒書房版、三笠書房版等。以下同じ）に収録される。

原作は「LE CHAPELET ROUGE（赤い［すなわち、血染めの］数珠）」であり、保篠が用いた原本を星野家で見い出せていないが、ラフィット版の単行本（一九三四年刊行）によったのではないか。初出の新聞『LA VOLONTÉ』1932.11.21～12.31における題名は「LE CLÈS MYSTÉRIEUSE（謎の鍵）」であり、現行題名になったのは、先のラフィット版からであるが、一九七五年のジャック・グレナのマルジナリア叢書版は、元の名となった。

『LA VOLONTÉ』は、「左翼の大日刊紙」と銘打つ左派系（といっても、全く急進的でない急進党の）新聞である。政界を巻き込んだ金融詐欺事件スタヴィスキー事件（一九三四年）の主犯で謎の死を遂げたアレクサンドル・スタヴィスキーは、同紙を買収しており、編集発行人アルベール・デュバリーは、事件に関係して逮捕された。

数珠《シャプレ》とロザリオ（フランス語でロゼール）の語は、互に融通し合うこともあるが、シャプレは祈りの数を数える数珠様のものいい、ロザリオは、小は主の祈りのための大玉とアベ・マリアのための小玉十個からなり、大はそれが、十五の玄義（マリアとイエスの生涯を特徴付ける場面）に応じて、十五連となった百六十五個のものである。

全能のルパン＝バルネを登場させたがため、後掲作品も含め、何でも「我輩の思ったとおり」で片付ける傾向にあるのは、底が浅すぎるであろう。しかし、ルブラン作品の探偵（ここでは刑事）をバルネ＝ルパンに擬することは、してみたい誘惑にかられるところである。他の探偵には、『三十棺桶島』の冒頭で女主人公ヴェロニックへの報告書に名を残すデュトレーリがあり、その「なまいきな言い草が、なれなれしい冗談ぐちが」（堀口大学訳）ルパン的だが、作品が重たすぎたか、さすがの保篠も手を出していない（この作品では、ルパンは後半にしか登場しないので、両者の両立は可能ではある）。『赤い数珠』がルパン譚とつながっているのは、バルネにお株を奪われたルースラン予審判事その人の存在によってである（後の『カリオストロの復讐』に登場する）。

保篠はさらに、表題にあるとおり、原作にない蜘蛛《くも》を登場させて、おどろおどろしさを演出するとともに、早業殺人を示唆する手段としている（併せて、「珠数」［保篠の表記］も登場する）。「じゅず（数珠）」と「ちじゅ（蜘蛛）」、「珠」と「蛛」の類似は、まあ、偶然であろう。

保篠は又、盗まれた証券の価値を、戦後インフレではあるまいが、六十万フランから百万フランに値上げしている。一方、ボアズネ（ボアジュネ）がもらった金は、十万〜二十万フランから、一万〜五万フランに格下げしている。この辺は、わかりやすい数字を持ってきたところであろう。

原作の評価は、「70歳〔近く〕という年齢を思わせぬみずみずしさを湛えた謎ときもの。心理推理小説に転身したルブランのまったく新しい一面〔というより、かつての普通小説に戻った〕を具現した秀作」（創元推理文庫版『赤い数珠』扉参照、〔　〕は筆者による）というのが、宣伝文とはいえ、正鵠を得たものであろう。保篠の評価「ルブランが七十才に近い老齢の作である。が、その筆の若々しさと潑剌とした行文の妙は老人の筆とは見えない若さがあり」云々（日本出版協同版ルパン全集『赤い蜘蛛、ルパン・ノート（２）』の「はしがき」参照）もほぼ同様である。大冒険には程遠いが、家庭内悲劇で、盗られた物を取り返す正義も手馴れたものである。

ドルサク（ドルサック）の獣性には恐ろしいものがあるが、ルパン譚では、ルパンが犯人や盗賊でなくなってから（それが遠からず訪れることは、第一短編集『怪盗紳士ルパン』〔一九〇七年刊行〕へのジュール・クラルティの序文「ルブランの場合は、アルセーヌ・ルパンが犯人であることを事前に知っています。〔…〕ここに構成上の暗礁があり」〔保篠訳〕でも明らかだ）、常軌を逸したものが目白押しである。その女性観については古典的なだけでなく、フランス人だからだともいえるかもしれない。例えば、『二つの微笑を持つ女（保篠訳では「二つ靨の女」）』のデルルモン侯爵はいかにも端正な老紳士であるが、昔は女性コレクターであった。

刺青人生

初出は『宝石』昭和二十五年二月号で、以後、保篠の各種ルパン全集に収録される。

原作は「LA VIE EXTRAVAGANTE DE BALTHAZAR バルタザールのとんでもない人生」である。初出は新聞『LE JOURNAL』1924.12.26〜1925.1.25であるが、本編は、保篠の「はしがき」にあるとおり、ルブランから送られてきたタイプ打ち原稿によっている。恐らく、昭和初年に、保篠がルブランの翻訳権を取得した頃、ルブランはサービスとして、あるいは販路拡大の一環として送ったものであろう。

ルブランの翻訳権については、最近では、東京創元社の戸川安宣からの聞き取りをまとめた『ぼくのミステリ・クロニクル』(国書刊行会、二〇一六年刊行)に、その経緯が紹介されているが、「別に正式の契約が結ばれていたわけでもお金が支払われていたわけでもないことがわかりました」とあるのは、誤解を招く。南洋一郎訳ポプラ社版ルパン全集の編集担当で、ルパン同好会会員の秋山憲司氏の調査によると、保篠は、大正末から昭和初めにかけて、朝日新聞連載や平凡社版全集のために、確かにルブランと契約を結んで金を支払い、翻訳権を得ていたが、東京創元社やポプラ社等が獲得に乗り出した昭和三十年頃には、どれもとっくに(実は戦前に)期限が切れていたのだ。

バルタザールの住む「モンマルトル丘の背後、屑屋乃至バタ屋の長屋及小屋の密集せる地区「バラック村」と称せらるゝ地域」とは、一八四一〜四五年に時の首相ティエールによって築かれ、第一次大戦後に順次取り壊された、対ドイツ、対ロシアの城壁跡(これにより、現在のパリ二十区が画された)の外側二五〇メートルの、建物の建築が禁じられた軍事地帯(ゾーン・ミリテール、通称ゾーン)のことで、いつしか、屑屋、娼婦、犯罪者の巣くう所となった。ルブラン没後出版の『ルパン、最後の恋』にも、バックグラウンドとして登場する。

原作の評価は、「冒険物語そのものに対する一種のパロディ」「レアリズムに対する、一種の想像力復権の要求」といったものがある（創元推理文庫版『バルタザールの風変わりな毎日』の「訳者あとがき」参照）が、深読みしすぎの感がある。日常の哲学は、冒険によって次々に裏切られ、しかし幸福は身近にあった、というのは、初期の活劇映画を見るようである。謙遜しつつも、新たな冒険小説を構想するというルブランの序文（保篠訳では省略。創元推理文庫版『バルタザールの風変わりな毎日』参照）自体がシャレであり、読者を「ただ楽しませて気晴らしになってくれればと思っているだけである」という結論は、ドイルの『失われた世界』の巻頭言「半ぶんおとなの男のお子か／半ぶん子供の男の衆が／一時なりとも喜びなさりゃ／へたな趣向も本望でござる」（大仏次郎訳）と同様であって、作品自体はユーモア小説か、大人のファンタジーとすれば、腹も立たないであろう。五人の父の一部に、M・T・Pの説明が欠けるのは、惜しいところである。

題名についても触れよう。「刺青人生」には違いないが、これではヤクザのようで、最適とはいいかねる。保篠は直訳して「無軌道人生」（日本出版協同版ルパン全集『バルネ探偵局、刺青人生』の「はしがき」参照）としているが、これもチンピラのようである。他には、創元推理文庫の「風変わりな毎日」、偕成社版ルパン全集の「とっぴな生活」があり、訳者の苦悩が見えるようであるが、かといってしっくりこない。日常の哲学 LA PHILOSOPHIE QUOTIDIENNE を講じる者が、常軌を逸した冒険に巻き込まれる、コミカルな作品なので、「非日常的日常」はやりすぎだろうが、「とんでもない人生」とすればまだましであろうし、もっと単純に「バルタザールの大冒険」でもよさそうである。否、なぜルブランは、皮肉に「バルタザールの日常生活（LA VIE QUOTIDIENNE）」としなかったのであろうか。

他の題名についても触れておこう。例えば偕成社版ルパン全集の「怪盗紳士ルパン」「特捜班ビクトール」「女探偵ドロテ」の原題は、「ARSÈNE LUPIN GENTLEMAN CANBRIOLEUR（紳士強盗アルセーヌ・ルパン）」「VICTOR DE LA BRIGADE MONDAINE（風紀警察のヴィクトール）」「DOROTHÉE DANSEUSE DE CORDE（娘綱渡り師ドロテ）」であり、「バルタザール」も含め名前が主で、その前後は形容にすぎない。最初のものは、シリーズの第一集であり、他と区別する上で、形容である「強盗紳士」「怪盗紳士」（保篠では「怪紳士」、それ以前の後藤末雄らでは「変装紳士」）が邦題として採られるのは適切であるが、他は名前だけでよいわけだ。

プチグリの歯

初出は『新青年』大正十四年六月号であり、以後、保篠の各種ルパン全集に収録されるが、それはルパン＝バルネ譚への改作ではない。ここでは『オール読切』昭和二十八年五月号によっている。保篠訳以外の邦訳はない。

原作は「LA DENT D'HERCULE PETITGRIS」で、初出は雑誌『LES ŒUVRES LIBRES』（42）であり、保篠もそれによっている。同シリーズは未発表・未収録作品ばかりを集めたもので、同号はルブランを含め七編を収録する。

プチグリとは、元来灰色リスのことで、毛皮に用いられる。『赤い数珠』にも、邸宅の妻と思しき人物が「プチグリ prtit-gris の大きなケープ」（保篠訳では「薄鼠色の大きなケープ（又は襟巻）」）を羽織っていたとある。一方、エルキュール（ギリシャ語でヘラクレス、英語でハーキュリー）は名であるが、ジャック・ドゥルワール『ルパンの世界』の大友徳明訳（水声社、二〇一八年刊行）では「怪力プティグリの歯」としており、『水晶の栓』に出てくるエルキュールを、保篠は「金太郎さん」、堀口大学は「強力さん」と訳していることを思い出すが、大友は本編を読んでいないのではないか。

無名戦士の墓にまぎれて埋葬することがどれほどの犯罪かは、現在の我々には分かりにくいが、無名であることがシンボル性を高めているのは間違いなく、本編の初出年である一九二四年以来、退役軍人によって毎夕点火式が行なわれている。

鐘楼の鳩

初出は『宝石』昭和三十年四月号で、他に収録されたことはない。又、保篠以外の邦訳はない。バルネ譚ではないが、この機会に、ボーナスとして収録した。

原作はエルベ・ド・ペルーアンの「LA COLOMBE BURGONDE（ブルゴンドの鳩）」（雑誌『LECTURES POUR TOUS』1931.2）で、保篠がこれをルブラン作ルパン譚として発表したのは、アン・フェアの極みである。ただ、保篠訳を読めば分かるとおり、ルパン譚として違和感があり、ひょっとして贋作かと思うところである。原作における電文の差出人名はなんと「ARSÈNE PINLU（アルセーヌ・パンリュ）」であり、その作品の性格は、保篠によって省略された電文以降に明記されている。それを記すと、以下のとおりであるが、この頃ルブランは功なりおおせてなお、ルパン譚の新作を発表していたのである（直前は『バール・イ・ヴァ荘』、直後は『二つの微笑を持つ女』）。


「ご覧のとおり――と私は言った――これは良く知られた名前のアナグラムです。それは、人が何か失う可能性のある物に執着する時、恐れと苦味をもって口にする名です」

列車は動き出した。私は再びテーム牧師の手を握り、付け加えた。

「私がいつかこの物語を書くなら、いささかお恥ずかしいのですが、それを、モーリス・ルブラン氏の足跡をたどることを望んだ若輩の心からのオマージュとして、氏に捧げることでしょう。私が贈る物語を、氏が喜んで受け入れてくれることを期待します……」

鉄道の曲がり角はブレーヌを隠した。私はまだ家並みの向こうに鐘楼を見ていた。しかし、ブルゴンドの鳩は、もはや謎をもってはいなかった。――

ペルーアンの邦訳については、アルフレッド・マーシャル『爆弾』(黒白書房、一九三六年刊行)所載の「白色革命(L'ÉTRANGE MENACE DU PROFESSEURS IOUCHKOFF〔ユチコフ教授の奇妙な脅迫〕)」を承知しているが、他にもあるかもしれない。

ルブラン原作、なのに日本語でしか読めないルパン譚

浜田知明（ルパン同好会会長）

昭和期の保篠訳は戦前版と戦後版（日本出版協同以降）とに大別される。戦前版はほぼ原書どおりの章立てで訳され（新聞・雑誌連載のものには例外もある）、戦後版では、さらに各章を幾つかの節に分けて（これは原書では『８１３』で用いられていた形式）、それぞれに小見出しを付すといった形に統一されている（この形式は、大正期の訳本において既に確立されていた）。

本書収録の四編のうち三編は戦後の初訳なので戦前版は存在しない。なので、底本《テキスト》に用いた初出誌版と、初刊以降（日本出版協同、鱒書房、三笠書房、田園書房、日本文芸社の各全集。これらの訳文はほぼ全同。特に鱒書房以降は同一紙型）との比較を行った。

赤い蜘蛛

原書の構成は『８１３』とはまた異なり、三部（各五章、四章、五章で構成）の前後に「プロローグ」「エピローグ」を付す形になっている。

保篠訳は、初出誌（本書の底本《テキスト》）では部を廃して全体を十九章に訳し、初刊本（日本出版協同22巻）で三部十章に改められた。（他作品とは逆に）原書の章立てに近づけた形になったわけだが、章

分けは完全に原書どおりとはなっていない。
この章分けの異同は、次のとおり。

初出誌（本書）	初刊本以降
	コーヒー茶碗の神秘
深夜の怪盗	深夜の怪盗
恐ろしい予言	恐しい予言
狼の眼	狼の眼
窓の人影	
邪恋の眼	
	寝室の扉
三ツの謎	三ツの謎
夫人の行方は	夫人の行方は
寝室の扉	
判事ルースラン	判事ルースラン
宿命の恋敵	
ルパンの出現？	
	ルパンの出現
二つの鍵	二つの鍵
女たらし	
彼は殺さない	彼は殺さない
若い男	
バルネ探偵局	バルネ探偵局
怪盗ルパンの推理	
女ごころ	怪盗ルパンの推理
ルパンはルパンだ	

この『赤い蜘蛛』は約半分の抄訳だが（省かれているのは主に各人の性格づけとなる挿話や科白、

心理の綾など)、ストーリーの進行は原作に則している(「女たらし」の章における、女中と刑事のいちゃつきなども原作どおり。ただし、brigadier は警察関係の「巡査部長」より憲兵隊の「班長」が適訳)。保篠訳で付け加えられた箇所、変更された箇所は、次のようになっている(本書での章題による)。

・「寝室の扉」での死体の胸に這う鬼蜘蛛。

・「ルパンの出現?」で盗まれた証券をパリから至急便で取り寄せたのだが、それが白紙にすりかえられ、「アルセーヌ・ルパン」の名刺が添えられていた。

・「二つの鍵」でベルナールを連行するのを、証券を届けに来た刑事とし、刑事が彼を励ます部分を追加。

・「女たらし」で女中といちゃつく相手を、その刑事に改変。

・「若い男」では、逃げるグスタブを巧みに捕える者として、その刑事を起用。

・「バルネ探偵局」以下、刑事に化けていたルパンが正体を現し、真相を語るシーンはすべて追加・改変部分。原作では、犯人を指摘・告発するのはクリスチアンヌ、最後にボアズネを摘発するのはルースラン判事(もちろん、脅迫まではしないが)。

・「バルネ探偵局」でのガニマル警部への言及箇所は『刺青人生』とは異なり、初刊本以降でもべシューに訂されてはいない。

ルパンが名を騙ったドュージー刑事というのは、「ルパンの脱獄」「ブロンドの貴婦人」『ルパンの冒険』(エドガー・ジェプスンによる『戯曲アルセーヌ・ルパン』のノベライズに対する邦訳題)におけるパリ警視庁の刑事。ガニマル(ゲルシャール)警部の部下で、『813』にも登場する。

ルースランはこの後『カリオストロの復讐』にも登場するのだが、新たな偽名のルパンとは初対面でも不自然ではないし、また、改作によって生じたボワズネとの関係も、二人のつながり（『カリオストロの復讐』第一部四章）をより明確にする効果をあげている。

刺青人生

約三分の二の抄訳。ほぼ原書どおりの章立てで訳され、初刊本に章・節の形式に改められた（次頁参照）。バルネ（バーネット）の相棒として登場する警察官は、ガニマルから初刊本（日本出版協同・アルセーヌ・ルパン全集9『バルネ探偵局』に併録。当初の予定では21巻で「プチグリの歯」と併録とされていた）でベシューに訂正されている。

バルネの登場箇所はすべて保篠訳で改変・追加されたもの。具体的には次のとおり（以下、本書での章題による）。

・「無名の手紙」で原作のXYZ探偵社をバルネ探偵局に改変。ロンドー親父の元を辞するバルタザールとバルネとの邂逅場面を追加。

・「殺人犯の子」でバルタザールを連行した刑事、「怪しい人々」でバルタザールを救い、水雷艇へ引き渡した刑事（原作ではジョゼフ）を、「第五の父」でガニマル（前述したように、初刊本以降ではベシュー）だったとし、バルネに協力させている。

・「怪詩人」のヨットをルパンの愛船（「ブロンドの貴婦人」五章、『奇巌城』六章）と同じく「燕号」と命名。「第五の父」には第二号も登場。

・「第五の父」に、二人のボーメスが出現する場面を追加。盗まれた紙入の奪還と、マストロピエ団の末路に決着をつけさせている。

・「第五の父」でフール爺さんの臨終にバルネを立ち会わせ告白を引き出させた。同時に、爺さんの正体を第一短編集『紳士強盗アルセーヌ・ルパン』第8話のある人物に結び付けている。
・「怪人バルネ」でバルタザールに助言する僧の正体もルパンに改変。末尾にルパンの独白を追加。

初出誌（本書）	初刊本以降
	無名の手紙
無名の手紙	父無に娘をやれるか
	これは怪奇だ
胸の刺青	流転の二人
	胸の刺青
	隠された財産
隠された財産	戸棚が空っぽ？
	神秘な謎
殺人犯の子	殺人犯の子
	Ｍ・Ｔ・Ｐとは
	母二人
母二人	ゴドフロアの母
	グスタブの母
怪しい人々	コロカントの憂悶
	祭日の誘拐
	熱砂の闘争
熱砂の闘争	乱戦乱軍
銃殺	死か、金の指輪か
怪詩人	怪詩人ボーメス
狂女	狂女
	第五の父
第五の父	二人のボーメス
	フール爺さん
怪人バルネ	怪人バルネ
	僧服の老人

プチグリの歯

戦前版、教育社版（『ルパンノート』）、戦後版、「オール読切」版（本書の底本《テキスト》）が存在する。

戦前版は原書と同じく章分けをせずに、ほぼ全訳。戦後版で二部七章に改められた。「オール読切」版ではさらに、末尾にプチグリがルパンとして正体を現す場面を創作・追記してルパン譚に編入している。この趣向は他の戦後版では採用されておらず、本書の底本《テキスト》が唯一のものとなる。

バラングレーは『８１３』『虎の牙』に登場するフランス総理大臣（『金三角』では大統領）。底本《テキスト》では「バランガケ」となっていたが、保篠訳に散見される手書きカナ文字からの誤植と判断し訂しておいた。

また、米訳版“Over-coat of Arsene Lupin”「ルパンの外套」（The Popurar Magazine, 7 octorber 1926。“Parsessus d'Arsene Lupin”として逆翻訳されたフランス語版もある）でも、末尾に加筆する形でルパン譚への編入が図られているが、保篠訳はそれを踏まえてはおらず、独自のルパン譚「プチグリの歯」となっている。

最後に教育社版『ルパンノート』について付記しておく。同書の収録作品は、次のとおり。三種に分類される。

青色型録――A
ルパン登場――A
旅行用金庫――C
第三の男――B

見えざる捕虜――B
プチグリの歯――C
三つの眼――C

A……大正期に新青年に掲載され、森下雨村の回顧「『新青年』の思い出」に「半ば創作」とある、保篠訳のみに見られるルパン譚。「ルパン登場」は「空の防御」。全編、当時の用字制限に則して表記が直されているが、この二編については、文章にも大きく手が加えられており、これが最終稿にあたる（「デロコアール」と誤植されたままだったルパンの部下の名も「グロニャール」と訂されている）。が、それらは戦後版には反映されなかった。

B……保篠訳『ルパンの告白』は八編収録の原書をテキストにしていたため、英訳版から訳された二編が番外扱いされてきた。「第三の男」は「山羊革服の男」、「見えざる捕虜」は「麦わらの軸」。これらは戦後版では「ルパン・ノート」あるいは「ルパンの告白」として一括され、「真紅の肩掛」と併せて集成された。

C……ルブランの非ルパン譚に手を加えて、ルパン譚に仕立てなおしたもの。同書ではまず、巻頭に「M・L」名義での「はしがき」（『ゼリコ公爵』初訳時にルブランから送られた書簡と第一短編集・第1話の末尾から抜粋しつなげたもの）を設け、「旅行用金庫」では末尾に、謎を解いた人物が実はルパンだったとの新聞記事を加筆（第一短編集・第5話からの流用）、「プチグリの歯」「三つの眼」にはそれぞれ冒頭に「M・L」名義の付記を加える形で、ルパン譚としている。紙幅の都合もあり、ここでは「プチグリの歯」における冒頭付記のみ紹介する（新字新仮名に改め、明らかな誤植は訂正した）。

ある日、私の書斎に忽然と姿を現したアルセーヌ・ルパンが面白い冒険談を聞かせようか」といって皮肉な微笑を浮べながら、「ある所にヘルキュル・プチグリという男があってね……」と語りだしたのがこの物語である。アルセーヌ・ルパンがジム・バルネ探偵局長であったり、ルノルマン刑事課長であったりあるいはセルニン公爵や快侠ゼリコであったりしたように、この怪人物プチグリが、ルパンでないと誰れが断言出来るであろうか。

――M・L――

本書の校訂については、左記の通りに行った。

・『赤い蜘蛛』は「探偵倶楽部」、『刺青人生』は「宝石」、それぞれその初出誌を底本とした。初刊本以後には、会話文を主とする改行の変更、訳語の変更（邸周りの「壁」→「塀」）、加筆部分の内容の変更（「ガニマル」→「ベシュー」等）があるが、それらの変更箇所は本書にへ反映させず、初刊以後の本文と照合して初出時の誤植のみを訂正した。結果として、初刊以後に生じた脱漏、誤植を訂した形になっている。

・『刺青人生』掲載の「宝石」は、ルビを抑えた形になっているため、初刊以後の本文と照合して、そこでのルビやカナ書きに直された箇所からルビを補い、保篠訳ならではの「読み」の反映に努めた。

・「室（へや）」「邸（やしき）」「扉（ドア）」「卓子（テーブル）」等、頻出する「保篠読み」については、各本文での初見時にのみルビを付した。

・「プチグリの歯」は、最終稿であるルパン譚への改作版「オール読切」を底本とし、初刊本や戦後全集版と照合して、行末の読点の脱落や、その他の脱漏、誤植を補った。
・「鐘楼の鳩」は「宝石」掲載の物が唯一の底本であるので、単純誤植のみ訂し、ほぼ原文どおりとしている。

〔著者〕
モーリス・ルブラン
本名モーリス・マリー・エミール・ルブラン。1864年、フランス、ノルマンディー地方ルーアン生まれ。1905年に発表した「アルセーヌ・ルパンの逮捕」が好評を博し、アルセーヌ・ルパン冒険譚の作者として有名になる。41年死去。

〔訳者〕
保篠龍緒（ほしの・たつお）
1892年、長野県生まれ。本名・星野辰男。東京外国語学校（現・東京外国語大学）仏語科卒業。大正時代からモーリス・ルブラン作品の翻訳と普及に尽力した。戦後は警視庁等の嘱託として広報・広告の指導等を行なう。68年死去。

〔編者〕
矢野歩（やの・あゆみ）
1958年、大阪市生まれ。81年、大阪大学経済学部卒業。現在、会社役員。主な著作に「ルパン邦訳史」(1)〜(5)（2005、IVC『怪盗紳士アルセーヌ・ルパン (2) 〜 (6)』［DVD-BOX］解説）など。ルパン同好会会員。

名探偵《めいたんてい》ルパン
——論創海外ミステリ　220

2018年10月20日　初版第1刷印刷
2018年10月30日　初版第1刷発行

著　者　モーリス・ルブラン
訳　者　保篠龍緒
編　者　矢野　歩
装　丁　奥定泰之
発行人　森下紀夫
発行所　論　創　社
〒101-0051　東京都千代田区神田神保町2-23　北井ビル
電話　03-3264-5254　振替口座　00160-1-155266

印刷・製本　中央精版印刷
組版　フレックスアート
イラスト　森田 崇

ISBN978-4-8460-1761-3
落丁・乱丁本はお取り替えいたします